JN317514

# …の味

ピエール・シニアック

フランスの田舎町で続く奇妙な事件。町のレストランで狩人風ウサギ料理が出された木曜日の晩には若い女が絞殺され，その遺体のそばに扇が置かれる。切り裂き魔ならぬ“風吹き魔”……？　殺人を予言する占い師の女，彼女にほどこしを受けるホームレスの男，ウサギ料理を食べたがるセールスマン，金ではなく，町の高級品店の新入荷品でのみ上客を受け入れる娼婦，レストランに届く「木曜日の夕食のメニューにウサギ料理を載せるな」という脅迫状。この町に何が起きているのか？　とてつもないブラックユーモアが横溢する傑作フランス・ミステリ。

## 登場人物

セヴラン・シャンフィエ……………………………元警察官の私立探偵
ガストン・カントワゾー…………………………レストラン、《オ・トロワ・クトー》のオーナー・シェフ
モリゼット……………………………………………その妻
アガト…………………………………………………カントワゾー家の娘
リュシエンヌ・エショドゥアン…………………《レストラン・ド・ラ・ガール》の女主人
フィネット・クテュロー…………………………同店のウェイトレス
ジェラール・ピナルドン…………………………カフェのバーテン
アドリエンヌ・パルパンブレ……………………下宿屋の女主人
エミリエンヌ・ド・シャンボワーズ……………女占星術師
オーギュスティーヌ・バルボプール……………娼館の女将《おかみ》

コレット・カラール……牝豹《パンテール》と呼ばれる娼婦
ヨランド・ヴィゴ……娼婦
ペリーヌ・マルシャイヤ……文化センター管理人
フレッド・フォルジュクラン……地方新聞社社主
レイモン・ユルルジョーム……最新流行品の店の主人
マルト・アボルドデュー……その店の主任販売員
クレール・ヴシュー……高級食料品店の女主人
グザヴィエ・ジュシエ＝ヴァントゥルイユ……工場主
マリー・モランディエ……工場の人事課長
クロヴィス・メサンジュ……ホームレスのアコーディオン弾き
ユルバン・プティボスケ……保険代理店代表
ラウール・サン＝ヴァルベール……高級食料品のセールスマン

# ウサギ料理は殺しの味

ピエール・シニアック
藤　田　宜　永　訳

創元推理文庫

FEMMES BLAFARDES

by

Pierre Siniac
1981

Copyright © 1997 by Editions Payot & Rivages
This book is published in Japan
by TOKYO SOGENSHA Co., Ltd.
by arrangement with Editions Rivages,
Departement des Editions Payot & Rivages S.A.S.
through Japan UNI Agency, Inc., Tokyo

日本版翻訳権所有
東京創元社

# 目次

# ウサギ料理は殺しの味

本書に登場する人物たちは、どう考えても現実にはいそうもない人々ばかりである。というわけで、もしも誰かに似ていたとしても、それは偶然である。

一方、この町は、どこかにありそうに思えるかもしれないが、現実には存在しない。少なくともフランスには……。

——P・S

# 1　憎むべき殺人……

シャンフィエは選ぼうにも一本しかないメイン・ストリートを通って、寒々とした寂しい田舎町を横切った。彼は、その時すでに六時間も車を走らせていた。

ほんの目と鼻の先に大西洋が広がり、そこから吹いてくる風が猛烈なスピードで灰色の雲を運んでいる。そんな雲に覆われた空の下、狭い幹線道路は果てしなく続き、背の低い人家が道端に立ち並んでいる。どれも似たり寄ったりの家ばかり。

ちっぽけな町である。

ここまでの道すがら、いくつかの州を横切った。その際、小さな町には国道沿いで幾度となく出くわしたが、それらの町とくらべて、ここが特別陰気だというわけではなかった。

午後三時を少し回った時刻。

ウィークデー。

歩道には猫一匹ぶらついていない。熊手の歯の数ほどしか閑人がいない類《たぐい》の田舎町らしい。

シャンフィエは集落を通りすぎた。再び、見渡す限り何もない裸の平野に出る。ずっと先のほうに見える海上の空が黒ずんでいた。

しつこい霧状の雨が降りだし、空気中に漂っていたうっとうしい雰囲気がますます高まった。シャンフィエのポンコツ車は、小さくも大きくもない工場の前を通過した。壁のチョコレート色のレンガはかなり傷んでいた。大きなガラス窓は青緑色。背の高い四本の煙突から、汚染された煙が垂れ流されている。労働を称《たた》えるこの寺院の足もとには、百台あまりのミニ・バイクが整然と並べられ、ありとあらゆる種類の自転車が止まっていた。壁には、黄色味がかった堂々とした文字で《ジュシエ=ヴァントゥルイユ》とでかでかと書かれてある。入口にガラス張りの小屋があり、青黒いユニホームを着た門番がいた。彼は、自分がもしも本物の警官だったら、どんな人生を歩んでいただろうかと夢想していた。

シャンフィエは、水びたしになった畑に沿って、そこからなお一キロばかり遠ざかった。

そこで車が故障した。

エンジンがゴトゴトと音を立て、タイヤはヨタヨタと蛇行《だこう》した。そして、不機嫌な振動が、中古車価格表《アルギュス》によると三千フランでしかない古い型の車体をゆすった。

シャンフィエは道端に車を停めた。その近くに、ひょろひょろした木が三本立っていて、黄ばんだ葉が何枚か絞首台にぶらさがる死人のように、垂れ下がっていた。青葉の季節までは、まだかなり待たなければならないだろう。今は十一月の初めなのだから。

シャンフィエは車から降りた。彼のくたびれた靴は、沼みたいなところへ勢いよく突っ込んでしまった。あ、やっちまった。あっという間に、ズボンの裾あたりは、ぬかるみのせいでベチャベチャになってしまった。彼はボンネットを開けた。しかし、特別の目的があったわけではない。シャンフィエは機械にからっきし弱いのだ。遠くに見える地平線のあたりに、地味な色合いの毛皮を思わせる枝で縁取られた木々があるが、その林と道路の間には何もない。シャンフィエは「くそっ、このボロ車め！」と呟《つぶや》き、ボンネットを閉じた。車に戻る。靴底は二百五十グラムほどの泥のせいで重くなっている。もう一度エンジンをかけてみる。無駄だった。フィルター付きのゴロワーズに火をつけた。雨は激しくなり、フロントグラスを叩く。まるでびんたの嵐のようだった。彼は振り向いた。後方の窓を通して雨まじりの霧の彼方に、先ほど通りすぎた生彩のない町の屋根屋根と鐘楼が見える。亡命するのにうってつけの舞台装置。しかし、二、三キロは離れている。

シャンフィエは、どこの馬の骨かわからない人間の情報をかき集めようとして、独楽鼠《こまねずみ》のように田舎を駆け回ることに、ほとほとうんざりしている自分に気づいた。県公共サービス――あんなにみすぼらしい事務所には仰々《ぎょうぎょう》しすぎる名称ではないか！――本当のところは、〝家族の利益のための調査〟をしている、私立探偵が寄り集まった小さな事務所なのである。

四十歳で失業したシャンフィエは、十か月前、つまらない仕事と意地の悪いボスのいるその事務所で働くことを受け入れるしかなかった。しかし、私立探偵は彼のそれまでの職業通じるところがないでもない。シャンフィエは警察出身者なのだ。

取り返しのつかぬ過《あやま》ちを犯し、どうしようもなくなって、彼

リ郊外で起こった強盗との銃撃戦がその背
警官のひとりを過って撃ち殺してしまったのだ
れて撃ち合うような手違いが起こったからである。仕
——このことは彼の身上書に記載されている——であるので
ついてしかたがなかった部長刑事は、この事件のおかげで、うまい
ある。制服警官として公職の道に残ったら、と勧めてくれた者もあった。
手に下っぱとして働くのも悪くないではないか？　しかし、これはシャンフィ
けんもほろろに断わった。彼は、銃を好きになったことは一度もなかったのだ。警官
のは、調査というものに何となく引かれたからだった。彼が早い時期に、パトロールに回さ
たのは、兵役時代、パリで消防夫として働いていたからなのだが——それが、どうして関係があったのか今でもシャンフィエにはわからない——彼がその仕事を愉しんでやったことは一度もなかった。

　まあ、ともかく、彼は失業したのである。しかし、結局また、以前の仕事とよく似たことをやるようになった。すぐさま警官の気分を消すのは難しいので、私立探偵になることで、警察と同族の職業に片足をつっ込んでおくことにしたわけだ。

　パンリュンヌやサン＝ユゼーブ＝レ＝イサンジョーあたりへ、某氏または某女がまだ生きているかどうか、尋ね人が結婚しているかどうか、家族構成がどうなっているか、職業は何か、銀行預金はどのらいかなど、ともかくすべてを調べて回るのだ。そして、失踪人の縁者のた

めに役立てる報告書を、まあまあの金額が書き込まれた小切手と引き換えに、いい加減にでっち上げる。

現在、シャンフィエはシャラントに向かっている。妻と母親が五年前から探しているダヴァイアン・ジェルヴェ氏なる人物が生存しているかどうか、生きているとしたらどんなふうに誰と、そして正確な住所はどこか、といったことを聞き込もうとしてだ。

調査を依頼してくるのは、まず金か、子供の認知か、相続の話が絡んでいるからである。単に相手にキスを送るために誰かを探す、などということは滅多《めった》にないのだ。

今夜、あるいは遅くとも明日の朝までにシャラントに着かないと、事務所のボスは怒鳴り散らすに違いない。やっとの思いで摑んだこの仕事もこれでふいになってしまう。行方不明者の捜索を仕事にしようという志願者はかなりいる。民間企業の元従業員、公共交通機関で働いていた者、教育に携わっていた者などがこの仕事を求めてやって来る。今のようなご時世では、選り好みしてはいられないし、移民をのさばらせておくわけにはいかないのである。

結局、シャンフィエは車から出ることにした。メルトンで裏打ちされた暗緑色のレインコートを摑み、ねずみ色の帽子を耳元までかぶった。フォードアの車をしっかりロックしてから、シャンフィエは田舎道を歩きだした。たまに車が彼のほんの横をかすめるようにして通った。シャンフィエは止めようとして合図を送るのだが、車は彼の靴に泥水を引っかけて、親しげに応えてくれるだけだ。

再び、《ジュシエ＝ヴァントゥルイユ》の横を通った時には、ウォーターローの戦いに出兵した老兵のようにずぶ濡れだった。雨が帽子の縁からこぼれ落ち、顔をつたって流れている。シャンフィエは帽子を取り、洗ったばかりの野菜を扱うように振った。

やがて町にたどり着いた。

自分がどんなところに足を踏み入れてしまったか、その時のシャンフィエには知る由もなかった。

目についた最初のビストロのドアを押した。陰気で暗い店内。隅のほうで年寄りがふたり、ぐったりとなっていた。隠居生活が原因で飲んだくれになったらしい。彼らはシャンフィエを冷たい目で食いいるように見つめていた。今日《きょうび》、親切な顔をする人間は皆無だということだ。こういう小さな町には必要不可欠である地方紙が、テーブルの上に開っきぱなしのまま置いてある。黒い服を着た、疲れ切ってものうげな感じの女が現われた。シャンフィエはラム酒入りカフェを注文する。女は彼を警戒心のこもった目でじっと見てから、鍋でコーヒーを温めるために隣の部屋に行った。

ビストロの女主人は、大きめのカップに注がれた、湯気を上げているコーヒーをカウンターの上、私立探偵の前に置き、ラム酒をグラスに注いだ。シャンフィエはすぐに、それを黒い色をした飲み物の中に空けた。女は両手に顎を埋め、だらしのない恰好のまま虚ろな目と生気のない口もとの皺を向けて、シャンフィエを見つめた。まるで、彼がテレビに映し出されるコマーシャルであるかのようにだ。

おれの穿鑿《せんさく》するような顔つきが、まだ人に嫌悪感を抱かせるのかな、とシャンフィエは思った。彼の中国人的な風貌は――かすかだが切れ長の目、骨張っていて全体に平べったい感じの顔から飛び出している頬骨――あまり世間ずれしていない人々にとってはしばしば不安の種になるのだ。

シャンフィエはコーヒーを息もつかずに飲み干し、カップを置くと訊ねた。

「マダム、ちょっと。この辺にガレージはありませんかね？　ここから少し行ったところで車が故障しちまって……」

女主人は、欠伸《あくび》をした。シャンフィエは彼女の虫歯だらけの口の中を見ることができた。そして、石みたいに固い山羊のチーズと百年戦争でもやらかしたような欠けた歯も見えた。

「ええ、《キャファレリ》っていうガレージがあるけれど、でも、今頃は閉まってるんじゃないかしら……」

女は、シャンフィエにそこに行く道順を教えた。シャンフィエは、毎度のことだが説明されてもまったく理解できなかった。だが訊き返さない。これもいつもの癖である。若い頃からそうなのだ。四十歳になって、彼はもう一度自分に、それなのになぜ、しつこく人々から情報を集めることに固執しているのか、問い返してみた。

シャンフィエは女に礼を言い、金を払うと外に出た。出口に向かって歩いていた時、地方紙の見出しが、まったく偶然、彼の疲れ切った目を引いた。

〝……**憎むべき殺人**……〟

照明としても使っているに違いない赤い鼻をエンジンの中に突っ込んだ後で、ガレージの主人はシャンフィエに、四、五日待ってもらわなくては、と告げた。

「整備工がふたり病気で休んでるし……急ぎの修理が七台もあるんですよ。そのうちの一台は町役場の霊柩車ときてるんですからね……その上、明後日は娘の結婚式なんですよ」

四日もこの陰気な町で時間を無駄にしなければならないのか……。

シャンフィエはアタッシェケースと旅行バッグを手に持った。

「この辺にホテルはないかね?」

「町の中心まで行ってください……そうしたら見つかりますよ」

汽車に乗るという手は? そんなこと、お話にならない。見捨てられたような片田舎を行ったり来たり、あてもなく動き回って捜索するためには、どうしても車が必要なのだ。――レンタカーを借りる手立てはない――行方不明の人間がどこに隠れ潜んでいるかなどということは、誰にも想像できない。時には、墓場を掘り起こさなければならないことだってあるのだ。

シャンフィエは、町の中心へ向かって歩きだした。パーキング、駐車制限区域《ゾーン・ブルー》、パーキング・メーター、そして商店が立ち並んでいた。

# 2　町をぶらつく人

「まあ、ご冗談でしょう？　最近、わたしたちの町で殺人が二件も起こったんですよ。本当にご存じありませんの？　しかも、その二件とも身の毛もよだつような殺人で……」

「本当に初耳です……今まで、わたしは南のほうにいましてね……ウイルス性肝炎を患《わずら》ったものですから数日間休暇を取りまして……正直な話、この一週間、新聞も読まずラジオも聞かない生活を送っていたんです……まったく何にも……」

シャンフィエは、ワックスでピカピカに磨かれた階段の上り口に立っていた。その家の持ち主はアドリエンヌ・パルパンブレ。六十歳の後家である。痩せた小柄な身体を濃紫色のワンピースにつつみ、白髪まじりの髪を後ろでまとめている。手入れのゆきとどいた小さな手。ピンク色の大きなパールでできたネックレスをつけていた。

シャンフィエが行ったふたつのホテルの部屋代は、彼の予算をかなりオーバーするものだった。どのホテルでも、料金が割高のツイン・ルームを押しつけようとした。「ただ今、空いているのはかような部屋だけでございまして、お客様」といった具合だったのだ。

そこで私立探偵は、草木の生い茂った庭の奥にあるこの家の門を叩いたのである。庭の植物の間からは、古臭い彫像が見張り番よろしく顔を覗かせていた。その家は、曲がりくねった小路を登りつめたところ、眼下に町を一望できる小丘にあった。

あるカフェで、ウェイターが住所を教えてくれたのだ。

「後家さんでね。とても感じのいい女《ひと》ですよ……。部屋を貸してるんだけれど……今は、たしか借り手はひとりもいないはずです」

シャンフィエは、女主人の小さな灰色の目に、彼をうさん臭く思う光が浮かんでいるのを読み取ったような気がした。

「いちおう、あなたのお名前を伺《うかが》っておこうかしら？」

「セヴラン・シャンフィエ、パリからやって来ました」

「部屋をお見せしましょう。最上階の三階です。町のほとんどが見渡せますわ」

女主人は、シャンフィエの旅行バッグを持とうとしたが、彼は素早い動きでそれを手に取った。彼女はシャンフィエを先導し、階段を上った。彼女の背中は少し曲がっていた。腰の動きが何となくおぼつかない。

シャンフィエは、ワックスが強い匂いを放っている豪奢《ごうしゃ》な家具や調度品を見て、家の手入れがゆきとどいていることに気づいた。常に清潔な状態に保たれ、見ているだけで気分の良くなる家。こういう状態が保てるのも、言ってみれば訪ねてくる人が皆無で、誰も置いてある物にさわらないからだろう。美術館の静寂と清潔さに似たものがこの家には感じられる。

「あなたに率直にお話ししますが、ムッシュ・シャンフィエ、夜はあまり遅い時刻に帰宅なさらないように、切にお願いしたいのです。でしゃばる気はまったくないのですが、どうしてもそうしていただきたいんです。無論、玄関の鍵も部屋の鍵もお持ちいただいて結構なのですが、しかし……第一、夜更けに見るものなんかありはしませんわ、この町には」

それから、彼女は心なし声を潜めてこう言った。何となくなげいているような声音。

「それに、わたし確信してますのよ、あなたが、その辺にいるようなタイプの男ではないと……」

シャンフィエはすぐにピーンときた。この町に夜の女がいることを。

シャンフィエと女主人は部屋に入った。広々とした明るい部屋。家具が優雅なおもむきをたたえている。刺繡入りの洒落た敷物がところどころに置いてあった。煙草に火をつける前に、ついためらってしまい、靴をはいているのが何だか悪いような気になってしまう場所だとシャンフィエは思った。

白と空色のツートンカラーの重油ストーブが部屋を暖めている。窓にかかったチュールのカーテン越しに、町のほうぼうの屋根が見えた。

「廊下の突き当たりに浴室がございます。さし出がましいようですが、当分ここにご滞在でしょうか?」

「数日間です……四日か五日。車を修理しなければならない間……」

「それでは、何かのご用事でこちらに来られたのではないわけで?」

「まったく違います」

「町を見物なさってみては。たいしたものはございませんけれど！　前にいらっしゃっていて、もうご存じかもしれませんわね？」

彼女の穿鑿は、ありとあらゆることを訊ねるプルーストの質問集よりはいくらかましである。だが、彼女にくらべれば昔使われていた、プライバシーを侵害するという理由で皆から嫌われていたホテルの古い宿帳なんて、警察のスパイであるホテルの主人たちによって作られていたにしては、冗談みたいなものだと、シャンフィエは思った。

「いや、初めてです……わたしは、シャラントへ行くところなんです」

「セールスのお仕事？」

「いいえ、わたしは……保険の仕事をしています」

シャンフィエは、私立探偵事務所の仕事をしているとはあえて言わなかった。多くの人々が、警察関係の人間を泥棒と同じように警戒することを知っていたからだ。

「朝食付きで一日三十フランでございます。このことはもう申し上げましたっけ？」

この付近のホテル業者は、この女を憎んでいるに違いない、とシャンフィエは思った。

レインコートを脱ぐ（帽子は、この家に入った時からとっていた）。

「ところで、殺人の件って、いったいあれは何ですか？　新聞の見出しが何となく目にとまったんですが……」

「もう少しで二週間になりますが、線路沿いで、十九歳になる女の子が絞殺死体で発見されたんですの。十月二十五日、木曜日のことです。《ジュシエ》で発送係をしていた女性なんですけれどね……」

「《ジュシエ》というと……サーブル街道沿いにある工場のことですか？」

「そうです。《ジュシエ＝ヴァントゥルイユ》、兵器の予備部品を製造している工場です。町の勤め人のほとんどがあそこで働いてますのよ。あの工場がなくなったら、町がどうなるか、わたしにはまったくわかりません」

「それで……殺された若い女は？……」

家主の女は、強張《こわば》った冷たい手を細い首のところに持っていった。真珠を弄《もてあそ》ぶ。

「死体のすぐそばで扇が発見されたんです。人殺しが置いたのだと皆思っています」

「扇？」

「先週の金曜日の新聞をお見せしましょう。事件のことがすべて記されています。それに何枚か写真も載っていますわ。毛布の端から飛び出した、あの可哀想な娘《こ》の脚も出ています」

「見たいですね。興味があります。ご親切にどうも」

「『我が家の一週間』には、人殺しはおそらく、狂人か、変質者だろうって書いてありました……扇のことからそう考えたのですわ」

「『我が家の一週間』？」

「地元紙の名前です」

「で、第二の犯罪も起こったわけですか？」

「また若い女が……ルベル薬局に勤めてる娘《こ》なのですが、彼女は……先週の木曜日に……やはり絞殺されました。でも、あの娘《こ》はとてもきちんとした娘《こ》でした。男とふらふら遊び回るようなことはまったくありませんでした。二か月後に、ロシュフォールの基地で働いているパイロットと結婚することになっていたんですの。死体はごみ捨て場で発見されたのですが、今度もまた、死体のそばに扇が置いてありましたのよ」

シャンフィエは荷物を整理し、ひと息ついた。窓越しに夕暮れの闇の中でまどろんでいるように見える小さな町をちらっと眺めた。その後、シャワーを浴び、散歩に出かけた。一日が終わりを告げようとしている時刻。繁華街は活気づく気配を見せていた。人々は買い出しに繰り出している。カフェに人が溜まっているのが見える。

雨は止んでいた。だが歩道も車道もまだ水びたしだ。

シャンフィエは郵便局に行き、事務所に電話をした。ボスは今にも「クビだ!!」と言わんばかりに怒っていた。

「修理に五日かかるって? そんなことじゃ困るじゃないか!! 明後日、もう一度、電話をくれたまえ、その時、どうするかを考えよう。そのガレージにもっとしつこく食い下がってみたまえ!」

あっという間に日が落ちた。人影が急ぐ。

黒い川が流れているのが、水音でわかった。そこにかかっている小さな橋を渡った。次に、牢獄のような陰気なアーケードを抜けた。公衆便所みたいな悪臭がした。そして、シャンフィエはメインストリートに出た。ほどなく、この町でもっとも大きな二軒の商店が見えるところまで達した。その二軒は、五十メートルも離れていない。双方とも、デパートといってもおかしくない店構えだ。まず、照明のほどこされた長いショーウィンドーを持つ《オ・ヌーヴォテ・ド・ラ・キャピタル》。ここでは、少しずつだが、何でも売っている。商品は高級品が多いらしい。五十年前にはまだ最新流行品《ヌーヴォテ》と思われていた衣服、テーブルクロス、リネン類、生地、家具、リノリウム、壁紙、贈答品、婚礼や初めての聖体拝領のための品々などが並び、それに、文房具、本、アルバム、玩具、ゲームまでもが置いてあった。広いウィンドーには、葉っぱの房飾りと、モネ風の色調の庭と下生えを思わせる飾りつけがなされたパネルを背景に、太陽の形をした照明灯の光に照らされて、たくさんの園芸用具が優雅に並べられ、しっかりと収まっていた。掲示幕が、〈園芸の週〉と告げていた。

パンとケーキの店、染物屋、肉屋、そして葬儀のための品物を売る店を通過する。とそこが、《レ・フリアンディーズ・ド・フランス》という店だ。最新流行品《ヌーヴォテ》を売るちょっとしたデパートより心持ち小さいが、立派な店構えである。百個の形の違う小さなカラー電球が店を十二分に照らしている。ここでは、高級食料品、おやつ、ランチの類を売っている。〝親愛なるお客様〟に向けた掲示があり、そこにはご自宅まで配達しますと書かれてあった。

ショーウィンドーの中には、贈答用の食品が二メートルの高さにまで積み上げられている。フォア・グラ、家禽のパテ、フルーツの砂糖漬といった、美食家のための高級缶詰、また、通のための珍しい菓子類、砂糖のついたボンボン、オリエンタル風のフーレ、そして贅沢な甘い物、有名銘柄のワイン、酒類。それから、特上のリキュール、香りの良いとろけそうなケーキ類……が置いてあったのだ。シャンフィエは、パリの《フォション》をとっさに思い浮かべた。

彼は、数限りないごちそうの宮殿の前で一瞬立ち止まり、白いレースの敷物の上にきれいに並べられたガランティーヌをじっと見つめた。そのひとつを、このままパンなしで、手摑みにしてでも一気に食べたい衝動に駆られた。

《レ・フリアンディーズ》の先には、しけたうら悲しい店が続いている。おそらく、商才なんかまるでないしみったれた人間が経営者なのだろう。彼らは高い値をつけすぎるか、逆に捨て値で売りまくり、二流の卸し屋から品物を仕入れる。そして、帳簿のつけ方も客に笑いかける方法も知らないからうまく行かないのだろう。薄汚れたショーウィンドー、あるいはどぎつい色で塗りたくられ、時が経つにつれてペンキが剝げてきた外観をもつ店舗ばかりだ。それをすぎると、道は夜の闇の中に吸い込まれてゆく。その先は照明がほとんどほどこされていない。メインストリートの商業地区はここまでなのだ。暗いトンネルに迷い込むのはまっぴらだと思った私立探偵は、来た道を引き返し、アスファルトをこうこうと照らしている強い光に包まれながら、居丈高《いたけだか》な態度で君臨している二軒の店の前を再び通った。

シャンフィエは十分ばかり歩き、並木道にあるエレガントで小さなカフェで一杯飲むことにした。そのカフェはサロン・ド・テも兼ねている。老婦人が数人、ケーキの前に坐り、低い声で話していた。どうせ、人の悪口をしゃべりまくっているのだろうと、シャンフィエは心の中で呟いた。彼は、常に優秀な探偵らしく、物事を悪いように考える癖があるのだ。

バーでシャンフィエは、マティニを飲んだ。背もたれのないとても高い椅子のせいで尻が痛い。言わずもがな、その椅子は坐りが悪かったのだ。彼はバーテンに、この辺に手頃なレストランがあるかどうか訊ねた。そのバーテンは三十になるかならないかの茶色い髪をした美男子で、薄い縮れた口髭をはやしている。田舎町の伊達男という感じだ。

「町には二軒しかレストランはありません、ムッシュ。ホテルはどこも食事は出さないんですよ」

　バーテンは可も不可もない《駅前レストラン《レストラン・ド・ラ・ガール》》と味を心得ている《三本のナイフ《オ・トロワ・クトー》》――集落の反対側にある――を教えた。

　シャンフィエは《オ・トロワ・クトー》で夕食を取ることに決めた。カフェ・オ・レとかび臭いケーキを半分、ドライブインみたいなところで胃に流し込んだ以外、昼は何も食べていなかったので、うまいものが食べたかったのだ。

　車が故障した後、シャンフィエは何となく、クビになるのではないかと考えていた。だが、かまうものか！　銀行口座には二万フラン近くの金が入っているはずだ。数週間、少なくとも雨風をしのいで眠れる場所と食い物ぐらいは何とかできるだろう。

　彼はまたしばらく通りをぶらついた。何でも売っているアーケードで、棚に並んでいた探偵小説を見るともなしに見た。それから、漆黒に包まれた小道に達した。遠くに赤々と燃えるネオンが、バーのあることを示している。シャンフィエはそちらに足を向けた。そのバーのちょうど手前に舗装された袋小路が口を開けていて、入口に沿って鉄製の文字で〈シネマ〉と書かれてあった。そして矢印が袋小路の奥を差し示していた。シャンフィエは細い道の奥まで歩いていった。その袋小路には、一杯になったゴミ箱とむき出しのゴミが積み重ねられていた。袋小路は黄色い汚れた倉庫のような建物にぶつかった。二枚の木の扉の前に格子門がある。そしてその扉の上に《ハリウッド》という文字が目についた。片方の扉の青白いネオン管の下に、ロネオの孔版印刷機で刷られた小さなポスターが貼ってあった。

何とかそのポスターに書いてあることが読めた。

木曜の夜のシネ・クラブ
十一月八日、二十時三十分
フリッツ・ラング監督
『怪人マブゼ博士』

もちろん、ガキどもがLANG《ラング》の後にUとEをくっつけてLANGUE《ラング》（舌）にしていた。どこでもよくあることだ！

## 3　占星術師

未亡人のパルパンブレは夜の通りを歩いていた。まったく馬鹿げたことである。彼女は少し恐《こわ》かった。かなり長い道のりを歩かなければならないのだ。

ド・シャンボワーズ嬢は、並木道の裏側、ショーレに通ずる街道ぞいの高級な町はずれに住んでいる。ひと月に一度、アドリエンヌ・パルパンブレは、このオールド・ミスに助言を求めに出かける。特に星占いに彼女は凝《こ》っているのだが、問題にきちんと答えが与えられるのであれば、トランプやタロット、いやそれだけではない、茶碗の底のコーヒーかす占いでさえ馬鹿にしてはいなかった。

ふだん、パルパンブレは一キロばかり離れた自分の家と予言者のヴィラの間を、これといった問題もなく気軽な気持ちで、これからの一か月にどんな重要なことが彼女に起こるのか、もうすぐ教えてもらえるという考えに心をときめかせながら、歩いていくのだった。

しかし、その夜、彼女は恐怖を感じていた。

二件の殺人事件はどちらも日が落ちてから起こっていた。そして、無能な警察は、手掛かりひとつ見つけ出していないのだ！　想定外の出来事にはまったくお手上げの無能な役人ども。

パルパンブレは、狭い道の傍に立つ壁をかすめるようにして急いだ。三、四十メートルおきにところどころ、歩道は闇に呑まれている。まだ六時になるかならないかの時刻なのに、ほとんどすべての鎧戸《よろいど》が下りていた。

やっと、ヴィラに行き着く最後の通りに差しかかった。

彼女はぎょっとした。本能的に後ずさりする。そこには、ぶざまな身なりの奇妙な男が、サント＝テレーズ＝ド＝ランファン＝ジェズの古い像を収めたくぼみの真下に、壁に寄りかかった恰好で立っていた。街路灯の光が男を包んでいる。パルパンブレは男の前を通る気になれなかったが、それでも向こう側の歩道に渡ろうとはしなかった。男は見るからに汚らしい。長身で痩せ細っていて、顎鬚を生やしていた。しかもその灰色がかった鬚は伸びほうだい。何ともむかむかするような感じで、胸のあたりまで垂れ下がっている。先の尖ったくしゃくしゃの帽子を目深にかぶり、油じみてところどころ穴のあいたカーキ色の古い米軍払い下げレインコートを、擦り切れた革帯で締めていた。そして泥だらけの黒いブーツをはいている。おかしな風《ふう》体《てい》だ。足元には、革製の茶色いトランクのようなものが置いてあった。アドリエンヌ・パルパンブレは、それが何なのか見てみようとはしなかった。

ホームレスは黄ばんだシケモクを吸っている。パルパンブレ夫人は、男が確かに彼女に対して、限りない侮蔑の念をこめたあざけり笑いを発したような気がした。それに、男の前を通過した直後、彼女は男が唾を吐く音を聞いたのだった。

やっとの思いで、ド・シャンボワーズ嬢のヴィラの前にたどり着いた。ヴィラの正面は木蔦《きづた》で覆われていた。

光の当たっている銅板には以下のことが読み取れた。

エミリエンヌ・ド・シャンボワーズ
神秘学、占星術、
タロット占い＆予言術

木曜日以外のウィークデー。予約制

女客は呼び鈴を鳴らした。七十五歳になる少し猫背のメイド、ユルシュルが彼女を迎えた。こんな遅い時刻だから、パルパンブレがその日最後の客である。使用人はすぐさま彼女を相談室に通した。ド・シャンボワーズ嬢はルイ十五世調の机を前にして立ち上がった。そして、にっこりと笑いかけ、長くか細い手を差し出してパルパンブレを迎えた。薬指に乳白色の髑髏《どくろ》を象《かたど》った大きな指輪がはまっていた。ド・シャンボワーズ嬢は、客に対する時だけその指輪をはめた。強い印象を与えようとして、そうしているのだ。——それに、指輪が彼女に霊感を与えてくれそうな気がしてならないのも理由のひとつだった。話をしながら、対座している人間の目がしっかりと指輪を捉えるように、しばしば手を動かした。テレビに出ている人々が、テレビを神様のように思っている無邪気な人間を魅了しようとしてする動作に少し似ていた。彼らは、不幸な視聴者を驚かそうとして、鼻に指を突っ込むぐらいのことは平気でやるだろう。

予言者は五十代の女である。背が高く痩せている。モジリアニ風の青白く冷たい顔。だが魅力に満ちあふれてもいる。ショートカットのしっかりと撫でつけられた黒髪。貪欲そうな真っ赤な唇。緑の目は優しくもあり、同時に穿鑿するようでもあった。

部屋の壁のある一面を落ち着いた雰囲気の書棚が覆っている。机の背後にあるガラス張りのパネルの中には、秘教的な感じのする色彩の強い絵と〝有名人〟(レーニン、プショー医師、アルベール・シュヴァイツァー、マンデス・フランス等)のホロスコープが飾ってあった。その下には、占星術師の両親——つまり今は亡きド・シャンボワーズ伯爵夫妻。彼らは、長い間この町の有力者だった。予言者は年に四回、両親と交霊している——それに、友人、親交の深い客たちの写真が入った額が十個ばかり並んでいて、ポートレートのほとんどすべては、小さなドライフラワーのブーケで飾られていた。

「お坐りになって、奥さま……」

ユルシュルが入ってきて、ミルクティーと小さなケーキを出した。下宿の女主人は特別な客なのだ。薄茶色の太った猫が驚いたような目つきをして、会談に立ち会うために、椅子に置かれた薄紫色のクッションの上に注意深げに坐った。

ド・シャンボワーズ嬢は引出しを開け、アドリエンヌ・パルパンブレのホロスコープを取り出した。そして、モロッコ革の茶色い下敷の上に資料を置いた。と、にわかに、占星術師の顔が曇った。彼女は下宿の女主人を一瞬じっと見つめ、それから謎めいた口調で呟いた。

「わたくしが、未来に不安を抱いているとご想像なさってください、奥さん……。わたくし自身、そのことで心の奥底から苦しんでおります。あなたにはきっとおわかりになりませんわね」

パルパンブレは心配そうに占星術師を見つめた。

「不安ですって……わたしのことでですか？　わたしの天象図に何か悪いことが見えたのでしょうか？」

彼女は恐怖のあまり声がかすれている。

「いいえ。あなたの天象図には、現在、気にかけるようなことは何も出ていません。木星の三角宮は夏の終わりまで傾くことはありません。いいえ、あなたのことではなく……わたくしの考えているのは……この町で起こった殺人のことです……わたくしがあのことを気にかけているのを覚えていらっしゃるでしょう。最初の事件を、わたくしは星の動きで視て取りました。二番目の犯罪の時もそうでした。ざっくばらんに申し上げますが、この予知能力にはわたくし自身、ぞっとしていたのです。しかし、今日、わたくしの不安は大きな喜びによって和《やわ》らげられています。というのは、今、はっきりと確信したのです。わたくしが、フランスの最高の占い師のひとりだということを。しかし、明日……明日、木曜日、おわかりになりますか……」

「さて?」

「わたくしは恐いのです……幸福で気が狂わんばかりなのに。というのも、もう一度申し上げますが、わたくしの霊視が正しかったことを感じたからです」

ド・シャンボワーズ嬢は、未亡人を気まずくなるほどじっと見据えて言った。

「明日、第三の犯行が行なわれるでしょう。そして、わたくしたちはどうすることもできないのです」

「え……何ですって、警察に知らせなければ!……」

ド・シャンボワーズ嬢はいかにも宿命論者らしい動作で、「星が支配者です。彼らにわたくしたちが逆らえるでしょうか、自分自身のことですら読めずにいるわたくしたちが?」

「ところで……ちょっとお耳に入れたいことがあります」

「何でしょうか、パルパンブレさん？」

「妙な男がいることをご忠告申し上げたいのです。先生の家を下ったところに……」

「ああ！　アコーディオン弾きのことですね！」占星術師は微笑んだ。「ああ！　あの男は気のいい人です……川のほとりのキャンプ場にある古いキャンピングカーで生活している可哀想な男です……冬の間、キャンプ場が閉まっていますから、まあ、彼があそこにいても誰も文句を言わないんですよ……」

「あの小さなトランクの中にしまってあるのはアコーディオンなのですか？」

「ええ。彼は時々、シャンソンを演奏するのですよ……とてもノスタルジックで……愉しいものをね。そういう人なんですよ。一日中、あの男はあそこに立っています。どこからやって来たのか誰も知らないようです……本人も知らないのではないかしら？」

ここまで話して、占星術師は黙った。そして物思わしげな様子で言い添えた。もう微笑んではいない。

「彼がわたくしたちのところへやって来たのは、最初の犯罪が起こるほんの少し前だったわ」

## 4　レストラン《オ・トロワ・クトー》

レストラン《オ・トロワ・クトー》は、畜肉処理場の古い建物から少し行った、昔、市場になっていた広場の真ん前にある。四階建ての建物の一階がレストランになっている。

外から見ると、何の変哲もないレストランである。両開きのガラス張りの扉の両側に、箱に入った緑色の植物が置いてあったが、その植物は埃《ほこり》をかぶって灰色になっていた。扉の上には、入口の幅ぴったりに、《オ・トロワ・クトー》と書いてある。

高級車を含む何台かの車が、レストランの前にある何の手入れもされていない駐車場に並んでいた。空いている場所がいっぱいあるにもかかわらず、それらの車は一か所にかたまり、錆《さび》だらけの街路灯に照らし出されていた。

シャンフィエは扉のガラスに白い文字で書かれている掲示を読んだ。いくつかの文字が欠けている。彼は頭の中で文章を構成しなおした。

カントワゾー・ジュニアの店
料理長
極上の食事
昼食、夕食、ご商談に
結婚式、宴会も承ります

カーテンを通して鈍い光が漏れていた。今でもローカル線の駅にあるビュッフェあたりで見られる薄暗さである。

シャンフィエは入口に貼り出されているメニューの内容を調べた。

十一月七日、水曜日のメニュー　六十五フラン（サービス料金込み）

ディナー

ヴァンデーン風、とろみのある《ヴルーテ》ポタージュ＆シェフのテリーヌ

又は

フロマンティーヌ産カニ料理

牡蠣《かき》ニダース

又は

当店特製腎臓《ロニヨン》のカソレット

サラダ

チーズ盛り合わせ

デザート

どうやら、一品料理《ア・ラ・カルト》はなく、コースが決まっているらしい。店に入ると、十二人ほどの客がすでにテーブルについていたが、まだ食事は出ていなかった。ほとんどの客が男。そしてそのほとんどが、眼鏡をかけた六十歳ぐらいの人間で、くすんだ色合いの服を着、真面目そうな顔つきをしている。町の名士という感じである。新聞を読んでいる者がひとり、アペリティフを

飲んでいる者が何人かいた。

私立探偵は主人とその家族に迎えられた。店に入ったすぐのところの脇、クローク（といってもレインコートと帽子がかかっている四つのコート掛け）の近くに、三人の人間が立っていた。三人とも小柄だがとても太っている。シェフがよく通る声でシャンフィエに挨拶した。

「こんばんは、ムッシュ！」

五十代なかばぐらいの太った男である。料理人らしい白い服を着ていたが、帽子はかぶっていなかった。頭は禿げていて、赤味をおびた丸い顔には、陽気さ、健康、人柄の良さが息づいていた。女もがっしりとした体格。顔はむくんでいて厚化粧のせいか、粉をふいているように見える。青リンゴみたいな色のワンピースを着て、その上の刺繍の入った短いエプロンの染みひとつない白さが目に眩《まぶ》しい。彼女も微笑みを浮かべている。その微笑はなかなか他ではお目にかかれないしろものだった。人間的温かさのためにそうなのかもしれないが、とってつけたようで、ちょっと異常な感じがした。

彼らの後ろに、十六歳だというでっかい女の子が立っていた。危ういところで、四肢のバランスがとれているという感じである。目鼻立ちのくっきりとした愛想の良い顔。ブルーグレイの目。何とも形容しがたい魅力が身体からにじみ出ていた。

シャンフィエは、彼らの微笑を見て、気づまりな感じがした。

「やあ、皆さん！」

おどおどした様子で彼は呟いた。

おかみさんはシャンフィエがレインコートを脱ぐのを手伝い、帽子を預かった。

「ムッシュはおひとりで？」

主人が訊ねた。

「ええ……」

「こちらの席だったら、おくつろぎいただけますよ」

主人はシャンフィエをホールの中央のテーブルに連れていった。そのテーブルには、脚の長いきらきら輝くグラスと、その横にみずみずしい花をいけた花瓶が置いてあった。

「ムッシュ、アペリティフはどうなさいますか？」

「そうですね……」

シャンフィエは、食事の前にはアルコールを飲まないのが常だったが、気分よく迎えてくれたので……、

「じゃ、ミント入りペルノ《ペロケ》を一杯……」

彼は、たぶん、流行嫌いと、復古趣味《レトロ》のせいだろうが、ペロケ、ボナル、ビイルー、カップ＝コルス、シャンベリといった時代遅れのアペリティフが好きだった。

太っているわりにはきびきびとした動きで、若い女は、あっという間に注文の酒を運んできた。繊細そうな青白い顔が美しい微笑をたたえている。シャンフィエの前におつまみ《アミューズ・グール》の入った皿が出された。

カウンターの端に備えつけられた風格のあるストーブから生温かい熱気が漂ってきて、ホー

ルをくまなく暖めていた。テーブルとテーブルの間にはとてもゆとりがあり、心おきなく話に花を咲かせることができるようになっている。花があちこちに置いてある。下げ物をのせるサイドボードの足元で、太った黒猫が居眠りをしていた。壁には、田舎の風景、町の通り、大西洋の眺めをテーマにした地元画家の手になる絵が飾ってある。レジでは、年老いた女が勘定書きを調べていた。

新しく三人の客がやって来た。顔色の悪い、縞《しま》のズボンをはいた六十すぎの男たち。常に二件の葬式、または二件の死刑執行の狭間《はざま》に生きているような感じの人物である。三人の太っちょが彼らを迎えた。太っちょたちは、彼らの仕立の良い外套を片づけようとして押し合いへし合いになった。

「奥の席をお取りしてございます、会長様」

シェフはいかめしい感じのその三人を案内し、レストランの奥に連れていった。離れたところから見ていたシャンフィエは、シェフがぺこぺことお辞儀をし、彼らの服についた埃を払うのではないかという気がした。

シャンフィエは二個のグラスの間に置かれたメニューを手にする。ちょうど彼の近くにいた太った女に声をかけた。またもや満面に微笑が広がる。

「豆料理《モジェット》はないのですか?」

ヴァンデ地方を横断するのだから、この辺の名物料理を味わいたいと思ったのだ。

「いいえ……あいにく当方では……」

「日曜日には作りますよ！」

シェフが、隣のテーブルから声をかけた。

彼は、グラスのほうへ身体を傾けた。手に、ライト・イエローの液体が入っているほっそりとした瓶を握っている。その手さばきがあまりにも慎重なので、まるでニトログリセリンを注いでいるような感じがする。

四人の男が、シラけた雰囲気のぎごちない態度でテーブルについていた。彼らの目の下はたるみ、頬は赤味を帯びていた。白くぺったんこの髪は砂利のようだ。糊でカチカチになったハイ・カラーの中に首が埋まっていて、ボタン穴に紫色の小さな勲章をつけていた。

「昼は……」とおかみさんが説明した。「簡単なメニューをお出ししていますの。皆さん、お急ぎですからね。でも夜は、もっときちんとしたものをお出しするように心がけてます。夕食は、皆さんゆったりと召し上がりますから、おわかりになるでしょう？　でも、もし腎臓《ロニヨン》のカソレットがお嫌いなら、牛肉か、小海老と香草入りオムレツに変えることも出来ます」

カントワゾーは、いかめしい感じの客の給仕をしながらも、常にシャンフィエに注意を払っていた。いかにもうまそうに口を突き出し、食いしんぼう風の唇をして、そこに指を三本合わせて持ってゆき、こう言った。

「カソレット、きっとお口に合いますよ……保証します」

「そうでしょうね」シャンフィエは微笑んだ。「で、腎臓《ロニヨン》の他にはどんなものが入ってるんですか？」

「小さな蒸しじゃがいも、そらまめ、キノコです。それにもちろん、アルマニャック・ソース《セップ》です。このソースは、主人が九年前に初めて成功し、以後ずっとお出ししているものなんです。他のレストランでは絶対に味わえないものですよ」

上出来だ！　とシャンフィエは思った。彼ははずんだ気持ちになり、同時に感激した。少なくとも自分の職業を愛している人間がここにはいるではないか。

「じゃ、それにしてください！……今日のディナーを……」

「本日のディナーおひとり様、お願いします！」

と叫んで、少女は旋風のように厨房へ飛び込んでいった。

「ワインはグロ＝プランになさいませんか？」

おかみさんが熱心に勧めた。

「そうね……それより赤ワインのほうがいいね」

彼女はワイン・リストを渡した。牡蠣《かき》もカニも選ばなかったので、シャンフィエはカルヴェのボルドーのハーフボトルにした。

何人かの客がシャンフィエをちらっと見ていた。好奇心に少し警戒心が混じっている。無理もない。この町の者ではない見知らぬ男がいるのだから！　何しに来たのだろうか？　誰のところに行ったのだろう？

サービスは早く、きちんとしていた。しかも、新しい客に、まだ温かみが残っているあなたの席を与えようとして、あなたがいつ腰を上げてくれるだろうかということばかり考えている安レストランとは違い、あの不謹慎きわまりないあわただしさはまったく感じられないのである。

この店に入って二十分後、シャンフィエはレストランが満員であることを確認した。健啖家《けんたんか》らしい客が六十人ばかり、ホールを賑わせ、歓談ははずんでいた。といっても、常にひっそりとしたおしゃべりではあったが。

突然、喧騒の中から他のおしゃべりより高い調子で三つの言葉が飛び出してきた。

「……あの、恐ろしい、殺人……」

「そう、あの殺人……」

陰気な言葉は、すぐさまテーブルからテーブルへ飛び火した。

殺人……殺人……。

一団となって聞こえていた話し声は勢いを弱め、恐怖と気づまりな雰囲気がホールに漂った。

「我が町の不幸だ」と勲章をつけた人々のテーブルにいた誰かが言った。

食事を終えたシャンフィエは、長い間こんなにうまい料理をたらふく味わったことがなかったと改めて思った。——ボルドーは、奇跡としか思えないが、冷やされずに出された——シャンフィエは主人を目で探した。だが、そんな必要はなかった。主人はすでに、テーブルのところにいて、彼のほうへ身をかがめていた。主人は、濁った水のように見える液体の入った細長い瓶をしっかり手に持っていた。

「このプラム酒を召し上がってみませんか？　何も申し上げませんが。試してみてくださいませんかね……祖父のやり方で作ってみたんですよ」

シャンフィエの前に、半分ばかり酒の注がれたブランデー・グラスが置かれた。

シャンフィエは「ところで……」とあることを訊いてみようとした。

「この町にはしばらくご滞在ですか？」

「数日間は……」

「たぶん、《コック・ドール》にお泊まりなんでしょうね？」

「いや、地元の方の家にやっかいになっています。パルパンブレ夫人の家です」

「ああ、そうですか！　彼女とはわたしどもも知り合いです……とてもしっかりした方ですよ」

「ところで……」

「何でしょうか？」

「わ……わたしのことを馬鹿みたいに思われるかもしれませんが……」

「おっしゃってください！　お気遣いはご無用！　ここでは、気のおけない連中ばかりに囲まれていると思ってくださって結構ですよ、お客様。お客様のお名前は？」

「セヴラン・シャンフィエ、保険会社の調査員です」

「おや、そうですか！　わたしどもの親友も保険関係の仕事をしています。教会の裏手にある《ラ・ビアンフェトリス・ファミリアル・エ・アグリコル》という会社なんですがね。彼の名はユルバン・プティボスケ。ご存じかもしれませんね？」

「いや、まったく……。わたしは、パリで働いてますから……しかし、素晴らしい。このブランデーは最高です」

「もう一杯どうぞ、でないと、わたしは怒って鉄砲を取ってきますよ、ハ、ハ、ハ！」

「車が故障して、立往生してしまってるんですよ……」

「わたしはガストン・カントワゾーと申します。ジェロームの息子です。ジェロームはこの店を出す前、つまり彼がここの創業者なのですが、ポノドー侯爵家の料理長をしておりました。ポノドー侯爵は聖アンジューの正真正銘の子孫にあたる方なんですよ」

「聖アンジュー？」

「カトリノーのことですよ。レジにいるのが義理の母、シドニー夫人、あそこにいるのが妻のモリゼット、そして娘のアガトです。わたしどもの幸福はみなここにあるわけです。甥はあなたの目に触れないでしょうな。奴は厨房にいますからね。なるほど、じゃあわたしどもの友人プティボスケをご存じない？　このあたりでいちばん優秀な保険屋です。爪の先まで実直な男ですよ。今の世の中では〝実直〟という肩書きは大事ですからね」

隣のテーブルで、アイスクリームとアンジェリカの砂糖漬けのビスケットを出していたおかみさんが眉をひそめた。

「ユルバンは明日の夕食を食べに来るかしら？　先週の木曜は、何だかあの人、気もそぞろで落ち着かない様子だったわね」

「わたしたちの家庭のたわいない話なんかしても、シャンフィエさんは退屈なばかりだよ。ところで、何でしょう、わたしにお訊ねになりたかったことは？」

シャンフィエが言い出しにくそうな顔をしているのを見て取ったので——主人が推測しえたことは、おそらく、よそ者が来るたびに訊かれて慣れっこになってしまっていたことだろう——主人は身をかがめ、私立探偵の口もとへ、肉づきのよい淡いピンク色の小さな耳を傾けた。

「この町にはありますかね……その……少し愉しめる場所が？」

シャンフィエは、セックスに対する妄執が自分自身の考えていたよりも強いことを思い知った。それがまたもやシャンフィエをとりこにしたのだ。カントワゾーは顔を上げた。顔をしわくちゃにして笑っている。息が詰まりそうになるほど。あまりの喜びに彼は全身で笑っていたのだ。やがて落ち着くと、主人は再び身をかがめた。

「もちろんですよ……ここでは、みんな息抜きの時間を持ってます。この町は、まったく有名じゃないし、誰からも注目されない田舎町ですが、ご心配なく……。わたしどもは粋を解さないほど野暮じゃありませんよ」

主人は囁いた。「オーギュスティーヌ・バルボプール夫人の家ですよ。彼女はとても立派な方で、口が固い。わたしの紹介だと言って訪ねなさい。あそこは私娼窟なんですよ。彼女は自宅で営業してるんです。何というかその……彼女のところには、若くて……素敵な女友達がいるんですよ。それ以上何も言う気はありませんが、このことだけはお教えしておきたいですな。とにかく、あなたのお望みのものはすべてというわけですよ」

主人は口を大きく開けて笑っている。そしてこう続けた。

「バルボプール夫人の館では、〝うん！　いや！　そんなのダメ、シェリー、アタシ、恐いわ……〟なんて野暮なセリフは聞きたくても聞けやしませんよ。ハ、ハ、ハ！　おっとっと、真面目に話しましょう」

主人は指を三本合わせて、突き出した唇のところまで持っていった。「あそこの女の子たちは昔風のやり方で働いているんです……ゆっくりとサービスしてくれますよ。住所は、デ・ゼタ＝ジェネロー通り十番地。並木道にぶつかる静かな小道がそうなんです。おわかりになるでしょう……ちょうど角のところに小音楽堂がありますよ。格子門と庭園のある大きな白い館です。間違いっこありませんよ。わたしが紹介したって必ず言ってくださいね……。最後に一杯いかがですか？　戦士のための一杯ですよ、これは」

「本当に、これで最後でしょうね？……」

冷え切った夜の中を歩くのが、シャンフィエには気持ちよかった。

娼婦を買いに行くなどという考えが浮かぶとは！　彼は、自分のセックスに対する妄執と闘うのにずいぶん努力していたのだが……。警察にいたころ、それが原因で失敗をしでかす以前から、勤務評定が悪かったというのに！　ぴちぴちギャルがそばを通るとこの刑事さんは、張り込みなんか二の次になってしまったのだ！

しかし、デ・ゼタ＝ジェネロー通りに向かっているのは、あのことをしたいという気持ちより、この町のネタが拾えそうな重要な場所のひとつに、鼻を突っ込んでみようとするためだということを、シャンフィエ自身よく心得ていた。事務所をクビになるのではないかと彼は予感していたのだ。彼にはちょっとした考えがあった。人の世話にならずにやること。自分で探偵事務所を開くことを考えているわけだ。シャンフィエは、ほんのこの間から殺人のメッカになりつつある田舎町を嗅ぎ回れるという可能性を前にして、後に引く気にはなれなかった。娼家に行くことは、その小手調べといったところに違いない。そして、もし興味深い事実を発見するチャンスを手に入れることができれば、それを新聞記者のひとりかふたりに教えてやれるのだが。それがきっかけとなって……新聞、雑誌に彼の調査が報じられるというわけだ。そんなものは束の間の名声というだけのことだが、それが成功の第一歩にならないとも限らない。そして自分の事務所を持つための資金ぐりをする時、事をうまく運ぶ手助けとなるかもしれない。

何につけても空想癖のあるシャンフィエだから、頭の中は、ベンガル花火のようにちかちか光る計画で一杯なのだが、無論、夢物語にすぎなかった。そして、いったんその火が消えてしまえば、現実という冷たいまなざしが、くそ面白くもない暗闇の中に再び現われるのである。シャンフィエは、夢想する人がよくそうするように、新聞の見出しを想像した。

**セヴラン・シャンフィエ、一匹狼の私立探偵……の残忍な殺人者の正体をあばく……**

夢から醒めた彼は、何となく肩をすくめ、フィルター付きのゴロワーズに火をつけたが、一服吸うか吸わないうちにそれを捨てた。ちょうど正面に煙草屋のオレンジ色のネオンが輝いていた。そこで葉巻を買った。

葉巻をくわえて、シャンフィエは並木道に出た。黒い夜が広がっている。

三百年の樹齢を持つ楡《にれ》が、長く続く砂漠のような並木道を、さらに陰気なものにしていた。二、三の人影が道を急いでいる。痩せた大きな野良犬が哀れな姿をさらして、どこかに向かって歩いていた。どこに行くのかはわからないが、暖かくいごこちの良い避難場所でないことだけは確かだ。大気は冷ややかで、枝から冷たい滴が落ちていた。

シャンフィエはすぐに小さな音楽堂を見つけた。そして、その少し先に、格子柵のある上品な白い館があった。正面はほの暗い角灯によって照らされている。10という番地はセックスを表わす数字（1が棒で0が穴）だということに気づき、こんなことは誰にでもすぐわかることだと思った。

枯葉と湿った土の匂いが鼻孔をくすぐった。シャンフィエは、前面に広がる深い闇の中に、庭園の小灌木や花の茂みを頭に思い描きながら、呼び鈴を押した。一分ばかり待つ。やがて、小道に人影が現われ、砂利を踏む音がした。こちらに歩いて来るのは若い女であった。毛皮のコートを無造作にひっ掛けている。袖がだらりと下がっていた。歩き方はしなやかで、波打っていた。あまりにもくねくねしているので、まるで細かなジグザグ運動をしているように思えた。女は、目的地に向かって歩いているようにはとても見えない。

『この女、酔っ払ってるのかもしれないな？』とシャンフィエはいぶかった。心配性の男である彼の特徴として、時々現われる意地の悪い心がそう思わせたのだ。

シックな香水の強い匂いが鼻孔をくすぐった。格子柵が開いた。どこにでもいる平凡な女だったが、いやな感じのするタイプではなかった。ショートカットの茶色い髪。女はシャンフィエに微笑みかけ、ついてくるように頭で合図を送った。

「ずいぶん早いお越しだこと……ところで……」

女はシャンフィエを館まで先導した。玄関口の階段を上がってゆく時、彼の目は女の腰のあたりに釘づけになっていた。天秤座《バランス》に生まれた尻であるかのように右に左に揺れ動《バランス》いている。

彼らはずんぐりとした建物の中に入った。シャンフィエは豪奢なサロンに案内された。そこには、ありとあらゆるものが、少しずつだが、揃っている。高級骨董屋のようだ。時代物の小さな家具。イミテーションと本物が混在している。ソファー、強烈な色のクッション、鏡、壁にはポルノを描いた油絵——シャンフィエ好みのものだった——が何枚も掛かっていた。ダリ風の凝りにこった絵で、薄紫色、光沢のある黒、奇抜な青緑色が使われ、セックスを暗示しているものだった。

売春宿の女将は、両手を差し出し、口もとに親しみ深げな微笑を浮かべ、シャンフィエを迎えた。オーギュスティーヌ・バルボプール夫人は六十代といった年恰好で、肉づきが良く、大海に立つ灯台のように立派な身体をして、全体の印象は権威主義的である。厚ぼったい唇が好色そうな感じでめくれ上がっていた。しかしそれは、張りのないピンク色の顔を険しいものにしている横柄な雰囲気を、決して消し去るものではなかった。焦げ茶の髪で前髪を垂らしていた。歌手のフレエルを上品にしたみたいだとシャンフィエは思った。

太ってはいるが、まだまだ刺激的な身体。その身体はスペイン風のケイプ・ドレスにぴったりと収まっていた。豪華な宝石が、彼女の身体のいたるところ、服、肌の表面、髪の毛の中で無秩序に輝き、そこかしこで人目を引いていた。売春宿の女将は、黄金の雨の中から出てきたという感じなのだ。しかし、その滴は、ぶるぶる身を震わせても一向に身体から払えない滴なのだが。

「ようこそおいでくださいました、ムッシュ！」

抑揚のない少し仰々しい声。

「ガストン・カントワゾー氏の紹介でやって来ました」

シャンフィエを迎えに出た女はそっと姿を消した。

「ガストンはお友達です」

と女将は微笑んだ。

シャンフィエは、リシャールおっかさん（公娼制度禁止法を作った人）が出てくる前に流行った本物の売春宿に来たという実感を持った。――復古調《レトロ》万歳！――孤独な旅行者に差し出された救命ブイ。時代遅れの田舎に残っている人間的な秘密の愉しみというわけだ。

確かに、見たところ何ということのないこの町は、生活の愉しみ方を知っているのだ！

ともかく、館にいる女たちは自由気ままに振舞っていた。誰も彼女たちに、ズボンの中にあるものを救助するセント・バーナード犬の役をやれとは、強《し》いてはいないらしい……（これはシャンフィエ独特の考えである）。

クッションを何度か軽く叩きながら、どっしりとして威圧感のある女将は、シャンフィエを彼女の横、陽に当たるのが大嫌いな人の肌のように白いソファーに坐るよう誘った。

彼らは少し雑談を交わした。政治、テレビの連続ドラマ、天気、週末の車の混み具合といった、どこにでもある無難な話を話題にした。メイドがシャンパンを運んできた。隣の部屋で誰かがピアノを弾いている。何とか聞くに堪えるしろものだ。シャンフィエは耳の片方を小指でほじってから、その曲がフォーレだということをおぼろげに聞き分けた。

サロンにいる客は自分ひとりだと思いながら、元警官は、他の客はもっと夜が更けてからしかやって来ないらしいと考えた。それに、格子柵のところで、女がそのことを口にしていたのを思い出した。

女将が紐——取っ手は男根の形をしていた、なんと面白いジョークだろう——を引っ張ると、七人の女が雪の上を歩く猫よりも静かな足取りでサロンに入ってきた。こうなると、まるでモーパッサンの《テリエ館》の雰囲気になった。女のうちの何人かは、素っ裸ではないが、金を払わないうちから、ほとんどまる裸といってもおかしくないすけすけの恰好をしていた。他の女たちは超ミニのシャツ身につけている。脚はむき出しで、黒あるいは濃褐色の漁師のはくようなブーツをはいている。

けばけばしい赤毛がひとり、ブロンドがひとり、茶色い髪が三人いた——こういう場所では、茶色い髪の女がいちばん人気があることを知っているシャンフィエは、なかなかの館だと思った——六人目はアンティエーズ（西インド諸島の仏領マルティニック等の住人）だった。

七番目の女は赤毛を剃り上げていた。スキンヘッドのその女は、ほとんど丸見えの素晴らしい尻を振りながら歩いていた。妙な話だが、シャンフィエは――まったく変な想像をするものだ――コーンにたっぷりと詰め込まれた二かたまりのアイスクリームを思った。

しかし、この娼婦たちは、元警官にとってはまことに残念なことだが、いまいち彼のお眼鏡にはかなわなかった。厚化粧の顔は――中には生活苦に押しつぶされたような顔もある――疲れ、陰気さ、無力感といったものを色濃く表わしていた。そして、女たちの脚はがっしりとしすぎていたり、短すぎたり、あるいは必要以上に湾曲していて、興奮させてくれるところはまったくない。元公務員の頭の中では、騎兵隊の奏《かな》でる騒々しいトランペット曲が響き渡っているだけだった。ともかく、シャンフィエの目には、女たちの身体の輪郭は、何となくだが大きな馬みたいにしか映らなかった。残念だとシャンフィエは思った。

〈刑務所から出てきた者のためなら、話は別だが……〉

太りすぎが二、三人、次の女は異様に小さい。他の女たちは、本当に……〈工場か兵営のそばで立っていれば、たぶん……?〉

シャンフィエは顎をさすった。バーゲンセールの日、市場に並ぶ安物を売る靴屋の棚を眺めて顎をさするのと同じような熱の入れ方で。うまい夕食を取った幸福感が手伝ったのか、この「館」に足を運ぶ道すがら、シャンフィエは素晴らしい女に出会うことを思い描いていた……。

売春宿の女将は抜け目がない。男の持っているセックス観がどうあれ、この女将は野原でマーガレットを摘むように、男の求めるセックスを的確に探し出すのだ。彼女は、私立探偵の唇に表われた小さな皺から、彼が迷っていることを読み取った。彼女は、そうしているシャンフィエを非難する気持ちはなかった。趣味の良い男たちをよく知っていたし、セックスとなると、彼らがこうるさい注文をつけることにも慣れていた。

料金の折り合いがついた時、——好意的かつベンキョウした妥当な値段で話がついた——シャンフィエは選ばざるをえなくなった。彼はブーツの女のひとりに決めようとしていた——肩幅があり、空挺隊員みたいに男っぽい感じだが、まあ、試してみなければ……。その時、今までいなかった美しい女が部屋に入ってきた。眩《まばゆ》いほど美しく、女王のような風格があり、なんとも素晴らしい女だ。彼女の回りのものすべてが、陰気なものに見えてしまう。まったく、〝ネールの塔〟って感じである。ただ、ネールの塔から何人もの愛人をセーヌ川に突き落とさせていた女王は仮面をつけていたが、彼女は、仮面を衣装だんすに置きっぱなしにしてきたようだ。その女は背の高いブロンドだった。——ほとんど白髪に見えるロング・ヘアーはやわらかい霧のようだ——真っ黒な瞳。こめかみにもう少しで届きそうな薄紫色の長いまつげ。顔は青白く骨張っている。まるで作りかけの荒けずりな彫刻という感じだ。真っ赤な唇が、大理石の静けさの中で、松明《たいまつ》の明るさみたいな雰囲気を投げかけていた。女の身体は、透けて見える一種の長いベールのようなものの中で波打っていた。それはピンクっぽい灰色で、イサドラ・ダンカンが巻いていたとてつもなく長いスカーフか、北欧の魔女がしている腰巻きに似ていた。乳色の美しい肌は宝石で飾られてはいなかった。だが、まぶたはトルコブルーで、爪には金色のマニキュアが塗られていた。足の爪は夕陽のようなオレンジ色をしている。そして額には、ヒンズー教徒がよくしている藍色の大きな点が描かれていた。まさにコマンチ族の中にまぎれ込んだクリムヒルデという感じである。

やりたくていても立ってもいられない人のためにあるセックス・サービス機関の検査に合格した男のように、落ち着きを失ったシャンフィエは立ち上がった。ズボンのチャックのあたりが邪魔をしている。だが、財布に邪魔される（金がないという意）よりはましである。彼は、おぼつかない足取り——普通なら転《ころ》んでしまうような足取り——で、ぞくぞくさせる美人——いったいどんなサディスティックな悪魔が彼女のような女を男たちの間に置き去りにしたのだろうか？——のほうへ向かって一歩踏み出した。

女は、長い真珠母色のシガレット・ホルダーにつけたアメリカ煙草に火をつけた。

「彼女はコレットよ」と女将は誇らしげに言った。「うちの牝豹《パンテール》……でも彼女は駄目よ。木曜日しか働かないから」

「そうですか……じゃ明日ですね」

元警官はどもりながら言った。ひどくがっかりしていた。

「たいへん申し訳ないのですが」

とバルボプールは言った。

他の女たちが話を聞いていて、皮肉をこめて笑っていた。がっくりと落ち込んだシャンフィエは、彼女たちの赤黒い口の中の傷んだ歯を見ていた。

「明日の木曜日は、まず彼女の身体が空くことは有りえないでしょうね」

「木曜日だけしか駄目なんですね？」放心したように坐り直したシャンフィエは訊ねた。「どうしても？」

「もう一度申し上げます」女主人は微笑んでいる。「コレットは木曜日しか仕事をしないのです」

何もしないで帰るのは悪いので、シャンフィエはブーツの女のひとりを、しかたなく選んだ。二階の部屋でシャンフィエはその女と寝た。一度だけ。しかも、〝これから汽車に乗るんだ〟というようなとても早いリズムで。そして、彼の寝ぐらである未亡人パルパンブレの家に帰り、睡眠薬なしに一気に眠りに落ちた。

## 5　いまいましい木曜日

十一月八日、木曜日

今日、木曜日、ド・シャンボワーズ嬢の相談室は終日閉まっている。占星術師は週の五日目は決して仕事をしない。この小さな町から三十キロメートルばかり離れたラ・ロッシュ＝シュル＝ヨンで婦人向けの小さな帽子屋を営んでいる妹に会いに行く日だからである。

ド・シャンボワーズ嬢は午前七時に起きた。すがすがしい気分で体調も良好。そして、幸福感に満たされていた。

愛しい妹――彼女のたったひとり残っている身寄り――の傍で一日過ごせると思うと、幸福な気分になるのだ。しかし、それだけではない。あのことを知っているから、幸福感も倍増しているのである。

今日、木曜日、この町で人がひとり殺される。

とはいえ、彼女が幸福なのは、男か女かが死ぬからではない。そうではないのだ。ド・シャンボワーズ嬢はそんな人間ではない。ゆがんだ心の持ち主ではないのである。彼女が好人物であるという確固たる証拠は容易に見出せる。

ド・シャンボワーズ嬢が幸福感に包まれているのは、星の運行の中にあの事を視たという歓喜によるもの、ただそれだけなのだ。病人の腹の中に病巣を発見した医者のような喜びに浸っているのである。あるいは、恐るべき証拠だが、真犯人を暴く決定的な何かを手中に収めた警官のような気持ちであった。

彼女の満足感は一〇〇パーセント職業上のもので、おそらく動物のようにあるいは機械のように働いている者には理解しがたい感情であろう。

彼女は、間もなく自分がフランスのトップ・クラスの占い師と見なされるようになることを確信していた。何十年このかた、タロット占い、茶碗の底のコーヒーかす占い――これはとても馬鹿にされているのだ！――そして、特に星占いに身も心も捧げ、努力に努力を重ねて研究してきたのが、やっとむくわれるのだ！　つつしんで国際占星術学会にも招かれるに違いない。

ド・シャンボワーズ嬢はパリでひと旗上げる気を一度だって起こしたこともなく、船長が自分の船に残るように、自分の魂そのものであるこの町に留まっているほうを好んだ、田舎の売れない予言者だった。その彼女がついに、とても閉鎖的な団体《天命の真実の友》に、重要な人物として仲間入りするのだ。

彼女は、十月二十五日の殺人も、次の木曜日に起こった殺人も、星の運行を視て知った。そして第三の殺人は、明日の夜明けまでに起こることを予感していた。

今朝、ド・シャンボワーズ嬢が陽気なのはこのせいなのである。

彼女は、八時半のラ・ロッシュ行きのバスに乗る。そして、二十三時のバスで戻ってきて、床につく。明日、目醒めると、年寄りのメイド、ユルシュルが、喉を震わせて彼女にこう告げるだろう。

「マドモワゼル、恐ろしいことです。またこの町で人が殺されました、夜中に……」

出かける支度を整えてから、ド・シャンボワーズ嬢はカーテンをゆっくりと開け、空を見た。空は低く、汚れた雪のような色をしていた。そして、寒がっている町に巻かれたスカーフのように、長い帯状になった灰色のものが棚引いていた。しかし、それは晴れた日にも見られる。風が北西から吹く日はいつでもこうなるのだ。灰色の帯状のものは、ジュシエ＝ヴァントゥルイユ工場の煙突から出ているのである。

それから、彼女は寂しい小道を見下ろした。彫像が収まっている壁のくぼみの下に身を隠すようにして、アコーディオンを持った乞食が、凍りついたように立ちつくしている。カーキ色の古いレインコートの中に首を埋め、てっぺんの尖った奇妙な帽子を鼻のあたりまで深々とかぶっている。手には、裏が毛になっている革手袋をはめていたが、指の先には穴が開いていた。両親と偉大な占星術師アラン・カルデックの写真の前で、ド・シャンボワーズ嬢は誓いを立てた。〈正しく視て取った時は必ず、あの哀れな男にいくらかの金を与えます〉

十月二十五日、木曜日、殺人があった。次の木曜日、妹のところに出かける時——みすぼらしい男の前を通るのは、週に一度、この時だけである——少し金をめぐんでやった。いや実際には、八つ折りにした百フラン札を二枚、乞食の擦り切れ、震えている手に押し込んだのだ。乞食は彼女に感謝し、何度もおじぎをした。しかも、一分間近くも彼女の後についてきた。彼女のほんのそばまでやって来て、腹のところに結んである楽器で、彼女を讃えるために、一曲やらかしそうになった。ド・シャンボワーズ嬢は〈まったく一流ホテルのドア・ボーイみたいだわ〉と思った。彼女は少し気づまりな感じがした。乞食は感謝の言葉を言った。

「運に恵まれますよ、マダム。絶対です！　もう一度お礼を言います、ありがとう！　天にいる方か他の方かわかりませんが、ともかく、誰かのご加護がありますよ、今にわかりますよ……」

そう言うとみすぼらしい男は、汚らしい帽子を取り、彫像の下へ戻った。

ド・シャンボワーズ嬢は、窓から男を見ている。上半身にくたびれたアコーディオンを吊し、黄色い指が鍵盤を這っていた。古い歌、三〇年代の巷《ちまた》で流行った嘆き節を弾いているのだ。彼女は、うっとりとして聞いていた。

「天にいる方のご加護がありますよ……」

ホームレスの予言も正しかった。金を渡した翌日すぐに、ド・シャンボワーズ嬢は町のホロスコープの中に、新たないやな出来事を視て取ったのだ。町の出生時の太陽の九十度座相《スクエア》ぴったりに火星がいるのである。

つまり、第二の殺人を予知したのである。これは、乞食が言っていた思《おぼ》し召しだかご加護だかだったのだろうか?

ド・シャンボワーズ嬢は、一流の占星術師として、魔術的心性と呼ばれているものを持っている。彼女は、ぼろ服の男が全能の神の使者か、あるいは、神の不吉ないとこ、〈悪魔〉の使者だと固く信じていた。

晴れ着で着飾ったオールドミスは、全身から時代遅れの魅力を発散している。服の色調は、ピンクっぽい灰色、薄紫、黒が優勢を占めていた。そんな装いで彼女は家を出た。

乞食の前に着く。

ハンドバッグを開け、昨夜から用意しておいた八つ折りになった百フラン札を二枚取り出した。それをアコーディオン弾きに渡す。一瞬、彼は演奏をやめ、礼を言った。感動と感謝の気持ちで声がかすれていた。

「天の助けがあるでしょう、マダム……」

ド・シャンボワーズ嬢は何とも答えず立ち去った。この男に話しかけるのは無作法なことなのだろう。通りのすべての窓、それにカーテンが震えている……。

彼女は立ち止まらずに歩き続けた。バス停は乞食のいる場所より少し先、百メートルばかり離れたところにある。

みすぼらしい身なりの男は、二枚の札をポケットに突っ込み、錆びたチャックを引きながら、ていねいにポケットを閉めた。今日が彼にとって素晴らしい一日だと男は確信している。キャンプ場の湿ったキャンピングカーで、いたんだ缶詰を食べることはないのだ。胃を酸っぱくさせる安ワインともオサラバ。たとえ、一般大衆向きに作られた安酒に慣れ親しみ、子供の頃からいかがわしい飲み物しか飲んでいなかったとしても。

先週及び先々週の木曜日と同じように、男は贅沢な夕食を取ることになるだろう。男は、昼食ではなく、むしろ夕食を選んだのだ。というのは、食後、悪夢に悩まされず、意気阻喪させるような不眠症にも陥らず、長く美しい夜をすこやかに眠り続けることが出来るからである。それに、正午のレストランは客が急いでいて、あまりゆっくりと過ごせない。だが、夜は落ち着き払っている。我が意を得た感じでくつろげるのだ。慈悲深いご婦人からもらった金で、《レストラン・ド・ラ・ガール》の入念に調理されたおいしい食事をたらふく食べられるのである。正真正銘の宴《うたげ》。今、どれほど自分が喜びを感じているか、毎日腹一杯食べている人間には理解できないということを彼はよく知っている。一日の傷——貧乏人たちの傷——をいやす膏薬《こうやく》のように闇があたりをつつむ頃、暖かくほのぼのとした、家庭的な雰囲気のするレストランの席につくのである。そして、男は別人になり、希望で心が暖かくなるのを感じるわけだ。

男の行くレストランは、《ド・ラ・ガール》である。何があっても、絶対に《オ・トロワ・クトー》には足を向けない。

それには理由があった。まず、町のお歴々の集まるレストランの主人とその家族は、前に二度、男を断わったのだ。男の身なり……臭い……人を不安にする顔つき……のせいである。しかし、一番の理由は他にあった。《ド・ラ・ガール》を選んだのは、ひとりのウェイトレスがいるからなのだ。

きれいで若々しく、生き生きとしたフィネット・クテュローが働いているのである。

男の心に咲いた小さな花……。

不運に見舞われ暗く沈んだ男の日々の中で、愛はらんらんと輝いている。まるでそれは、男のためにだけ、魂の荒れた空に、守護天使がもたらした大きな稲妻のようなものである。

午前十一時頃、アコーディオン弾きは髭を剃って《レストラン・ド・ラ・ガール》に向かった。そのレストランは、ＳＮＣＦ（フランス国有鉄道）の駅《ガール》のちょうど正面にある、地味な店である。男は女主人のリュシエンヌ・エショドゥアンに、今夜の夕食はあなたのところで取ると告げに行ったのだ。男はみんなと同じ料理《メニュー》は取らないのである。男のためだけのご馳走、珍味料理、凝ったソースを用意させるのである。プリンスの食事というわけだ。

男はレストランに入った。ホールにはまだ誰もいない。昼食を出すのは、小一時間ほど後である。昼食の客の大半は、工員たち、その他に、サラリーマン、旅行者が数名、町に物を運んでくる長距離トラックの運転手が三、四人といったところだ。トラックの運転手たちは一か所にひとかたまりになる。工員たちは五、六人がひとつのテーブルに席を取り、冗談を言い合って陽気に騒ぎながら食べる。その他の客たちは、ほとんどの場合ひとりで食事を取る。陰鬱な沈んだ雰囲気でもぐもぐやるのだ。時には、疲れた目の前に、水差しに立てかけるようにして新聞を開いている者もいる。

ウェイトレスのフィネット・クテュローは小柄でスリムな女だ。美しい。繊細なブルネットの髪。目はブルーでぱっちりとしている。彼女は、紙のテーブルクロスの敷かれたテーブルを回って食卓の用意をしているところだった。

クロヴィス・メサンジュ――アコーディオン弾きの名前である――を見とがめるやいなや、フィネットは背筋をピーンと伸ばした。彼女の顔面に激しい不安の色が表われた。そしてあっという間に、醜いと形容してもおかしくない顔つきにまで変わってしまった。彼女は身体を硬直させた。

メサンジュは微笑んでフィネットのほうへ歩み寄った。

「え、いったいどうしたの、フィネット……おれだよ……何を恐がってるんだい？　友達のクロヴィスおじさんじゃないか……」

ウェイトレスは厨房に逃げ込んだ。

リュシエンヌ・エショドゥアンが現われた。彼女は五十五歳になるがっしりとした骨格の女だが、まだ魅力は衰えていなかった。

赤味を帯びた顔だが、感じよく、少し反《そ》り返った繊細な鼻と貪欲そうな唇が表情を和らげるのにひと役買っていた。

彼女はにっこりとして言った。

「こんにちは、メサンジュさん」

「こんにちは、マダム・エショドゥアン。今夜、ここで食事をするって伝えに来たんですよ」

彼女は、ちょっと困ったような口調でやさしく答えた。

「しかし、こんなことを訊ねてなんですが、せめて、わたしどもに支払っていただけるだけのお金をお持ちでしょうか？」

彼女は、哀れな男の汚れたぼろぼろの長靴と、ズボンの裾のほつれを見つめた。

「先週の木曜日は、ちゃんと払ったでしょう？」

「確かにそのようで、しかし……」

「今日もまったく変わりません！　来週の木曜日も同じでしょうよ」

メサンジュはポケットから百フラン札を二枚取り出した。折ってあった札を広げ、誇らしげに振りかざした。何かの当たり券を振りかざすような仕草だった。

「ということでしたら、あなたの食卓は用意しておきましょう」エショドゥアン夫人は微笑みながら言い、「別に特別な意味があってお訊ねしたわけでは……」

そして、任せておいてという顔をしてこうつけ加えた。

「あなただけに召し上がっていただく何か特別なものを用意して……歓待しますよ……」

メサンジュはカウンターで辛口の白ワインを飲み、煙草をくゆらせた。

「どうしたんですか、フィネットちゃんは？　おれが現われたら、逃げ出したりなんかして」

エショドゥアン夫人は顔を曇らせた。

「わかりませんわ……その類《たぐい》のことには、わたし、関わりにならないようにしてるんですの、おわかりでしょう」

厨房のドアの向こうで、麻痺したようにじっとしたまま、フィネットは聞き耳を立てていた。唇が震えている。そして、耐えがたいほどきりきりと痛む腹を両手で押えていた。


町はとっぷりと暮れている。

住人から待ちのぞまれ――と同時にとても恐れられている――木曜日の夜が家々をつつみ、青味を帯びた網を張りめぐらした。闇の中にふだんとは違う雰囲気が流れているのが、秘密を見通せる者たちにはわかった。昨日はなかった何かが、大気の中に加味されている。それは本当にささいな何かである。しかし、ささいな何かだが、安定を乱し、大事の妨げとなる砂粒ぐらいの力と重さを持っている。微小な埃がたくさんのものを混乱させてしまうこともありうるのだ……。

午後六時を告げる六つの鐘の音が、鐘楼から重く弔鐘のように沈んだ調子で鳴り響いている。めったにいないのだが、それでもたまに通行人が並木道を急いでいた。何かから逃げているように見える。

町が何かを着々と準備しているのだ。

〈死者に化粧をするように〉と、数時間後、この小さな町の人気のない暗がりで人を殺そうとしている人物は考えた。

《オ・ヌーヴォテ・ド・ラ・キャピタル》の主人、レイモン・ユルルジョームは、縦横に広がるパノラマ風のショーウィンドーの模様替えを終えた。この男は、一見乱暴な感じがするが、本当はそうではない。少し勢い込んで議論する時は、両腕を上げ、斧を振り下ろすような動作をする。しかし、彼は同胞を愛しているのだ。彼が鉄砲を持ち、自分に向かって歩いてくる時、畑や森に棲む動物たちは彼を恐れる。それが、唯一彼を恐がる者たちである。

五十代の好漢。背が高くスポーツマンタイプ。下顎からもみあげまで青味がかった髭を生やし、頭は禿げている。太畝《ふとうね》の黒いコーデュロイばかり着ている。まるでそれが第二の肌みたいだ。顔つきは獣《けもの》めいていて、何となくすべての部分、つまり、逆立った黒い眉毛、暗く険しい感じのする大きな目玉、アイロンみたいに重そうな顎、げんこつのように威嚇的な鼻といったものがブルドッグを思わせた。腹が少し出ている。しかし、あなたが両足をそろえて蹴りにかかったら、踝《くるぶし》を傷めてしまうような種類の腹だということが何となく想像できる。手は杭《くい》を抜くやっとこのように大きい。はいている靴は、二十七センチで、歩き方は戦場に向かう戦士のようだった。

毎週木曜日、ユルルジョームはその週のために、ショーウィンドーの模様替えをする。今日からの七日間は、婦人用の外出着が飾られることになった。

凱旋門までまっすぐにのびているシャンゼリゼ大通りを描いた背景画をバックに、レイモン・ユルルジョームは、愛情をこめ慣れた手つきで、コート・ドレス、毛皮、靴、手袋、ハンドバッグ、スカーフといったものをディスプレイしたのだ。町とその周辺に住むすべての女性のための傑作品ばかりだ。この辺の女性たちほとんどすべてがやって来て、ぴかぴかに光り輝いている大きなショーウィンドー越しに新商品を見、芝居を見ている人々のように感嘆の声をあげるだろう。

《エレガントな女性のための週》と掲示幕が声高に告げている。

レイモン・ユルルジョームはナントに住んでいる。彼は、他の町にもこのような店を四つ持っていた。第一店はナントにあり、妻が取りしきっている。五軒の《オ・ヌーヴォテ・ド・ラ・キャピタル》はいずれも彼一代で作り上げられたものだった。

ユルルジョームは週に一度しかここにやって来ない。ショーウィンドーの模様替えのためにだ。背景を置き、パリから来た商品を目立つようにディスプレイする。彼は十三時か十四時ごろウィンドーの中に入る。そして夕方まで、シャッターをおろしっぱなしにしておき、電灯をつけ、この小さな町に贈るための夢幻の世界を作るのである。ユルルジョーム氏は何があっても絶対に、主任販売員のマルト・アボルドデュー——彼女は主人のいない間、店の業務がつつがなく進行しているかどうか、監督する任務を与えられている——に自分の代わりとして、ショーウィンドーのディスプレイの面倒を見させることはなかった。

その入念な仕事を終えると、飾りつけの大家レイモン・ユルルジョームは、《オ・トロワ・クトー》に食事に行く。毎週木曜日、新製品を並べ終わり、ローバーに乗って暗闇に包まれた道を他の町に向けて走り去る前、彼はいつもこのレストランに立ち寄るのだ。

数分が過ぎた。

夜が、何かを探してうろつき回る巨大な獣のように、町のすみずみにまで深く入り込んだ。町に生きる人々が、おのおの何か、自分のすべきことを着々と整えている。

並木道にある小ぢんまりとしたシックなカフェ、《ダリア・クラブ》では、五十歳の痩せた男がテーブルにつきパナッシェ（ビールのレモネード割り）を飲んでいた。禿げ上がって突き出た額。灰色がかった長髪が肩まで垂れている。不安げな表情。彫りの深い顔の中央に鷲鼻がしっかりと腰を据えていた。

男はメモ用紙に何かを書きつけているところだった。ブロンズ色の手はほっそりとしていて、節くれ立っている。明日の地方紙に載せる社説の一行目をしたためているのだ。

この男は、週に一度しかこの町にやって来ない。男の名はフレッド・フォルジュクラン。ナントの新聞記者である。しかし、彼の主な仕事は、週に一度、金曜日の朝に出る地方新聞「我が家の一週間」という週刊紙を発行することである。フォルジュクランは水曜の夜か木曜の早朝にこの町に到着する。そして新聞の準備に取りかかるのだ。この一週間に秘書が集めてきた文書、ノート、情報を、分類し、整理し、監修するのである。秘書は十九歳のアルバイト記者で、町の噂話のほとんどは、デ・ゼタ＝ジェネロー通り十番地の娼館から掻き集めてくる。町の放送局、オーギュスティーヌ・バルボプール夫人は誰のことについてでも、いつも微に入り細をうがち教えてくれるのだ。またこのアルバイト記者は求人欄、公告欄、婚姻欄、死亡欄等等（これらは丸二ページもあるのだが）も担当している。そして、宣伝、スポーツ記事、バスと汽車の時刻表、市《いち》の日程表も……。取るに足らない記事ばかりだが、ここの住人にとってはとても大事なことなのだ。

もう少しすると、週刊紙の社主は、カフェからすぐのところにある新聞社に行くはずだ。

新聞社は古い建物の一階にある。大きな部屋が三つあって、文書を整理したファイルや無用の書類の詰まった書類袋が積まれ、新聞、最終校正刷が山になっている。壁には、とてつもない量の写真が重ねて貼ってあるので、遠くからみると、うろこのような感じに見える。その建物の裏側、中庭の奥に新聞社の印刷所がある。輪転機を回しているのは、八十一歳になる老人、ジョルジュ爺さん。活版印刷工であり、凸版工であり、また写真製版工である彼は、パリで、まず「プティ・パリジアン」、それから「ラントラン」「ス・ソワール」、そして最後に「フランス・ソワール」と五十五年間にわたって新聞社の仕事をしてきた。

フォルジュクランは安い給料しか払っていないのだが、ジョルジュ爺さんは気にしていなかった。住民のための報道機関に働き、その老いた手をインクに浸《ひた》すことで、立派な最期を遂げたいと思っているのだ。

以上が「我が家の一週間」のスタッフである。

フォルジュクランが仕事を終えるのは朝の二時頃。そして夜明けにこの地方の四か所に、二台の小型トラックが、刷り上がった新聞を下ろしてゆく。

フレッド・フォルジュクランがこの週刊紙の社主になったのは一九六五年、創立者である彼の父、シャルル氏の死後である。シャルル氏は、一九二六年に八ページの新聞を作った。そしてそれは、町中で読まれただけではなく、町から半径四十キロにおよぶ範囲に住んでいる人のほとんどすべてにも読まれていた。

文化センターが開設されてからは、いつもの金曜日と同じように、中の四ページが、木曜の夜に開かれる知的な集いの記事に当てられることになるだろう。写真入りの詳《くわ》しいレポート。インタヴュー。そしてまとめ。田舎の伊達男という感じの口髭をはやしたバーテンが、新聞社の社主に二杯目のパナッシェを運んできた。

「今夜の文化集会は何ですか？」

とバーテンは儀礼的に訊いた。彼はまったくそんなものには興味がないのである。

「エコロジストたちが招かれてる。クストー船長までも呼んでるって話なんだ。インタヴューできることを期待してるんだがね」

《レイモン＝ルーセル文化センター》は、町はずれの薄暗く狭い道の突端にある。この道は夜、いつでも真っ暗なのだ。文化センターの真後ろがシネ・クラブ《ハリウッド》になっている。

役場は、文化センターにふさわしい建物を建てるのに必要な金が用意できなかった。役人たちはやむなく、以前病院だった建物をそれにあてたのだ。古くなった部屋を大急ぎで修復した。かつて、それらの部屋では、町の大勢の人が、手当てを受けたり、または生まれたり死んだりした。なかには、その両方をここで経験した者もいた。役場は、簡単にだが、ここを文化活動のための集会室、階段講堂に造り替えたのだ。

センターがオープンしたのは一九七七年十月である。

管理人の女は、最後の点検のつもりで、集会室をひとつひとつ見て回った。準備万端である。テーブル、椅子、壁掛け用のパネル、マイク、照明、大討論会を引っ張ってゆく人々とゲストが坐る席、万事異常なし。それにスライド映写機とスクリーンのある部屋、すべて用意されている。

この建物と機材の責任者である女性の管理人は、役場によって人選されたのだ。

ペリーヌ・マルシャイヤは、もし、何かの拍子に、照明があまり強くない薄暗い壁に囲まれたこの建物の中にひとり残されたとしたら、恐ろしくてしかたがないであろうことがわかっていた。彼女がここに来るのは、集会が行なわれる木曜日だけである。他の日は、センターは閉まっていて、管理人の女はこの辺をうろつくことを避けていた。木曜日の午前中、三人の雑用係の女が掃除機をかけている時、思い切ってセンター内にちょっと足を向けるくらいがせいぜいである。

陰気な長い廊下……今もエーテルの匂いがしているように感じられる回廊を歩く……かつて手術室だったところは、図書館になっている……。

だが、エコロジストの集いの責任者たちはすでに到着していた。顎鬚を生やした若者が五、六人。書類を腕に抱え、最後の段取りについて打ち合わせをし、集いに招待されているゲストをどう取り扱うか相談していた。著名なエコロジストは、パリ発の列車で十九時十七分に着く予定になっていて、ここにいる責任者のひとりが車で駅まで迎えに行くことになっている。

ペリーヌ・マルシャイヤは彼らがいたのでほっとしていた。

彼女は六十五歳。小柄で骨ばった身体を黒っぽい服で包んでいた。両腕のつき方が妙な感じだ。まるで、誰かがねじり上げたみたいな恰好をしていて、何やらこわれた人形という感じがする。

黄色っぽいやつれた顔は細長く、古い衣類のかかったコート掛けを思わせる。というのは、ごわごわの髪、長い鼻、まぶた、おどおどした目の下のたるみ、下がった口角、うぶ毛の生えた顎にだらりと垂れ下がったゴムのような頰のせいである。

「何も問題はありませんね、皆さん?」

「万事OKです、どうも、マダム！　僕自身も最後の点検をしましたよ……」

ホールにあるセンターの入口には何枚かのポスターが貼り出されている。そのホールは、かつては患者の待合室だった。

ポスターには、エコロジストの声明、プロパガンダが書かれてあり、目にしみるような緑が広がっているイラストがついている。例えば、下生え、森、ひなげし畑の風景等々。

マルシャイヤ夫人は、果てしなく大きいがらんとした部屋を横切っている。そこは使用されておらず、薄汚れていた。大きな窓のひとつを閉め忘れていたのだ。風がビュンビュン入ってくる。

彼女は、ちょこちょこと小走りに急いだ。周りに誰もいない。恐怖が彼女にのしかかってきた。そして恐怖のせいで、両脚の力が抜けた。神経が張りつめ、首がこちこちになった。突然、身体が軽くなったように感じた。異常に軽い。羽根に変身したようだ。吐き気が胃を襲った。掌《てのひら》は汗びっしょりだ。

ペリーヌ・マルシャイヤは神経症なのである。根拠のない恐怖が、時々彼女を苦しめる。かつて病院だった建物の中にひとりでいるのが恐いのだ。抑え難い、胸をしめつけるような不安によって金縛りになってしまったことがある。がらんとした空間が恐いのだ。頭上に広がる空さえ、彼女の上に落ちて来る恐るべき鉄の板のように思えるのである。彼女は、突然襲いかかる恐怖に弱いタイプの人間なのだ。だが心臓が弱いので鎮静剤は飲まないようにしている。

ペリーヌ・マルシャイヤは、ここが病院だった時期、まさにここで看護師として働いていた。一九三四年から一九七二年までのことである。三十八年間、死を宣告された病人を収容した六号室、つまり、死体置場と隣り合わせの部屋に配属されていた。この間、毎年何十人もの人が死んでゆくのを見た。死んでゆく人間の歳はまちまちだった。何といっても、いちばん恐ろしかったのは、子供が神に召された時だった。

このがらんとした部屋を通るたびに、瀕死の人の顔が甦るのである。腕、鉤状に曲がった手が、哀願するような感じで、彼女のほうへ伸びてくる。息も絶えだえな人間の腕が壁をつき破り、彼女を捕えようとする。そんな気がしてならないのだ。この部屋で、見開いたままになっている死人の目を閉じてやったではないか！　死化粧もしてやったではないか！　彼女は思い出している。いつか、気が狂うのではないかと彼女は感じていた。元病院のどこかで、ひとりでいるとすぐに、あの苦痛に歪んだすべての顔が、彼女に取り憑くからである。

彼女は窓を閉めないだろう。絶対にそうはしないはずだ。それは心身ともに彼女の力を超えた行為なのである。長い廊下はまだ続き……それはあまりにも遠すぎる……それにベッド……三十一番ベッドが、ちょうどその窓の真下にあったのだ……風が入ってくるのはしかたがない。彼女は、立ちつくしたまま、もう少しで叫び声を上げそうになっている。喉がぎゅっと締めつけられていた。青白い壁から、彼女が死なせた女の顔が現われるのが見えた。

一九四九年のことである。ルイーズ・ファーブルはまだ三十二歳の若さだった。彼女は腎臓のどこかを悪くし、治療を受けるためここに入院していた。彼女の病気は不治の病いではなく、やがてよくなる類のものだったのだが、ただ、この郵便局員の女は、郵便配達をしていたマルシャイヤの夫の愛人だったのである。ある夜、勤務についていたペリーヌは、医長が処方した薬をこの病人に与えなかったのだ。

ペリーヌ・マルシャイヤの目には再び、自分があの世に送った女の美しい顔が浮かんでいた。あのことは誰も気づかなかった……。マルシャイヤ夫人は、寝衣に包まれた、血の気のないまっ白な死人が壁を抜け出てくるような気がした。

亡霊はまっすぐに彼女のほうへ歩み寄ってきた。

管理人の喉から、恐ろしい叫び声が出そうになる。彼女は声を出さないように頑張った。冷たい汗が額を濡らした。それでも何とか身体を動かし、回れ右をするだけの余力はあった。彼女はそこから逃げ出し、ホールに駆け込んだ。そこにはエコロジストたちがいて、いくつかのグループに分かれ、雑談していた。そこではすべてが息づいていた。管理人は冷静さを装った。しかし、憔悴したその哀れな心臓は、狂ったように撥ね上がるボールのごとく激しく打っていた。

〈ここに、文化センターを作ったなんて、どうかしてるわ〉管理人は、中庭の奥にある沈んだ雰囲気ばかりが漂う陰気な三ＤＫの管理人室に戻りながら、一度ならずそう考えた。

どうして彼女は他で暮らせるだろうか？

どうして他の町に行けるだろうか？

彼女は一文無しなのだ。身動きが取れないのである。

ペリーヌは、一生のうちでいちばんひどいことをしたここ、つまり、陰気な建物の傍で生涯を閉じることになっているわけだ。

彼女はネズミが穴に入り込むように、住居に戻った。食堂に飛び込むとすぐに強い酒を、背の低いグラスに三分の一ほど注いで飲んだ。元気を取り戻し、身体を暖め、いまだ背中を濡らしている冷たい汗をおっぱらおうとしたのだ。飲んではいけないことを彼女自身よく知っている。医者が厳しくこう忠告していたのだ。

「神経がかなり病的にまいっていることを絶対にお忘れにならないように、マダム・マルシャイヤ」

ヒステリーの発作が起きるのである。特におびえ切っている時に。

ある夜、かつて病院だった建物の真ん中でひとりきりになってしまったことがあった。彼女はほとんど照明がなされていない廊下の曲がり角で、麻痺したかのように動けなくなってしまった。そして大きな叫び声を上げ、そこに倒れ、思わず失禁し、床に這いつくばった。つまり、発作を起こしたのである。助けに来てくれる人はひとりもいない。彼女は失神した。再び目を開けた時、彼女は氷の中に閉じ込められたような気分だった。下着が濡れている。彼女は起き上がり、走って管理人室に戻った。今年の九月のことである。

役場はマルシャイヤ夫人に、シネ・クラブ《ハリウッド》の管理も任せていた。映画館はちょうど病院の真後ろにあり、彼女がそこに行くためには、どうしてもセンターの中を通らなければならない。文化センターの奥に、映画館に通ずる扉がある。そこを開けると二百席ある館内に出る。彼女はホールを通って、中から入口を開けるだけでよいのである。

九月のその日は、午後十一時頃、管理人室に戻ろうとした。しかし、センターには人の気配がなくなっていた。その日、文化の集いに集まっていた人たちは、予定よりも早く引き上げてしまったのだ。そのせいで、彼女は夜中にかつて病院だった建物の中でひとりぼっちになってしまい、発作を起こしてしまったのである。

午後八時。

ペリーヌ・マルシャイヤが映画館を開けに行く時刻である。アタッシェケースに切符や何かを詰める。《ハリウッド》では切符を売り、短編映画とマンガの後の休憩時間にチョコレートやボンボンを売るのである。そして売り上げの計算をし、その辺を少し片づけ、ホールを閉めるために映画が終わるのを待つ。それが午後十一時で、そのころセンターにはまだたくさんの人がいる。

彼女はアタッシェケースを手に持ち、管理人室を出た。中庭を抜けセンター内に入った。すでに大勢の人がいて、あちこちで活発に論争している声がする。彼女は体格のいい髭面の男に近づいた。彼は催し物の企画責任者である。

「フォルジュクラン氏は来てますか?」

「今しがた電話がありました。二、三十分したら来るそうです」

彼女は微笑んだ。珍しいことである。

「そう、よかったわ」

これで、文化の集いは平常通り進行するということが彼女にはわかった。エコロジストたちはどんなに早くとも午前零時前に帰ってしまうことはないだろう。

映画館のホールに着く。入口の木製の扉のひとつから、ちらっと外を覗いてみる。薄暗がりの袋小路には、すでに五十人ぐらいの人が列を作っていた。

もう少しすると、映写技師ジャン・バティスト・ロカントーが自分の小型トラックに乗ってやって来て、袋小路に止めるはずだ。そして自分の映写機を映写室に持って上がり据え付ける。映写室は、四段ばかり階段を上がったところにある鋼鉄張りの部屋で、直接、外の通路に通じている。

マルシャイヤとロカントーはお互い口を利かない。しばらく前から映写技師とセンターの女管理人はお互いを無視し合っているのだ。

クロヴィス・メサンジュは《レストラン・ド・ラ・ガール》のホールの片隅の席についていた。夜はほとんど客がいない。特に、アンジェからの普通列車で着いた数人の客の大部分は、午後九時十分発のリュソン、ラ・ロッシュ、カイエ等を通過するバスに乗ってしまうのである。

落ち着いた隅のテーブルで、頰を赤らめたメサンジュは、ボリュームのあるシュークルートと黒ビールの入った大きなジョッキを前にして、ゴキゲンだった。生野菜を盛った大きな長方形の皿、豚料理と熱いパイ皮で包んだパテののっている皿をすっかり空にすると、メサンジュは飢えた人のようにメイン・ディッシュに飛びついた。

リュシエンヌ・エショドゥアンが給仕をしている。というのは、ウェイトレスが昼食の始まる直前に早引きしてしまったからだ。女主人は疲れ切っていた。脚が重くてしかたがない。彼女は乞食を哀れむような目で見てから、冷たくひえた陶器の大ジョッキを持っていった。これで三杯目である。そのジョッキからは、雪のような泡がしゅわしゅわと盛り上がりビールがこぼれ出ていた。

《オ・トロワ・クトー》には満席という看板が出ていた。

午後三時頃、セヴラン・シャンフィエは店の前を通った。彼は、町を何の目的もなく、だらだらと散歩している途中だった。

扉に貼られた献立表をじっくりと見てみた。

十一月八日、木曜日のメニュー　六十五フラン（サービス料金込み）
ディナー
かぼちゃのポタージュ＆生牡蠣《なまがき》二ダース
又は
ムクラード
又は
アーティチョークのソース・ピカント風味
仔牛の胸腺《リ・ド・ヴォー》フィナンシエール・ソース
サラダ
チーズ盛り合わせ
デザート

ところが午後七時四十五分、カントワゾーの店に夕食を取りにやって来たシャンフィエは、入口に貼ってあった献立表《メニュー》が他のものに変わっているのに気づいて驚いた。リ・ド・ヴォーではなくなっているではないか。そのかわりに、違う〈本日の特選料理〉が紫色のかなり大きな文字で書かれている。

## 狩人風ウサギ料理《ラパン・シャスール》

シャンフィエは、昨日と同じ、ホールの中央にあるテーブルについた。生牡蠣の皿をさっさとたいらげた。彼の前には薄く切られたソルト・バターが塗られている黒パンが何枚か置いてある。すでにミュスカデの小瓶はほとんど空になっていた。

レストランはすごく込み合っていた。昨日より入りがよい。信じられないくらい客を詰め込んでいた。太っちょの主人は、厨房の入口の近くに補助用のテーブルを六台並べたのだ。

「我が家の一週間」の編集室——天井の高い大きな三つの部屋の仕切り壁を取り払い、ひとつの部屋にしたもの——で、フレッド・フォルジュクランは、隣のブラッスリーから取り寄せたハム・ソーセージの盛り合わせとレタス・サラダで夕食を取っていた。書類と校正刷が場所をふさいでいるテーブルの隅で食べている。彼は急いでいた。文化センターでは皆、彼の到着を待っているのだ。

部屋の片隅の、無用の書類、最終校正刷の部分稿、古くなって黄ばんだ新聞の見本などが山と積まれた場所のちょうど真ん中にあるもうひとつのテーブルと、扉のない壁に取り付けられた押入れ戸棚の上には、ウィスキー、ウォツカ、ジン、コニャックの色とりどりのラベルの瓶が並んでいる。

しかし社主は、それらのボトルのひと瓶にも手を出さなかった。彼の目の前にはミネラル・

ウォーターのコントレックスの大瓶が置いてあった。廊下の端にある小さなバスルームの浴槽の中に酒瓶の中味を全部捨ててしまおうと決心したこともあった——しかし、いつもこの面倒な仕事を後に伸ばしてきた——ボトルに手をつけたら、アルコール中毒特有の震顫譫妄《しんせんせんもう》に取り憑かれてしまうことを彼は十分に承知しているのだ。しかし、心にとてつもない不安が生ずると、一リットル瓶の一本を取り、飲んでしまうことを知らないわけではない。

もし震顫譫妄の発作が起こると、恐ろしくも馬鹿げたことをやらかしそうになる。そして唯一、背筋が寒くなるのは、このことを考える時なのだ。

この部屋には、オレンジ色の大きな長椅子も置いてある。そしてもう少したつと——今夜、もしすべての物事がふだん通りに進行すればの話だが——彼と愛人は裸で、骨が折れてしまうほどの力で絡み合うことになっている。彼女がやって来ると、煙草の焼け焦げだらけのモケットの上で、まずバックから一発やる。それから文化集会が終わり、今日の仕事が完全に終了すると、長椅子の上で本番を始めるのである。愛人の腕の中で燃え上がる夜。かつてこれほど愛した女はいないぐらい愛している女。木曜日にしか会えないガールフレンドとの一夜を過ごすのだ。他の日は、口を糊するために、野を越え山を越え、今日はこっち、明日はあっちと事件を追って取材に飛び回っているのである。

新聞とともに、彼女は彼の生きがいになっているわけだ。

彼女の名はクレール。

クレール・ヴシューは高級品店《レ・フリアンディーズ・ド・フランス》のオーナーである。

フォルジュクランはロックフォールの包みを開けた。チーズを食べてからボルドーの赤を指二本分の高さまでなら飲んでもいいだろうと思った。腕時計を見て時刻を調べる。十五分後にはクレールがここに来て、彼の傍にいるはずだ。ミンクのコートの下は素裸でやって来るのである。

関係を持った最初の時から、フォルジュクランは、彼女にそういう姿で会いに来てほしいと頼んだのだ。クレールはその通りにしているのである。

彼は静かに笑った。ロックフォールの胡椒《こしょう》の利いた味が舌に広がる。

この小さな町にはなんとセックス狂が多いことか！

地面の中に、催淫性の特質を備えた珍種のカビを含む石灰質土壌があり、そこからガスが発生していると主張した人もいた。

男は他のところにいる時よりも強く肉体的欲求を催し、この地区以外にいる時はほとんど味わえない、活発なペニス運動が行なえるらしいというのだ。

しかし、なんというくだらない説だろう！

旅行者をこの町に引き寄せるための手にきまってる！　特に、その件でしくじってばかりいる人を集めようとしているのであろう。

一九六八年一月の新聞に、この事に関して短い記事を載せたフォルジュクランは、その結果、この地方にある体制派の婦人団体に加入しているご婦人連中の激しい抗議とラグジーヌ神父の非難をいっせいに浴びたのだった。

フォルジュクランはボルドーの瓶を開けた。コルク抜きは、屹立《きつりつ》したペニスの形をしている。これはある夜、バルボプール夫人の娼館で飲んでいた時に失敬したものなのだ。

フォルジュクランはぴったりコップの半分だけワインを注いだ。

セヴラン・シャンフィエは狩人風ウサギ料理《ラバン・シャスール》を味わっていた。キノコとパセリとを一緒にこんがり焼いてある小さなじゃがいもがついている。ソースが素晴らしかった。口当たりが良く、とても香ばしい味。口の中に、何か神々しいものがしっかり根づいたような感じだと思っていただきたい。元警官は一度だって、こんなにうまい狩人風ウサギ料理《ラバン・シャスール》を口にしたことはなかった。

シャンフィエは、彼のテーブルのかたわらを通ったおかみさんにほめ言葉を言った。

「うちの主人ですよ、作ったのは。ムッシュ……」

しかしその夜、《オ・トロワ・クトー》の主人は、ふだんにくらべると明らかに不機嫌な顔をしていた。何か困ったことがあるような感じだ。

「カントワゾー氏は何か困ったことでも?」

シャンフィエは思い切って訊いてみた。

「聞いてくださいまし、お話ししますから……馬鹿みたいなことなんですの……ここに来てくださる人は皆、カントワゾーが自分の職業を愛してることを知っています。でも、彼が嫌いな特別料理がひとつだけあります。それが狩人風ウサギ料理《ラバン・シャスール》なんです。わたしの言うことを信じてくださいまし。夫のことはよく知っています。明日の午前中、昼食に出す年代物のシードルのトリップを作るまでは、機嫌はよくならないんですよ」

「でも、このウサギ、最高においしいですよ」

「お客様をがっかりさせると後悔しますから、頑張って作っているだけですよ、ムッシュ。でも、わたしの言うことを信じてください。夫はいやいや作ってるんですよ……」

他のテーブルから呼ばれていたので、彼女は失礼しますと言って立ち去った。

シャンフィエは、白味がかった栗色の肉の細長い一片を骨からはぎ取った。肉は簡単にはがれた。口に運ぶ。とけるように柔らかく素晴らしい香りがした。ソースがからんで重くなったセップ茸をフォークひと刺し分、小さなタマネギを挟んで食べた。そして、ボルドーの赤をひと息に飲んだ。

他に何か欲しいものがあるかい？

レジのすぐ横のテーブルにひとりの男が坐っていた。背の低い、はつらつとした修道士の顔のようにふくらんだ頬。桃色の頭に何本かの栗色の髪が、後光が射すような感じで生えている。仕立ての良い、鉄灰色のスリーピースを着、サーモンピンクに赤い縞の入ったシャツにエンジ色の蝶ネクタイをしていた。その男は、我を忘れてウサギをむさぼり食っていた。山盛りの皿に向かっている彼は、それを食べること以外、何も考えていないようだ。顎も目もひかり輝いていた。

この小柄な太っちょがレストランに入ってくるとすぐ、ガストン・カントワゾーは私立探偵がアペリティフをちびちびやっている席へ男を連れて飛んできた。

「ご紹介します。わたしどもの親友、ユルバン・プティボスケ氏です。彼は、ラ・ビアンフェトリス・ファミリアル・エ・アグリコル保険の代理店の代表です。シャンフィエ氏はパリからいらっしゃった方で、やはり保険業者です」

頬がぽちゃっとした男と私立探偵は握手を交わし、三分程の間、保険について語り合っていた。シャンフィエはわけのわからない、いい加減な話をでっち上げた。

話が終わると、蝶ネクタイの男は自分の席に戻った。坐る前、この家のお嬢さんを抱き寄せ、激しくキスをした。元警官は、少女の顔が幸福でバラ色になったことに気づいた。

ホールの入口に、みんなより遅れてひとりの客が現われた。男はまだ若く、ひょろっとしていた。髪は赤毛。ストライプのスーツを着て上品な感じである。メタル・フレームの洒落た眼鏡の奥に、抜け目のなさそうな雰囲気が漂っていた。

「お客様のテーブルにこの方をご一緒させていただいてもかまいませんでしょうか?」

おかみさんがシャンフィエに訊いた。

「どうぞ、かまいませんとも……」

場所を作るために、シャンフィエ自身がパンかご、花瓶、大きな灰皿を横にのけた。ずるそうな目をした痩せた男は、私立探偵の正面で夕食をとっている。

初め、儀礼的な言葉を二、三交わしただけだったが、やがてシャンフィエは、チーズにとりかかった時——うまいものを食べた満足感が手伝ったのか——自分のほうから真向かいにいる男に話しかけた。男は、オードブルを食べている時から、話したそうにしていたのだった。

「わたしは、《オ・ヴルール・デュ・パレ》という会社のチーフ・セールスマンです」赤毛の男は説明した。「毎週木曜日、《レ・フリアンディーズ・ド・フランス》の注文を取りにここに寄るんです。わたしたちの会社は、そういう仕事だけではなく、大使館、県庁の軽食《ランチ》、大会社のビュッフェの用意もします。たまには政治会議の時もね。とても気分のいい仕事です。美食家のためのサービス機関というわけですよ。美食家の方《かた》はまだ少しはいますからね。神に感謝しなくっちゃ！……」

「わたしは、保険関係の仕事をしています」

「ちょうどよかった。一週間前、モンリュソンで憲兵隊のマイクロ・バスに接触されたんですよ。優先権はわたしのほうにあったのに、あいつらはまったく取り合ってくれなかったんですよ……こういう時、どうしたらよいのかお知恵を拝借できませんか……」

「わたしは、霰《あられ》、雷による損害についてしか担当してないもので、そのような件については明るくないんです」

シャンフィエはすげなく相手の言葉を遮った。

「あ、そうですか！」

「車が故障しましてね、それで……」

メタル・フレームの眼鏡をかけたこの男は、午後四時頃、自分の赤いグラナダ・ステーションワゴンを運転してこの町にやって来た。そしてホテル《コック・ドール》に宿を取り、手早く身づくろいをし、ホテルの主人（彼はこの男に十八か月もの間、女房を寝取られていた。そしてもっと面白いことには、彼の娘もこの男と寝ていたのである）と軽く一杯飲んだ。その後、女主人クレール・ヴシューの所有する《レ・フリアンディーズ・ド・フランス》におもむいた。クレール・ヴシューは今年で三十五になる、美しい茶色の髪に緑色の切れ長の目をした女である。この町のかなりの男たちが密かに彼女に対して好意を寄せている。しかし、クレール・ヴシューは、このセールスマン、ラウール・サン＝ヴァルベールに心を奪われていたのだ。彼を見ると、クレールは、菓子職人だった父ルオン・ヴシューを想い出すのである。

だが彼女には、自分の愛を告白する勇気がなかった……。それに彼のほうは、まったくそのことに気づかず、急いで注文台帳に商品名を記入すると、《オ・トロワ・クトー》で夕食をとるべく、さっさとグルメのための店を出ていくのである。それから……

それからは……これからお話ししよう……。

サン＝ヴァルベールもセックス狂なのだ。この町に着くとすぐに、デ・ゼタ＝ジェネロー通り十番地に飛んでいったのだ。牝豹《パンテール》とひと晩過ごせることを切に願って。

もし、あの美しいコレットがふさがっていると、サン＝ヴァルベールは近づくことのできない美しい肉体をののしりながら、娼館を引き上げるのだ。そうなると、安手の売春婦に抱かれてか、または人気のない道の奥にある陰気なバーで、これまでの人生でしくじった回数を声に出さずに数えながらひとり酔っ払うかして、一夜を台無しにしてしまう。彼はそうなることをよく承知していた。そんな時、彼の望みはひとつしかない。町を出る。そして、来週の木曜日、また改めて、この地方一番の美人で、いちばんセックスにたけている女と寝られるという馬鹿げた希望を胸に秘め、戻ってくることを考えているのだ。

「コーヒーはいかがしましょうか。サン＝ヴァルベールさん？」

「いや、結構です……ありがとう」

サン＝ヴァルベールは金を払い、急いで立ち上がるとシャンフィエに別れの挨拶をした。コート掛けの前でオーバーを着込む。太った少女が、爪先で立ちながらだろうが、彼を助けていた。彼は感謝の気持ちを込めて、彼女のうなじを二、三度軽く叩いた。

「サン＝ヴァルベールさんはいつでもそそくさと帰られるんですよ」果物の入ったかごをシャンフィエのところに持って来たおかみさんは、微笑みながら言った。「彼がどこに行くかは考えないほうがいいですよ……本当に男ったら！」

扉のわきのテーブルに、男がひとり坐っていた。暗い感じの若者で、瘦せた顔が青白い。隈《くま》のある目。黒く縮れたロング・ヘアー。ジーンズに黒い皮ジャン、白いタートルネックのセーターを着ている。男はコーヒーを注文し、煙草に火をつけた。そして腕時計を見た。五分間のうちに、これで三度目だ、腕時計を見たのは。

巡回映写技師ジャン・バティスト・ロカントーは、シネ・クラブに遅れて着くのをいつも心配していた。彼は、毎週木曜日の夜、そこで映画を上映することになっている。

夜の中、サン＝ヴァルベールは娼館に向かっていた。十番地の格子門のところに使用人の女が現われ、強い香水の匂いをまき散らしながら、申し訳なさそうに微笑んで言った。

「前にも申し上げましたように、コレット嬢はふさがっております……あなた様は、午後にも訊きにお見えになったでしょう……」

「そうなんですが……もう一度、来てみたんですよ……あなたにもう一度会えたらと思いましてね。それに事情が変わって……そういうこともあるでしょう？　『ランデブーがもしかしてキャンセルになったら』って思ったんですよ……」

「とにかく、今夜はこの館自体がお休みなんですよ。あなた、ご存じのはずでしょう？　毎週木曜日は、女の子たちは街頭で仕事をするんですのよ」

「失礼しました！　ボン・ソワール！」

静まり返った真っ暗な小道づたいに彼は引き返していった。

〝木曜日の客〟はすでにこの時、三階のベージュとライラック色に彩られた部屋で、牝豹《パンテール》の腕に抱かれていた。

彼女は、この町の公証人、クサンディエ先生のために熱演していたのだ。まず初めに、鞭打ちを少し——「本当に、もしあの男がそうされるのが好きなのなら……」とバルボプールは言った——その次に、公証人のオヤジがこの特殊なランデブーに先立って、毎日毎日、紙に事細かに書きつけながら計画した、複雑怪奇な馬鹿騒ぎをやるのである。公正証書を作るのが商売の男は、これの前にあれをしろ、その逆はまかりならん、この瞬間にこうしてくれ……といろいろうるさく注文するのである。それはまあともかくとして、凄いプログラムなのだ！

広い部屋の――どうしてこんな空間が必要なのだろうか？　そうかそうか、とても古くからある変態プレイ〝騎馬ごっこ〟をしたがる客がいるからだ！――円卓の上に、遊んでもらう客、ムッシュ木曜日が持ってきたプレゼントがのっている。コレット・カラールは、小切手にしろ札束にしろ、金で支払われるのを拒否していた。報酬として彼女が要求するものは、《オ・ヌーヴォテ・ド・ラ・キャピタル》でその夜に買って来た高価な品なのである。つまり、ユルルジョームが数時間前に、ショーウィンドーに並べた品というわけだ。

先週の木曜日、銀行頭取のオキュソル氏は、一流娼婦の熟練した愛撫に対する報酬として、その日の午後《オ・ヌーヴォテ》のウィンドーに置かれた、日本製の最新型芝刈り機を贈った。

午後六時半頃、公証人は大通りに面した広々とした店に入った。彼は、太鼓腹でずんぐりとした身体つきをしている。前髪が白くなっていて、冷たく計算高そうな小さな目に、洒落た金縁眼鏡をかけている。公証人を迎えたのは、ウィンドーに高級品を並べ終えたばかりのレイモン・ユルルジョーム自身だった。

「店頭でみた濃いブルーの綺麗なドレスを貰おうかと思うんだが……」

「××のドレスですね……」と、少し仰々しく声を低めて、パリの有名デザイナーの名を口にした。「この九月、マイアミで開かれたヨット・レースの際に、プリンセス・カロリーヌ・ド・トランシルバニイがお召しになったのが初めてという、もっともハイセンスなモデルでございます……」

語調が前と変わっている。レイモンは〝木曜日の男〟だとわかっていた。新製品を取り扱っているこの店主は、それぞれの最新流行の品に、出まかせのいわれをくっつけて、客の心を引きつけようとすることを何とも思わなかった。危険は何もない。言われたことが本当かどうか、買い手が新聞の社交欄で調べてみようとしたことは、これまで一度もなかった。

ここ数か月間で、彼は、ポール・モーランが愛用していたカバンに似せて作ったというふれ込みで、豹《ひょう》の皮でできたスーツケースを、アキテーヌのオイル＝ナフサ社の、いもしないマドリニャック社長夫人によって使われているのと同じ物だと言って化粧ケースを、ポルトガルのアウグスティーニョ・ジュニアが、先祖伝来の城の庭園の小道で、三週間前から遊びに使っているものの片割れだと吹聴して、スクーターを売ったではなかったか？

「それならいいだろうね」

とクサンディエは言った。

主人は微笑んだ。ブルドッグみたいな顔にできた深い皺は、自転車のタイヤそっくりだ。

「直しが必要でもご心配には及びません。相手のご婦人がここにいらっしゃって試着室に入っていただければ……。マドモワゼル・アボルドデューが喜んでお直し致します……」

「で、おいくらかな？」

「四千百九十フランでございます」

公証人はそれといっしょに、手袋、ケースに入った絹のストッキング、しゃれた感じの小さなブラウス、そしてあざらしの皮でできたスリッパを買った。手に細長いボール箱を持ち、クサンディエ氏は娼館に向かって歩きだした。

パッケージには、クリーム色の地に大きなオレンジ色で《オ・ヌーヴォテ・ド・ラ・キャピタル》と目立つように書かれている。通行人はそれを羨望のまなざしで、しっかり見つめていた。

うれしくて有頂天になっている美しいコレットは部屋でドレスを着てみた。鏡の前を行ったり来たりし、くるりと回ってみたりもしていた。鏡は部屋の中のいたるところ、壁、天井、床、家具の上と気前よく置かれてあって、重力の法則に逆らう小さな水たまりを思わせた。そして部屋は、最近、豪雨に見舞われたような感じだ。

ドレスをほめるために呼ばれた女将は、大きな拍手を送った。

「ちょっとした直しは店でやってくれるそうだよ」

公証人は、肘掛け椅子に坐り、天気の悪い時にはくようにしている長靴を脱ぎながら言った。

「本当に素敵だわ、クレモン！　あなたっていい人ね！」

彼女はふくよかな白い腕を首に巻きつけ、膝を彼の大事なものに押しつけながら、クサンディエにキスをした。女将はメイドにシャンパンを運んでくるよう命じ、「そろそろ退散するわね」と囁いた。そしてちらっと牝豹《パンテール》を盗み見て、非常ベルを新しくつけたことを忘れないようにと念を押した。

七月に公証人は、売春宿で死んだフェリックス・フォール大統領の二の舞いを踏みそうになり、慌てて医者を呼ばなければならなくなったのだ。

カントワゾーの店で狩人風《ラパン・》ウサギ料理《シャスール》をがつがつ食べながら、レイモン・ユルルジョームは幸せな気分に浸っていた。昨日の水曜日と今朝、ナントの北方グルレにある自分の領地で狩りをしたのだが、上々の収穫だった。

森のほとんどは彼のものである。五つある《オ・ヌーヴォテ・ド・ラ・キャピタル》がもたらす利益のおかげで、十三年前に手に入れた領地なのだ。

レイモンは実力者だ。精力的でかつ想像力豊かな商人である彼は成功したのだ。ラ・オット・ブリエールの小さな貧しい農家の息子が、ジェントルマンになったわけである。密猟者の子供だった彼は、しばしば憲兵隊と問題を起こしたこともあったが、この地方では右に出る者がいないほど、鉄砲撃ちにかけては名手だった。

毎週水曜日、レイモンは林と耕地とからなる自分の広大な領地におもむく。そこには家もあるのだ。終日、そこで猟をする。しばしば、獣医、ガレージのオーナー、ムール貝養殖業者になって、それぞれの道で成功を収めている二、三の竹馬の友が同行する。だが、常に獲物をいちばんたくさんしとめるのはレイモンで、彼はそのことを得意に思っていた。獲物は、ウサギ、雉《きじ》、鶏、それに何匹かのつまらぬ小動物である。常に驚嘆すべき獲物の数なのだ。

彼の林で我が物顔に密猟をしていて、現場を押さえられながら、捕えた野ウサギを買ってもらった上に、なんと水曜日の宴会に誘われた三人の密猟者がいたが、彼らにとってレイモンは聖人でなくてなんであろうか？　下生えをうろちょろしているケチな密猟者や密売人に、この男はとても好かれているのだ。

レイモン・ユルルジョームは何があっても、鉄砲片手に野外で過ごす水曜日のエキサイティングな一日を中止することはないのである。——それはしばしば木曜の朝まで続く——彼は十二歳の時、父と猟を始めた。鉄砲を使ったこともあったが、たいがいは罠で猟をしていた。しかし実力者になってからは、鉄砲しか用いなかった。

胡椒をきかせた溶けるように柔かいウサギの肉が、素晴らしい香りのするソースで濡れた口の中をしびれさせる時、レイモンは大いなる喜びを感じるのだった。

今日、彼はショーウィンドーを素晴らしいものにすることができた。もう少しで食事が済み、すべてを胃の中に流し込むためにコーヒーとアルコール一杯を飲み終わり、心ゆくまで満足感を味わうと、ポワティエ経由でゲエレまで、夜じゅうクルーズ街道に車を駆るのだ。そして明日、ゲエレにある《オ・ヌーヴォテ》のショーウィンドーを、魔法の杖でも使ったかのようにきれいに飾り替えるのである。

高級食料品のセールスマン、ラウール・サン＝ヴァルベールは、金色のフィルター煙草から煙を小刻みに吐き出しながら、並木道をぶらぶらと歩いていた。牝豹《パンテール》と会えなかったので、ひどく機嫌を悪くしている。

バルボプールのところにいる街娼が小道の曲がり角から飛び出し、彼に寄りそい、腹を彼のそれにくっつけてきた。

サン＝ヴァルベールは街路灯の光で女を見て、ブスだということがわかった。ぼてっとした顔、口紅を塗りたくった口、牝牛みたいにでかいオッパイ。彼はどうしようか迷った。だが、この手の律気《りちぎ》そうな淫売はアレがうまいものだ……絶対、確かである！　と彼は思ったのだ。

娼館の女将が、ちょっと運が良ければ稼ぎ高が上がると思い、手を貸したくなるようなエサをカントワゾーに投げた。そうしたら、あのとんでもないカントワゾーが、客に出す食事の中に催淫剤を入れた、なんて噂はないだろうか？　しかし、サン＝ヴァルベールがレストランを出てまもなく歩行困難に陥り、パンツでこすれたことが原因で、一種の火傷《やけど》みたいになるほどペニスが勃起したってことはなかったろうか？　確かに、もし歩きにくく感じるなら、踝《くるぶし》を血で染め苦痛となるような踵《かかと》の固い新しい靴を買ってしまったという失敗によるより、ペニスのせいのほうが何倍もましだろうが。

サン＝ヴァルベールはショートの料金の折り合いをつけた。――女は、その料金じゃ外で簡単にやるだけよ、と予告した――。

彼らは、そこからいちばん近い小公園の垣根の蔭に行った。すぐに女はスカートをたくし上げ、パンティを下げ、尻を風にさらして待っていた。その間、サン＝ヴァルベールは財布の中の札を探していた。時間を稼ぐためにだが、彼のズボンのボタンを外してやるくらいの親切心は女にもあった。それに、たいがいの男はそうされるのが好きだからやっているのだ。それから女は低い石塀に背をもたせかけ、男を肩に寄りかからせた。

しかし、なんとクソ面白くない夜だ！　と、サン＝ヴァルベールはズボンのボタンをはめながら思った。女に「さよなら」と短くつっけんどんな口調で言う。

サン＝ヴァルベールは真暗で濡れている並木道を再び上っていく。墓より陰気な感じのするずんぐりとした家並を、小さな道が区切っている。彼は映画館に向かっているのだ。いくつもの電球が弧を描くようにして入口の上に取りつけてある。その光が夜のイリュミネーションの役目を果たしていた。

《ハリウッド》は開いていた。すでにたくさんの人が集まっている。サン＝ヴァルベールは切符を買った。売り場にいるのは、町中の人が半分気違いだと噂している、陰気でゴムみたいな顔をした女である。彼女はサン＝ヴァルベールに向かい、慇懃《いんぎん》無礼な感じで二言、三言と口を利いた。というのは、彼が細かい金を持っていなかったからである。五百フラン札だって、冗談じゃない！

小額紙幣はすべて街娼にくれちまったのだ！

彼は何とか一席確保した。しかし、スクリーンのすぐ前で、しかも端のほうなのだ。椅子に坐ったまま、首を曲げて映画を観ることになりそうだ。

同じ頃、機能的なキッチンで、ほんの少量の夕食を取った《レ・フリアンディーズ・ド・フランス》のオーナー、クレール・ヴシューは、緑色の小さなミツビシに乗り、ゆっくりと町を走っていた。クレールは、彼女の愛人が社主である新聞社の前で車を停めた。建物に入り、元気な足取りで歩いている。踵が床を叩いていた。ジャーナリストが現われ、両腕を開いた。彼女はその中に飛び込み、彼らは絡み合ってディープ・キスをした。フレッドは、毛皮のコートの下に何もつけていない、愛する女のなめらかな身体を感じていた。「哀れなフレッド！」と若くて美しい女経営者は思っていた。彼女が彼に会いに来ている理由は、今やふたつしかなかった。哀れみと、ほんの少しの彼女自身の気の弱さである。クレールはもうまったくフレッドのことを愛していない。だが、もし彼女に捨てられたら、彼はアルコールに溺れ、途方もない馬鹿なことをやりかねないのだ。ほとんど夜も日もあけずにクレールが思っている男、恋人、いや、たぶん夫にしたがっている男（「私を助け、《フリアンディーズ・ド・フランス》を営むという大任を引き受けてくれる人はいったいいつ現われてくれるのかしら？」と）、彼女が心ひそかに愛してる男は、《オ・ヴルール・デュ・パレ》のチーフ・セールスマンで女好きのサン＝ヴァルベールなのだ。活動的で優秀な、シャルトルに住んでいる独身男に心を奪われているのである。

人で一杯の文化センター・ホールでは、あとフレッド・フォルジュクランを待つだけとなっていた。新聞社の代表は、センターに向かっているところだった。

編集室にひとり残されたクレールは、ここでフレッドの帰りを待つのである。彼女は雑誌をぱらぱらとめくっていた。もう少ししたら、ちょっとだけテレビを見る。ポータブル・テレビが床に直接置いてある。クレールは、フルーツ・ジュースを持ってきて飲んだ。

「町ではまさに今、殺人が行なわれているかもしれないわ」とラ・ロッシュにいるド・シャンボワーズ嬢は呟いた。寒さと霧雨の中、ブリアン大通りにある種馬飼育場を前にして、彼女は、妹が送ってきてくれた停留所でずいぶん前からバスを待っている。

映画館の暗いホールの中で、ひとりで来ていた若い女は、太腿のあたりのスカートに固い手が触れているのを感じていた。その前から、すでに何度か足でサインが送られていた。男の靴の片方が彼女の踝を撫でていたのだ。

女の心臓は張り裂けんばかりに鼓動している。

彼女は《ジュシエ＝ヴァントゥルイユ》で働いている二十六歳の工員である。気の多い女だが、四か月半前から男ひでりなのだ。

手が彼女の膝に置かれたが、女は何の抵抗もしなかった。太腿を少しだけ開いた。

映画の画面が何度か変わった。——だが、女は他のことに気を取られて、何も見ていない——手がスカートを這い上がる……お触りは延々と続いた……そして、手は直接、肌に触れ股間を登ってゆく……女は動くのが心配だった。椅子が軋《きし》るのが恐く、そして、何もかもが恐かった。スクリーンに没頭している客がいる左の席をちらっと見た。女はじっとしている……だが、そうなのだ。彼女はその手を欲し、もっと触られたいと思っていたのだ。

女は大胆になった。見知らぬ男の腕に掌《てのひら》を当てた。指がピンセットのような感じでそこに引っかかった。

ド・シャンボワーズ嬢はラ・ロッシュ発二十二時三十五分のバスに乗り、何の問題もなく家に戻った。彼女の猫、ワンワンが主人を待っていた。彼女はミルクの入ったカップと、深い皿の縁一杯のレバー・コロッケを用意しておいてやったのに、ワンワンは彼女を非難するような目で見ながら、ひもじそうな顔つきで激しく鳴いていた。

《レストラン・ド・ラ・ガール》で素晴らしいご馳走を食べ、町を少しぶらついたホームレスのメサンジュは、キャンプ場にあるキャンピングカーに戻った。最後の葉巻を吸い終わると、服を脱ぐのも面倒臭かったのか、そのままの恰好で腹の上に両手を組み、幸せそうな顔をしてすやすやと眠りについた。

夜がだいぶ更けてから、リュシエンヌ・エショドゥアンのレストランのウェイトレス、フィネット・クテュローは、店の上にある自分の部屋に帰った。フィネットは、汽車に乗ってマランに行き、そこに住んでいる女友達の家で一日の大部分を過ごした。ベッドに入るために服を脱ぎ始めた時、フィネットの胸を再びアコーディオン弾きの男の恐怖の影が顔にさあっとさした。

レイモン・ユルルジョームはもう一度最後に、夜中でも特別に照明がなされている――レイモンは役場にコネがあるのだ（省エネのため、夜間の照明には役所の規制がある）――《オ・ヌーヴォテ》の前を通ってから、ポワティエに向かって車を走らせた。ポインター犬のルシファーが後部座席で眠っている。

レイモン＝ルーセル文化センターでは、二百五十人にのぼるエコロジストたちが討論会の最後の部分に聞き入っている。

シネ・クラブでは、終わりの部分の画像が流れ、そして青白いバックに「エンド」という黒い文字が、すり切れたフィルムの上でかすかに震えた。再び照明の入ったホールから映画ファンたちはぞろぞろと出始める。ペリーヌ・マルシャイヤは膝に編物と編み針を置き、ガラス張りの切符売り場に坐っていた。

もうじき、つまり映写技師が機材を小型トラックにきちんと積み込み、帰っていったらすぐに、《ハリウッド》の扉を閉めることができるのである。その際、彼女は彼にひと言も口を利かないだろう。そして彼のほうも、「おやすみ！」と優しい言葉をかけたり、「じゃまた、来週の木曜日に、マダム・マルシャイヤ。素敵な一週間をお過ごしください！」と言ったり〝事件〟が起こる前にしていたような態度は、絶対見せずに帰っていくはずだ。

三月以来、ふたりの間は冷戦状態なのである。

ある悲しい事件がふたりを……。

ひとりになったらすぐに、管理人は映画館を閉めるはずだ。そして、手に切符の半券、書類、編物、今夜の売り上げ金の入ったアタッシェケースを持ち、まだたくさんの人がいる文化センターを横切る。売り上げ金は戸棚に鍵を掛けてしまう。明日の朝、役場の職員に手渡し、彼が銀行に預けに行くのである。

保険屋のプティボスケ氏はオ・グラン通りの自分の事務所の上にある小さなアパートに戻った。そして寝る前に植物学に関する本を開き、数ページ読んだ。

町に放されたオーギュスティーヌ夫人に飼われている女たちは、まあまあの働きぶりだった。四つの小公園《スクエア》、公園、並木道の木立、ラ・ロッシュジャクラン広場にある大きな公衆便所の裏手、鉄道線路のところにある用済みの貨車の間、養老院と中等神学校のポーチのあたり、北の場末にある空地等々、外にはショートの出来る場所はいくらでもある。股の間が冷え切っていない連中なら誰でも、町にある奇想天外で落ち着ける場所を千か所ぐらいは知っている。

公証人と牝豹《パンテール》がベージュとライラック色に飾られた部屋で愉しんでいた間に、オーギュスティーヌ夫人は、友人のサンノン議員に電話をした。

二十年前の五月十三日、大がかりな祭りの日に一夜だけ愛人となった彼に、いつでもちょっとした特別待遇、ちょっとした法律違反を大目に見ること、ここかしこに顔出し出来る権利、友人としてのちょっとした後ろ盾を頼んでいるのだ。

フレッドは美しいクレールと寝た。

そして今は、組み上がった新聞に向かい、年老いた印刷工と、輪転機を前にして、仕事の問題について話し合っている。

「我が家の一週間」は予定の時刻にいつものように発行されるはずだ。そのうち四ページ全部が、エコロジストの記事で埋まっている。


町は、何事もなく素敵な夜に包まれていた。


ただ違っていたのは、《ジュシエ＝ヴァントゥルイユ》でねじ切り工をしている二十六歳のジャニース・ジュリアノー夫人の身の上だけだった。

彼女は、役場からすぐのところ、女子小学校の前にある小公園の中で、絞殺死体となって発見された。パンティは破れ、太腿のあたりまで下げられていた。しかし、レイプされた形跡はまったくなかった。

午前一時半頃、タクシーの運転手が駅で拾った客――パリからの急行が三十秒だけ止まるのだ――を降ろした直後、町から十五キロほど離れたロッシュユソミエールの自宅までは持たないと思って、車を止めオシッコをした。その時、小公園の前を照らしているネオンの光に映し出された死体を発見したのである。両脚がいぼたの木の茂みから出ていて、靴の片方が足から脱げていた。ハンドバッグは、そこから一メートルばかり離れたところに捨てられていた。今回、扇は死体からかなり離れた、公園の入口の金属製の小門の真下にあった。

金曜日の朝、朝食の時にド・シャンボワーズ嬢は、事件のことをメイドから聞いた。彼女はまったく驚いた表情をしなかった。

「ありがとう、神様！」と単に呟いただけだった。そして彼女はうれしくて小躍りした。というのは、アコーディオンの調子外れの悲しげな音が、道のほうからかすかに聞こえてきたからだった。

## 6　狩人風《ラパン・》ウサギ料理《シャスール》に気をつけろ！

町で絞め殺された女はこれで三人となった。

憲兵隊は最初の殺人のあった翌日、十月二十六日から捜査を開始していたが、何の成果も上げられずにいた。そこで、調査はラ・ロッシュにあるＳＲＰＪ（司法警察地方支部）のグエット警視の班にバトンタッチされ、憲兵隊は脇役に回らざるを得なくなった。

警視一行は役場に捜査本部を設けた。

フレッド・フォルジュクランは、不快な夜を過ごした。午前二時頃、ちょうど仕事を終えようとしていた時、憲兵隊からの電話によって、新たな死体の発見、運命を告げる扇が残されていた殺人のニュースを知らされたのだ。

そのせいで、「我が家の一週間」は次の日の午前十一時にならないと発行されなかった。ふだんは広告が掲載されている新聞名の上に、大見出しでこう書かれてあった。

**速報**
**この町で、また汚らわしい殺人が！**
**《ジュシエ゠ヴァントゥルイユ》のねじ切り工、ジャニーヌ・ジュリアノー夫人が、役場近くの小公園で死体となって発見された。被害者は絞殺されており、殺人犯は謎めいた扇を残していた。**

不愉快という表現ではとても済まない実に間の悪い事件のせいで、フレッドは、あの美しいクレールと明け方まで狂わんばかりにセックスを愉しむはずだったのが駄目になってしまったのだ。

しばしば《オ・トロワ・クトー》で夕食を取る、この地方の医学会における最高権威者、フロラン・ルジュイ教授が責任者になっている新しい病院（ルイ゠フェルディナン・デトゥシュ医療センター）の死体置場に、その若い女の死体は横たわっていた。その頃、警察は捜査に役立つ最初の手掛かりを収集することに成功していた。

ジャニーヌ・ジュリアノー夫人は、サーブルにあるマルシェロいわし缶詰工場で経理の仕事をしている夫、ジャン＝クロード・ジュリアノー、二十九歳（彼の十一月七日から八日にかけてのアリバイは完璧であった）と別居中で、離婚成立寸前の状態だった。子供のいないこのカップルは、十三か月前から夫婦関係をやめにしていた。若い女は、町を少し離れたショーレ街道に面しているSIMV（ヴァンデ現代不動産株式会社）の建てた団地の一DKに住んでいた。その不動産会社は《ジュシエ＝ヴァントゥルイユ》工場の持ち物である。彼女は六年前から、ねじ切りの熟練工として、武器の付属品を製造しているその工場に勤めていた。数週間前、愛人だったカファレリのガレージに勤める車体工（この男は事件とは無関係だということが判明している）と別れ、現在つき合っている男はいなかったとの噂だ。何人かの仕事仲間をちょっと尋問した結果、この若い女には、多少、尻の軽いところがあったということがわかった。それに親しい女友達も、彼女が男好きだったとはっきり証言した。

ジュリアノー夫人が、死ぬ前、どこで夜を過ごしていたかはわからなかった。検死の結果、レイプされていないことが判明し、また犯行の時間が午後十一時から午前零時頃にかけてであることもはっきりした。普通の夕食を軽く取っていた。アルコールは一滴も検出されなかった。一部破れていたパンティは、はぎ取るようにして、大急ぎで脱がされたようだ。だが、争った跡はなかった。首を締められた際、少しもがいたらしいが、それは本当にわずかなものだった。即死に近い状態。強姦あるいは強姦未遂の痕跡は発見されなかった。頸動脈の一部が押しつぶされている。しかし、この若い女は、（パンティについていた跡、性器の検査等から判断すると）性的興奮を感じていた間か、あるいはそれから二、三時間後までの間に殺されたらしい。

いかなる叫び声も助けを求める声も聞かれていなかった。

グエット警視は部下の刑事たちを役場の結婚式場に集めていた。警視はずんぐりとして小柄な男である。顔は大きく、頭は細長い。短く刈り上げた薄いブロンド髪はかなり薄くなっていて、気難しそうな顔に青い目が光っていた。唇に走る陰気そうな太い皺は、肉切り包丁か何かでつけられたもののように見え、顎も、その肉切り包丁で叩き割られたような感じだった。その皺だらけの小さな丸い顎は、シャツの襟の中にすっぽりとはまり込んでいた。

威圧的な声だが、ほとんどひっきりなしに文句を言っているせいで、その本来の力を若干失っていた。警視は憲兵隊という機関を嫌っているので、この二週間の間に制服制帽姿の憲兵隊員たちが行なった調査からわかった事――たいした内容ではない――のすべてを、まったくと言っていいほど相手にしなかった。

「我が家の一週間」の最後に補足した見出しに加えて、他の地方紙もこの殺人についてはかなりの行を割いていた。そしてパリの新聞も――初めの二件の犯罪にはまったく興味を示さなかったのだが――やっと今度は取り扱うようになった。しかし、一面トップで報じたりはしていない。「フランス・ソワール」は見開きページの長い二段を使い、「フィガロ」と「オロール」は二十行、そして「ル・モンド」になると、〝犯罪行為と裁判〟という欄の中でたった六行触れているだけだった。

「相手が狂人だということだけは確かだ！」警視は吐き捨てるように言った。「おそらく変質者だろう。行きあたりばったりに殺して歩いているに違いない。そうだとすると、これはますます厄介なことになるぞ！」

警視はふたりの男のほうを振り向いた。ひとりはロジェ・ニコラ風に帽子を被り、カフェオレ色のハーフベルトのコートを着た背の高い瘦せた男。もうひとりは、四十歳になったかならないかのくせに、やけに年寄りじみた感じのする、品の良い眼鏡をかけた、小柄で猫背の男である。

「フェリーとショヴァソ、きみたちはそれぞれ、ホトケさんの写真を持って、町中の家という家を訊いて回れ。おれは、女が町をぶらついていたかどうか、それに、あの小公園にたどり着く前どこにいたかが知りたいんだ。おい、何をぐずぐずしてるんだ？　書面でも待ってるのか？」

警視が言い終わるか終わらないうちに、写真を手に持ったふたりの刑事は、商店街回りに出かけようとしていた。

大通りの向こう側、つまり北側をフェリーが受け持ち、南側をショヴァソが担当し、メインストリートについては、自分の受け持ち側の歩道をそれぞれが聞き込んで歩くことになった。型通りの仕事である。辛抱強くやることがその主な内容なのだ。

「ホテルの宿帳がないと、私たちの目を逃れるのは簡単なことですよ」デブのグエット警視は町長室へ行ってぶつぶつ文句を言った。「エリート官僚の馬鹿どもは、まったくこのことを考えちゃいないんだから！　他の警官も含めた我々に対する重大な過失ですよ、あれは！」

アンドレ・カビヨー町長は、体格の良い、優柔不断な感じの男である。何歳ぐらいなのかよくわからないが、豊かな白髪は手入れが行き届いていて、どんよりした目は半分閉じているように見える。〝八方美人〟タイプの男である。

厄介きわまりない問題が起こっているせいか、何となく恐がっている様子だ。そして、町長は考え込むと、青白いすべすべした顎にぶよぶよした太い手を置き、爪を噛む癖があるのだ。

「今、この町のホテルにはほとんど滞在客はいませんよ」と町長は言った。「お祭りもないし、会議もありませんからね、夏だったら、そうではないんだが……」

警視は片手を上げて言った。

「いや！　よく頭に叩き込んでおいてください。他所者《よそもの》の犯行だなんて私は考えちゃいないんですよ」

「しかし、まさかここの住人が……」

「どうしてあり得ないんですか？　町長、あんたは何を考えてるんですか？」

「ここは静かな町ですよ。フランス全土の地図を広げてここを探しても、誰も見つけることは出来ないはずですよ」

警官はにやにや笑った。

「そう勝手に決め込まないでください。大丈夫、有名になりますよ、ここは、町長」

「殺された女たちは、ラ・ロッシュやナントに遊びに行こうと思えば行けたはずなのに……よりによって、この町で殺されるとは……」

「時間をかけてやるつもりですが、必要なら、この町のすべての住人をひとりひとり調べようと思ってるんですよ。いったいどういう町に自分が来たのかを知りたいですから、まず手始めに、丁重に扱わなければならない人物の名前を教えてもらいましょうか」

そう言ってから、警視は残忍そうな笑いを浮かべて、こう付け加えた。

「もちろん、町長は別ですよ」

町長は文句ひとつ言わずにリストを作った。この町に住む十五人ばかりの名前を掲げたのだ。

警官は、町役場の公用紙をくしゃくしゃにしながら、不機嫌そうな口調で読み始める。

「グザビエ・ジュシエ＝ヴァントゥルイユ、同名の工場のオーナー」

「警視、あの方はこの町そのものです。彼がいなかったら……この町から仕事がなくなってしまう。本当に何もなくなり、町の機能は停止し、失業が増加し、不平不満がつのり、挙げ句の果てに、町役場はアカに乗っ取られてしまいます」

「わかります。オーギュスティーヌ・バルボプール……」

警視は下剤を飲み込んだ時のように顔をしかめた。

「いったい、この人物は何なんです？　どうしてこの女をリストの第二番目に置いたんですか？　彼女もまた、この町そのものというわけで？」

「病院同様、町の健康を管理してくれてるのですよ。この町には娼館がありましてね、警視」

「そんなの！　ここだけにあるわけじゃないでしょう！」

「この女性は権力のある政治家連中と深いつき合いをしています。与党の議員と親しく口を利けるんですよ、彼女は。あの館は黙認されているんです、というのは、その……。だが、一度も問題を起こしたことはありませんよ。バルボプール夫人は、ある方の愛人だったんです……」

「大臣の愛人だったわけか。昔の話ですか？」

「二十年ほど前の話です」

「ふん！」

「彼女はまた、県会議員先生ともじっこんの仲なんです」

「次に行きましょう！　この人は？　ドクター・ルジュイ」

「新しい病院の医長です」

「ラグジーヌ神父……」

「司教管区の偉い方々に目をかけられている人です」

「クサンディエ先生は……弁護士？」

「この町の公証人です、一九五三年からずっとこのかた。彼の父も祖父も、また……」

「わかりました。この県の金銭がからんだ秘密は、すべて彼のファイルの中にあるってわけですね。で、このオキュソルという人物は？」

「銀行の頭取です」

「ヴァレスクリューズという人は？」

「駅長です」

「彼も、なかなか近づけない名士ってわけですか？」

「い……い……いや！……それほどでもないです！　しかし、まあ名士には違いありません。彼は町のみんなと親しいですからね。かなりの人間の動きに通じています。おわかりになるでしょう？　秘密にしておきたい旅行を、その……おわかりになりますよね？」

「クレール・ヴシュー……レイモン・ユルルジョーム……ガストン・カントワゾー……こういった連中はまだたくさんいるんですか？　この連中は、いったい、何者なんですか？」

「初めのふたりはこの町でもっとも大きな商いをやっている人物たちですよ。そして、カントワゾーはこの町の一級の名士たちが足しげく通っているレストランのオーナーです」

「で、新聞の発行人は……このリストに載せなかったんですか？　どんな男なんですか？」

「彼はナントに住んでいるジャーナリストです。だが、父親が設立した新聞社の運営を引き継ぎました。彼はクレール・ヴシューの愛人です」

「それで、これらの連中は、私の想像するところ、モグリの売春宿の上客ってわけですね？」

「言わずもがな、彼らのうちのかなりの人間があそこの客ですよ。町にコレット・カラールのようなヴィーナスがいれば……みんなものにしたくなる、警視もそうお思いになりますよ……この県でいちばん美しい女ですよ、彼女は。あの女は土地の人間じゃないが、しかし……ピカルディ地方から……」

「十月二十五日以前に、この町で殺人が起こったことがありますか？」

「その前でいちばん新しい殺人事件といえば、一九二六年六月一日にまでさかのぼらなくてはなりません。あれは痴情のもつれによる殺人でした。本屋の主人が妻を毒殺したんです……つまらん情事のせいで……」

「それ以来、まったく殺人事件は起こってない？」

「全然……一九四三年に政治犯の処刑が一度行なわれたのと……一九四四年に、公園でふたりの人間が吊し首になったのを別にすればですがね……報復したわけですよ……おわかりになりますね、私の言っている意味が……両陣営から……匿名で密告があり、何人かが逮捕されたんです……。この辺の事情は、他の町とほとんど同じでしょう。ともかく、一九四六年以降は、静かな町に戻っていますよ」

「ここの政治的勢力はどうなっていますか？」

「うーん、全体の三分の二は問題ありません。残りの三分の一が社会主義者で、その中にほんのひと握りだが、モスクワ寄りの人間が含まれています。世間の厄介者だった極左が四、五人いたけれど、あいつらはパリに行ってしまった。それに、アナーキストがひとりいたんですが……奴は精神病院に閉じ込められました。この町のファシストは、たいしたことありません。危険人物じゃありませんよ。ここがもめ事のない静かな町だということがおわかりになるでしょう。この町で何か事が起こったなんて、私にはまったく理解できません」

午前十一時、一軒、一軒聞き込みに回っていた警官のひとりがボスのところに戻ってきて、文化センターの女管理人が、木曜の夜、例の若い女を映画館で見かけたような気がすると言っていると報告した。

「彼女は、シネ・クラブの管理人も兼ねていて、切符を売っているのも彼女なんです。絶対という確信はないらしいんですが、あの女に前のほうの席を売ったような気がする、と申し立てるんです」

「女はひとりだったのか？」

「それについては、彼女、覚えていませんでした」

正午頃、もうひとりの刑事が町役場に戻ってきた。何の成果もあげられずにだ。とにかく、人々はあまり協力的ではない。表面的には慇懃なのだが、仏頂面をして口は重く、意地悪そうな目つきで迎え、質問者の鼻先でバタンとドアを閉めるのだ。

「奴らが何かやらかすのは、電話か匿名の手紙でだけなんだ！」と警視は嘆息をつきながら言った。「それに、テレビで密告捜査番組をやる時だけなのさ……ドイツを見たまえ、今もゲシュタポのスパルタ教育が成果をあげている……フランスにはそれがない。オマワリであるおれでさえ、あれには感服して、ブラボー！　って叫びたくなるね」


最初に来た数通の匿名の手紙……。

だが、警官たちをがっかりさせるものばかり。密告者の手紙は皆無だった。

その数通の匿名の手紙は、金曜日の午後四時の配達で受け取り人に届いた。すべての手紙が、昨日の夕方、この町のどこかから出されていた。昔ながらのやり方で製作された手紙ばかり。封筒の文字はまっすぐな大文字、黒インクの万年筆で書かれていた。使用されている白い紙は平凡なもので、文房具屋やスーパーマーケットの文房具用品売場を探せば、簡単に見つけることの出来るものである。「我が家の一週間」「オセアン＝エクレール」「ル・ファール・デ・マス」の活字を切り取り、いいかげんに貼りつけてあった。オリジナリティのない怪文書の筆者である。これらの手紙を作った謎の人物が、受け取り人にしたかった相手の大半は、以下のような馬鹿げたものを読まされたのである。

おれはまた人を殺す。近いうちに！（扇を持ったX）

または、

びくつけ！　堕落した町の住人！（サディスト）

そして、

今度の扇はいったい誰のため？（これは署名はなかった）

おそらく殺人者は――もし、この三文文士が奴だとしたら――相手が誰かなんてかまわずデタラメに手紙を送ったらしい。手紙を受け取った大半の人は、しけた小商人《あきんど》かしがない賃金労働者。〝エリート〟――こういうふうに皆が呼んでいるので、この名称を残しておくことにしよう――が選挙の際にもまったく相手にしない連中、つまり、平々凡々と日々を送っている小市民、毒にも薬にもならない人物たちなのだ。これらの人たちのほとんどが、恐がったり、だらしなかったり、無頓着だったりしたせいで、警察に知らせる気になれず、受け取った手紙を破り捨ててしまった。それにこれらの手紙は、町を沈痛なムードにしている悲劇とは何の関係もない、悪い冗談と受け取られる場合もかなりあったのだ。

工場の事務所で働いている男と、女子小学校の世話係をしている女のふたりだけが警察に出頭した。そして、警察は以下の二通の手紙の存在を知ることになった。一通めには「新たな殺人が近いうちに起こるだろう」（署名なし）、二通めには「おれの扇が不吉な風を追い払う。町公認絞殺者」と書かれてあった。

警視は、これらが書記狂《グラフォレ》になりかかっている暇な変質者の異常な空想でしかなく、殺人者とはまったく何の関係もないと確信した。

ガストン・カントワゾーだけが、もう少し内容のきちんと書かれた手紙を受け取っていた。厨房で妻と、恐がって、というよりは面白がって、手紙について話し合った後、警察には何も言わないでおこうと決めた。うさん臭い事に首を突っ込む必要はないのだ。それに、彼の店のようなレストランでは、うまい食事を囲んで、町にとって重要な事柄が、おや、まあ、仕事がらみの会食ってなんて謎めいてるんでしょう、という囁き声の中で、何となく秘密めかした感じで進行するのだから、完全中立の立場を守る義務があるのだ。

受け取った手紙について、家族以外の人物に話すのは次の木曜日、十一月十五日とガストンは決めた。

十一月十五日木曜日。

警察は、ちょっとした手掛かりを見つけてもすぐに暗礁に乗り上げ、捜査はまったく進んでいなかった。前々から、制服制帽組と黄灰色のレインコート組はいがみ合っていたので、憲兵隊の連中は警察のやることを見て、いやみな笑いを満足げに浮かべていた。

その夜、またもや空中を漂う触知できない何かが、町が〝何かを準備している〟と告げていた。

その朝、八日（木曜日）に死んだ女の埋葬が行なわれた。大勢の人が教会に集まり、新しい墓地に向かって、サン＝テヴァリストの坂をゆっくりと登ってゆく霊柩車の後ろについていった。何人かの身内、助役、工場の人事課長モランディエ嬢、用事で参列できなかったグザビエ・ジュシエ＝ヴァントゥルイユ氏の代理人、工場長、係長連中、ねじ切りの流れ作業を仕事にしている工員たちのほとんど、会社の訴訟係全員、食堂で働いている女がふたり、ガードマンがひとり、企業委員会のメンバーが三人。それに工場の従業員ではない町の人も大勢いた。沿道に立ち並んだ店の多くはシャッターを降ろして、行列に加わっている人々と同じ気持ちだということを表わしていた。赤桃色の馬鹿でかい冠が人目を引いた。それは《ジュシエ＝ヴァントゥルイユ》重役会から、今は亡き、〝素晴らしい従業員に〟送られたものだった。

同時刻、また新たに誰かが殺されることを知っているド・シャンボワーズ嬢は――残念なことに星が嘘をつくことはほとんどあり得ないのだ！――八つ折りにした百フラン札二枚をアコーディオン弾きの手に握らせ、またしても、彼を少しでも喜ばせたいと思っていた。町はいつものように工場の煙で汚れた灰白色の空の下で、ふだんと変わりない昼を送っていた。

昨日から今日にかけて、自分の領地で満足のいく猟をしたレイモン・ユルルジョームは、ショーウィンドーの模様替えをした。今週は〝ゲームの週〟である。

クロヴィス・メサンジュは《レストラン・ド・ラ・ガール》へ行き、今夜、夕食の時に来ることを伝えた。

フィネット・クテュローはエプロンをせず、休みを頼み、許可された。だが、許可されなくても、彼女はいずれにしろいつもと違う場所で一日を過ごしたはずである。

男子小学校の校長アルマンゴー氏（教育功労勲章受章者）は、ユルルジョームの店で、象牙の彫り物でできた人間の手ほどもある背の高い駒の素晴らしいチェスを買った。――タンガニーカ共和国のム・ムボンゴ大統領がフィンランドを公式訪問した際、あちらの首相に同じ物を贈った――校長先生がこのチェスを買ったのは、牝豹《パンテール》に贈るためである。複雑怪奇なセックスプレイをやってもらう替わり、というわけだ。しかし、彼女はザンジ（サイコロ遊び）以外のゲームは知らないのである。

バルボプール夫人は彼女の女たちに休暇を与えた。だからその晩、女たちは通りで男を拾い、薄暗い場所へ行った。町に住んでいる遊び心のある男は、そこではかくれんぼだけをやるのではないということをよく心得ている。

　セールスマンのサン＝ヴァルベールは——フランス国内で最も優秀な営業マンのひとりである——午後四時頃、注文を取るために《フリアンディーズ・ド・フランス》に立ち寄った。クレール・ヴシューは彼をじっと食い入るように見つめたが、それとわかる優しい言葉は何となく口をついて出なかった。言う言葉を用意しておいたのだが、あきらめて心の中にしまっておくことにした。しかし、思い切ってクレールは彼の手に少し触れた。だが、男っぽい態度のセックス狂には、相手が何を望んでいるのかまったく理解できなかった。彼には、もっと直接的な、あるいは激しいアプローチしか通じない。もったいをつけないで、指を三本、まさにあの部分に当てがう、そんなアプローチでなければ駄目、繊細さなんかまったくどうだっていいのだ！　サン＝ヴァルベールは急いで《オ・トロワ・クトー》に夕食を食べに行き、それから牝豹《パンテール》が他の客との約束をキャンセルしてくれていたらと願いながら——午後、最初に立ち寄った際、断わられているのだが——デ・ゼタ＝ジェネロー通りの娼館に向かって一目散に駆けだした。しかし、彼は自分の奔走が無駄骨だろうということを知っていた。百にひとつチャンスがあるかないかだろう……。あの美しい女は相変わらずふさがっているに違いない。そうなるとおそらく彼は、骨張って冷たい尻をしたその辺にいるブスといっしょに、並木道の植込みの後ろに行き自分を慰めるだろう。

　クレール・ヴシューはできるだけ早く愛人のもとへ行こうとして、機能的なキッチンで急ぎ夕食を取った。

フレッド・フォルジュクランは、十一月十六日金曜日の新聞作りに余念がなかった。青少年に多大の興味を持っている神秘主義信仰団体〝トゥタテスの証人〟は、午後七時からレイモン＝ルーセル文化センターに押しかけてきていた。

今週もまた、ペリーヌ・マルシャイヤは、文化センターの各部屋を回っても、彼女がひどく恐れているあの耐え難い不安におびえることはなさそうだ。《ハリウッド》はビリー・ワイルダーの『失われた週末』を字幕スーパーで上映することになっている。

午後三時頃、シャンフィエは《オ・トロワ・クトー》までその辺を探索しながらぶらぶらと歩いていった。彼はこのところずっと、暇をもて余した散歩者なのだ。レストランの入口に貼り出された今夜のメニューを読んだ。

鴨のオレンジ・ソース煮《カナル・ア・ロランジュ》

だが午後八時、新しいメニューが狩人風ウサギ料理《ラパン・シャスール》をすすめているのを見たシャンフィエは、よく人が言うように驚いたの驚かないのってという感じに捉われた。確かに驚きはしたが、一週間前の夕食の時に舌が味わった、あの何とも言えぬ素晴らしい味に再び巡り会えるのだから、同時に大変喜ばしいことでもあった。

火曜日、故障の直った車を引き取った直後、シャンフィエは私立探偵事務所をお払い箱になったことを知らされた。だが、しばらくこの町に残ろうと決意するのに、ほとんど時間はかからなかった。

夕食を済ませると——同じテーブルで彼の前に坐っていたサン＝ヴァルベールは、先週同様、最後のひと口を呑み込むと急いでレストランを出ていった——元警官は小型の葉巻を吸い、コーヒー皿を手に持って店の中を少し歩き回った。ひとりふたりと客が帰ってゆき、店が空き始めたのだ。満足感と生きる喜びに目を輝かせ、顔を赤らめた連中が、ご馳走の後の葉巻の青い煙の暈に包まれて、ドアのほうへ向かっている。そしてこの陰気な町には珍しいことだが、二、三の笑い声まで響き渡っていた。

縞のズボンをはき、いかにも礼儀正しい感じのする紳士が数人——こういった連中は、食べながら絶対に音を立てず、この点に関して彼らは第一人者なのである——隣のビリヤードのある大きな部屋に入っていった。

ガストン・カントワゾーはふだんの日よりも仏頂面をしていて、少し怒っているようにも見える。狩人風ウサギ料理《ラバン・シャスール》は心をこめて作ったものの、本当はまったくこんなものを作りたくなかったからである。ガストンは、自家製の食後酒をシャンフィエにご馳走しながら、突然、打ち明け話の口調で彼にこう言った。

「ちょっと聞いてもらいたいんですが、シャンフィエさん、このことは妻と娘にしか話してないんだが、しかし……」

「どうしたんですか？　何だかあまり元気が……ないように見えますが……」

「どうしてあなたに話す気になったのか自分でもわからないんですが、あなたが信頼できる人物に思えて……」

「私が昔、警官だったことを頭に叩き込んでおいてくださいよ、カントワゾーさん。あなたを裏切るようなことをしたくありませんからね」

「真面目な顔をして面白いことをおっしゃいますね、あなたは！　いや……そう……たぶんあなたがこの町の人間じゃないから話す気になったんでしょうね……」

「この町の人間じゃない！　だったら、私の前の席で少し前まで夕食を食べていた人物も、私の知る限り、この町の人間じゃないはずですよ……それに、映写技師だって違う！」

「いや、彼らはここの人間とみなせます。少し前からだが週に一度、必ずこの町に来るんですからね。だから彼らは、片足半分ぐらいこの町の人間なんですよ。ところがあなたは違う。ただの通りがかりの人なんだ……」

「何をそんなに困っているんですか、カントワゾーさん？」

料理人はちらっとだが、彼の周りに視線を向けた。数人の客がまだ残っていて、脇目もふらずに食事を取っていた。カントワゾーは謎めいた様子で、エプロンの前ポケットから四つ折りになった匿名の手紙を取り出したのだ。そして、失業中の私立探偵のコーヒーカップの横に、それを開いて置いた。

「これを読んで、あなたの考えをお聞かせください。そして、どうしたらいいかお知恵を貸してください」

手紙は、受け取り人によって開けたり閉じたりして何度も読まれたようだ。皺くちゃになったせいで、ひびみたいな縞が走り、今はもうクズ紙にしか見えなかった。

面くらいながらも、シャンフィエは不器用に貼られた活字に目を凝《こ》らした。文字が薄れたり紙がはがれかけたりしていたからだ。

十一月十五日木曜日の夕食のメニューに狩人風《ラパン・》ウサギ料理《シャスール》を載せるな。そうすれば、この町で殺人は起こらない。

サインはなかった。

「これは！」

と、元私立探偵は声をあげた。もう一度読み直し、目を丸くしてシェフを見つめた。

「この冗談はいったい何なんですか？」

カントワゾーは声を潜めて話している。

おそらく、穿鑿好きそうな顔をしたこの男を、心から信頼してこういう態度に出ることを、妻と娘はあらかじめ聞かされていたのだろう。この家の太った女ふたりは、じっと身動きせず、心配げな表情を浮かべて、カウンターの後ろからふたりの様子を窺っていた。

「ね、シャンフィエさん」とレストランの主人は囁いた。「これは匿名の手紙ですからね。先週の金曜日の午後四時の配達で受け取ったんです」

「しかし……これは誰か、悪ふざけの好きな奴が出したんじゃないんですか？」

シェフは、そうかなあという不満げな顔つきをした。

「よくわかりませんよ、そんなこと！　しかし、とにかく、うちの厨房では、わたしの言動にとやかく言う者はひとりもいないんです。そんな奴は絶対にいない！」

「警察に知らせなかったんですか？」

「とんでもない！　あの警視の顔を見ましたか？　ありゃヌケサクですよ！　どこから見ても駄目男！　とんだ三枚目ですよ！　ドミニシ事件（警察のミスが問題になった英国人家族殺害事件）を担当した刑事たちより劣っている。捜査が憲兵隊に委ねられていたならば話は別です……わたしもどうしようか考えたかもしれません……だが、今の状況では、絶対に警察に知らせるのはご免ですね」

「他に誰かこの件を知ってますか？」

「妻と娘のアガトだけです。それに、今はあなたです」

「信用していただいてどうも」

カントワゾーが再び酒瓶を取り、失職して今後の方針がまるで立っていない探偵のグラスに、新たに少し酒を注いでいる時、シャンフィエは手の中で匿名の手紙を表にしたり裏にしたりしていた。

「で、どうするつもりなんですか？」

シャンフィエは訊ねた。

カントワゾーは大声で笑いだした。ゆっくり時間をかけて食事をし、耳まで赤らめて酒を飲んでいた数人の客は、いっせいにデザートの皿から顔を離し、カントワゾーに視線を走らせた。アガトとその母親は互いに身体を寄せ合い、手を握り、家長を食い入るように見つめていた。

彼女たちは、何というか、一喜一憂していたのである。

「わたしがこれからどうするかですって？　狩人風ウサギ料理《ラパン・シャスール》を作るに決まってるじゃないですか！　それに、もう大半は作って出してしまいましたよ。うちの猫どもにくれてやる頭の部分すら残ってないですよ！　ハ、ハ、ハ！　クソ！　得体の知れない手紙の差出人は、わたしのオーブンで何を作るか、このわたしに命令してきたんですから、あいた口がふさがりませんよ」

「あなたは狩人風ウサギ料理《ラパン・シャスール》を作った、ということは……」困惑した表情でシャンフィエは呟いた。「奇妙だ……本当に奇妙だ……」

「あなたが食べたのは狩人風ウサギ料理《ラパン・シャスール》ですよ、シャンフィエさん！」

本能的に、元警官は腹のあたりに手を持っていった。その手はかすかに震えていた。


午前零時十七分。

銀行の夜警は、トイレの少し開いていた窓から逃げ出した彼の猫を捕えようと躍起になっていた。通りで何とか追いつこうとしたが、結局、猫を追いつめて捕えることが出来たのは、通りから五十メートルばかり離れた建築現場（四階建ての小さな建物）だった。その時、夜警は、マルティール＝デ＝ノワイヤッド＝ド＝ナント通りにあるレピーヌ靴店の売り子、アンヌ＝エリアンヌ・タビュトー、十九歳の死体につまずいたのだ。この若い女は、現場にあったつるはしによって、前代未聞の残忍なやり方で腹をえぐられていた。ピンク色の小さな扇が閉じられたまま厚板の上に置かれていた。そのすぐ横に殺された女の顔があり、宙を見つめたままの目に青白い斑点ができていた。血まみれにもならず、汚物によって汚されもせず残っていた唯一の部分が顔だったのだ。

その頃まったく同じものを食べた《オ・トロワ・クトー》の客たち、それにここの家族は、みんな、各々の腹に詰まった狩人風ウサギ《ラバン・シャスール》料理をほとんど消化してしまっていた。こんな遅い時間に、あんな優しい動物の話をするのはよしましょう。

## 7　マルシャイヤ夫人の恐怖

エミリエンヌ・ド・シャンボワーズは、十月二十六日以来、金曜日の朝食の席で、決まってメイドから昨日町で起こった殺人事件について聞かされていたが、その日もまったく同様であった。使用人はパン屋にクロワッサンを買いに行った際、新聞・雑誌店で「ウエスト・フランス」紙と「我が家の一週間」を買った。

この地方の有名紙「ウエスト・フランス」には何も書いてなかったが、地方週刊紙のほうには、「最終補足」と、まるでコールタールで書いたのではないかと思えるほど大きく黒々とした活字で、新聞名の上に以下のような見出しが刷り込まれていた。

**新たな黒い木曜日**
**この町で第四の恐ろしい殺人が**
**殺人者は犠牲者の横に扇を置いてゆく**

その紙面の上段に、もうひとつの重要な見出しが横に広がる形で載っている。だが、殺人事件のものより明らかに小さい。

**昨夜、文化センターで大集会開催**
**〝トゥタテスの証人〟教団のメンバー、教祖フリウー・ド・ラ・ポワンセ氏を迎える**

一面のかなりの部分を文化活動の写真が占めていた。占星術師は新聞をめくった。真ん中の四ページが、〝トゥタテスの証人〟の連中との会見を忠実に報道していたが、次の数ページは先週起こった殺人、つまり、小公園で死体となって発見された女の事件にさかれていた。

締め切り時間ぎりぎりに載せる大見出しを別にすると、フレッド・フォルジュクランは、木曜の夜に起こる悲劇について詳しく書ける機会が訪れるまで、どうしても一週間は待たなければならなかった。彼の新聞の発行日が金曜日だからである。しかしそのおかげで、いろいろな情報が詳しく報じられることになった。

この残忍な行為が毎週繰り返されるらしいと考えた発行人は、金曜日の朝、ナントへ帰るのをやめ、読者を満足させる為に出来る限りの情報を集めようと、土曜日の夜までこの町に残っていることにした。取材する時間があったおかげで、値段はそのままだが、新聞は八ページから十二ページに増やされた。そして発行部数も増え、それにつれて売れゆきも伸びた。

年老いたメイドは主人のド・シャンボワーズ嬢をおそるおそる見つめていた。女占い師のぞっとするほど冷静な態度が、メイドに強い印象をあたえたのだ。ド・シャンボワーズ嬢は、今朝もベッドから起きるなり、この町のホロスコープを詳しく調べ、また新たな血なまぐさい事件が起こることを読み取った。しかしそのことについて、使用人にうち明ける気にはならなかった。月がこの町の出生時のリリトと九十度《スクエア》の座相にある時、ジュシエ＝ヴァントゥルイユの煙突から吐き出される煙でかすんだ灰色の空の下で、また新たに人が殺されるだろう。シャコルナックの天体暦表から計算すると、十一月二十二日、木曜日その日である。つまり、六日後というわけだ。

今朝はたくさんの約束があるので、ド・シャンボワーズ嬢は急いで支度をした。

午前中の第一番目の客は、濃い紫色のサロンで二十分も前から待っているのだ。他の不安に悩まされている人同様、約束の時刻よりもかなり早く着いてしまったのである。

その人物はペリーヌ・マルシャイヤだった。黒い古びたオーバーに身を包み、陰気な感じの紫色の帽子をかぶっている。恐怖を示す目の隈が顔にくっきりと現われていた。

文化センターの管理人は、占星術師の家の近くまで運んでくれるバスを待っていた時、殺人のニュースを知ったのだ。

「あなたの不安はよく理解できます、奥様。あなたの第十二室には少なくとも四つの惑星がいます。わたくしは心からあなたの土星が他のセクターに移ることを望んでおりますのよ。わたくしの気持ち、おわかりになりますわね。しかし、今、土星はちょうど第十二室のカスプの上にあります……。災いを招くものが逆行しているところなので、どうしようもありません」

マルシャイヤ夫人は占星術師をじっと見据えた。

「わたしたちに何が起こるか知りたいのですが……」

占星術師は弁護士のように、客の不幸を背負い込むものだ。「事故がわたくしたちを狙っています……わたくしたちの脚は不幸にも折れるでしょう……わたくしたちのいとしい老いた父親が危機に瀕しています……」とかいう言い方をするのである。

「黄道の冥府に多くの事態が発生しています！……その結果、わたくしたちの人生に多くのトラブルが生じているのです、奥様……」

「すべてをお教えください、お願いですから」

と元看護婦は頼んだ。

「心配はいりませんよ。天象図で死を視ることは絶対に出来ないのです。死という腹黒い生き物には、少なくともひとつだけ長所があります。小さくなり、暗がりに隠れ、隅のほうでじっとしているという長所です。わたくしには、危険が移行していくのが見えているだけなのです」

「恐いわ、マダム……」

「それはわたくしたちの神経の問題です。相当まいっているようですね」

「ということは、今後も決して人生を変えることができないということですね？」

「そうは思いません……しかし奥様、あなたも、すべてをわたくしに打ち明けなくてはいけませんよ。何も心配することはありません。わたくしは、あの立派なラグジーヌ神父と同じくらい口は固いのですよ」

ド・シャンボワーズ嬢は、目の奥に憐れみの情のこもった深い優しさをたたえて、客をじっと見つめていた。

「わたくしがあなたの力になるためには……わたくしはあなたを助けたいのですよ……すべてを知る必要があるのです……」

占星術師は再び黄道図に目をやった。

「あなたはかなりの期間、病人と死人が徘徊する場所にいましたね……すべて第十二室に示されています……」

「病院にいました」管理人は嘆息まじりに言った。「この町にあった病院で働いていました。三十八年間。もう望みのない病人の世話が多かったんです。彼らのことが頭にこびりついてしまって……今もしょっちゅう彼らの顔を思い出すんです。それはもうとっても恐ろしいことなんです！」

「しかし、なぜ、部屋に人がいない時、そこを通り抜けるのが恐いのですか？」

話し合いは三十分も続いていた。占星術師は訪問者の口を開かせるのに異常な苦労をしていた。

「心配なさらずに話してください、マルシャイヤ夫人」

超心理学者は、しばらく沈黙してからこう言いそえた。

「いったい何を恐がっているのですか？　わたくしは警察の人間ではありませんよ」

神経質そうな痙攣が管理人の頰を激しく震わせている。やっと相手が、おそらく彼女の犯した犯罪についてだろうが、ともかく何かを見抜いていることがわかったのだ。マルシャイヤ夫人はうなだれ、今にも泣きだしそうな顔になった。

「一九四九年、七月のことです」彼女は話し始めた。「夫の愛人を死なせました。その時もいつものように、六号室の当直だったんです。わたしはあの女を憎んでいて……わざと薬を与えなかったのです。翌日の夜、彼女は死にました。わたしは知っていました、彼女の病気が不治ではなかったことを。彼女の腎臓は癌ではなかったんですから」

「その後、良心の呵責《かしやく》があなたを苦しめたわけですね？」

「わかりません……悔んでいるのかどうかよくわからないんです。しかし、原因がそれだということは確かです。だって、その頃から、不安に苛まれるようになったのですから。そして年を重ねるごとにひどくなってゆきました。わたしの神経は何でもないことでまいってしまうようになり、精神病にかかってしまったんです。がらんとした人気《ひとけ》のない場所が恐くて、悪夢にうなされ不眠症の状態が続くんです……今は、かつての病院だった建物の、人のいない部屋を通るだけで、わたしは葉っぱのように震えてしまいます」

「そのことをすべて医者に話しましたか？」

「いいえ。人に打ち明けたのはあなたが初めてです」

「安心なさい。この話は絶対に他言しませんから」

「誰もいない時は、もう部屋を横切りたくありません。九月の話ですが、真夜中にそうなったんです。わたし、ひどい発作に襲われ、倒れ、泣きわめきました。そしてよだれをたらし……わたし……それはもうひどい状態でした」

「なぜ、夜中に誰もいない建物を横切ったりしたのですか？」

「わたし、シネ・クラブ《ハリウッド》の管理もしていますの……ホールを開けること、切符を売ることなど、すべてをやらなくちゃならないんです……そして、映画が終わったら、映画館を閉めるんです」

「映画館は、毎週木曜日にしか開けないのですね？」

「ええ。ありがたいことにそうなんです。その日はちょうど文化センターで催し物がある日で、夜、病院は、いや、その、つまり文化センターは人でいっぱいになります。そうすると、わたし、安心し落ち着いていられるんです」

「映画館から戻る時、戸締まりをしてから病院の中を通るわけですね？　いや、つまり、センターの中を通るという意味ですが……」

「ええ。どうしてもあそこを通らなければならないんです。そうしないと、いくつもの路地を通って、一キロ近くも回り道しなければならなくなります。夜中に暗い道を通るのは……」

「それも恐いというわけですね？」

「ええ、とても！　売り上げ金を持って帰りますから特に」

「わかります……それでは、わたくしたちが経験した発作について語ってください」

「映画はだいたい午後十一時頃に終わります。だから、自分の家に戻る時間はあるわけです。センターには、その時刻、まだたくさんの人がいますからね。文化活動は午前零時半前に終わったためしがないんです」

「で、九月のその夜、あなたは人気のない病院を横切ったわけですか？」

「ええ、集会は、予定よりもかなり早く終わってしまったんです。討論会に招かれていたメイン・ゲストが、何の予告もせず、午後九時半に退席したからです。何かちょっとしたトラブルがあったんです。それで、討論会は中止になり、集まっていた人たちは早々に引き上げてしまいました」

「そのことをあなたは知らないでいた？」

「はいその通りです。その結果、がらんとした部屋でひとりになる羽目に陥り……恐くて恐くて……その時、頭をよぎったのが……」

「一九四九年に死んだわたくしたちの女性ですね？」

「はい……ひどい発作に襲われたわたしは……先ほどお話ししましたように……」

「今は、何が何でも、絶対人気のない病院を横切りたくないわけですね？」

「その通りです」

「でも、わたくしにはある疑問があるんです……文化集会に使用されている部屋に人気がないとわかった時、どうしてあなたは引き返さなかったのですか?」

「じゃ、どこを通ればいいんですか? あの暗い路地? 何はともあれ、映画館に戻る気にはなれませんでした」

「ええ、もちろんそうでしょう。しかし、本当にシネ・クラブにはもう誰もいなかったのですか? 例えば、そこで働いている人がいるでしょう。その人が、あなたがセンターを横切るのを助けてくれたかもしれないではありませんか。《ハリウッド》には映写を担当する男の人がいないのですか?」

ド・シャンボワーズ嬢は管理人の女からしばらく目を離さなかった。

「ああ! あのロカントー、あの男は近くにいましたよ! 彼の小型トラックがまだありましたからね。あのチンピラはすぐには帰らないんですよ。車に自分の機材を積み込むと、いつも、路地のどんづまりのところにあるバーに飲みに行くんですよ」

「あなたは今、その映写技師を形容するのに耳障りな言葉を使いましたね。お伺いしてもよろしいでしょうか、何かの事情が……。第十二室に追いやられているあなたの水星から、わたくしにわかることは、あなたが若い男性と、かなり大きな争いをしているということです」

「あの技師は卑劣漢なんです。わたしたちはお互いに憎み合っています。あの男に助けを求める? 死んでもいやですよ! それに、まずもってそんなことになったら、恐くてしかたがないでしょう」

「その男との間にいったい何があったのですか？　彼はかなり若いんですか？」

「二十五歳にもなっていません。自分の小型トラックで西フランス全域を回っているんです。巡回映画ってやつですよ、ご存じですよね、どんなものか。彼は映画を何本も持ち歩いて、機材を持ち込み、それで上映するってわけです！」

「で、何があったんですか？」

「以前は、わたしたちうまく行っていたんですの。彼は、来るたびに、ブルターニュ名物のパンケーキの入った小さな箱を持ってきてくれました。なんでも母親がルデアックでクレープ屋をやっているとかで。ところが、三月のことです。映画が終わった後、彼がわたしの管理人室にやって来てドアをノックしたんです。午前一時頃だったんです、それが」

「ドアを開けたのですね、あなたは？」

「もちろんですわ！　訪ねてきたのが彼だとわかった時にね……それまで、とても礼儀正しいだけではなく……親切でもありましたからね……」

「ということは、つまり、その夜はそうではなかった？」

「あの男は車が故障したと言いましてね。町役場はわたしの住まいに電話を置いてくれているんですが、彼は、誰かに電話をしたがっていました。それで中に入れてやったんです。そうしたらいきなりわたしに飛びかかってきて、わたしの腕を折ろうとしたんですよ。そして、売り上げ金を渡せと言いました。旧フランで五十万フラン近くありましたからね。抵抗し叫び声を上げたら、あの男はわたしの顔を撲《なぐ》りました。口から血が出た……よくわかりませんが、そうしたら彼は恐くなったみたいで……そのまま出ていきました」

「警察に訴えなかったのですか?」

「めっそうもない」

「どうして?」

「よくわかりませんが……警察が恐いんですよ、おわかりいただけると思いますが」

「ということは?」

「あいつらは、誰にでも何だかんだとしつこく質問するでしょう……先生にはそんなことしないでしょうがね。一九四九年の事件の後だって、いろんな噂がとびかいまして……死んだ女がわたしの夫の愛人だったことを皆知ってましたし……それに婦長が悪意のあるデタラメを、わたしを前にして言ったりしました……まあ、それは噂の段階で終わりましたがね。だから、警察が恐いんです。彼らは人の過去を根掘り葉掘り探るのが好きでたまらないでしょう……」

「わかります……」

「それに、あの若者が……次の木曜日、絶対誰にも話さないでくれと懇願したものですから。彼は自分の置かれている状況を説明しました……詳しいことはわかりませんが、彼のフィアンセが手術を受けなくてはならないとかで……ともかく、誰にもしゃべらないと彼に言ってやりました。しかしそれ以来、お互い口を利かないんです。まったくひと言も。また同じことをやるんじゃないかという思いがいつもしているわたしは、彼を恐がっているし、彼のほうでもわたしを恐がっています。お互いがお互いを恐がってるってわけなんですよ。たぶん、彼のほうは、わたしがいつか結局話してしまうのではないかと、勝手に思い込んでいるようです。他の映写技師を送ってくれたら、どれほどほっとすることか！」

「心からご同情申し上げますわ、奥様！　一九一五年、九月三日の午前六時十六分に生まれたあなたの運命は決して良くありません。せめて二十分早くお生まれになっていたら！　第十二室に星団となって存在しているあなたの四つの惑星がアセンダントに位置していたら、あなたのすべての運勢は違ったものに……」

この時、ノックの音がした。

「何ですか？」

占星術師はいらいらした口調で言った。

メイドだった。

「警察の方がいらっしゃって、先生にお目にかかりたいと言っておられますが。夜中に腹を裂かれて殺された若い女の件に関係したことだそうです」

管理人の女はぎょっとして思わず飛び上がった。

「わたくしに会いに来たんですって？」ド・シャンボワーズ嬢は言った。「でも、わたくし、話すことなんか何もないわ……」

〈わたくしには、次の木曜日にも残酷な犯罪がまた繰り返される、ということしかわからないのに〉占星術師は心の中で呟いた。

「刑事さんは、あの哀れな女の子の写真を見せて回ってるんですって、町中の商店とか……」

「わたくしは、商店の女将さんじゃありませんよ！」

ド・シャンボワーズ嬢は居丈高な口調でつっかかった。

「警察は、その……人がよく集まる場所……つまり、医者とか歯医者とかお役所といったところも回ってるそうですよ」

「そう、それじゃまあ、お通しして」

フェリー刑事は部屋に入り、帽子を取った。

「お忙しいところをどうも、マダム、わたし……」

「マドモワゼルです」

「すみません、マドモワゼル！　わたし、ＳＲＰＪのグエット警視の命によって……」

「わかっています。メイドから聞きました。その写真とやらを見せてください」

警官は、アンヌ＝エリアンヌ・タビュトーのポートレートを見せた。

「われわれは、どうしてもこのような方法を取らなくてはならなくなりまして。わずらわしい仕事なんですが、しかし……」

「よくわかりませんわ、わたくし。殺された女性の身元を割り出そうとなさってるわけですか？」

「いや、そうじゃありません。彼女が誰であるかは判明しています。われわれが知ろうとしているのは、木曜日の夜、事件の起こる少し前に、どこかで彼女を見かけた者がいないかどうかということなんです。ド・ラットル広場の煙草屋の話では、マドモワゼルはかなりの数の客にお会いになるとか、それで、ひょっとしたらと思ったんです……新聞にやがて写真が載るでしょうが、時間を無駄にしたくないものですから……」

「しかしですね、刑事さん、たとえこの人物がわたくしに会いに来たとしても、彼女がわたくしに打ち明けたことを話すとは、あなたもお思いにならないでしょう？　わたくしは占星術師ですよ、ムッシュ。八百屋の女将でもなければ、門番や管理人の類でもないのよ……あ！　ごめんなさい、マルシャイヤ夫人、別にあなたのことを言おうとしたわけでは……」

メイドはドアのところに立っていた。好奇心で目はぱっちりと開いている。

ペリーヌ・マルシャイヤは落ち着かぬ様子で、肘掛け椅子の中に縮こまっていた。薄紫色の木綿の手袋に鼻がつきそうな感じでうなだれている。

占星術師は警官が差し出した写真を手に取った。写真は、被害者の家にあったアルバムの中の一枚を引き伸ばしたものだった。

「いいえ。この不幸な女の子、わたくしは知りませんわ。まったく会ったこともありません……」

「秘密をわれわれに教えろと頼んでるわけじゃないんですよ、マドモワゼル。ただ、この女の子が最近お宅を訪ねたかどうか訊いているだけなんですがね」

「いいえ、ここに来たことはありません。来てたら思い出せますよ。会ったことは一度もありません」

占星術師は警官に写真を返した。その時、警官は、やっと管理人の存在に気づいたところだった。

「ああ、先週の金曜日、いろいろ訊ねた方でしたよね」

フェリー刑事は微笑んだ。

「よく覚えてますよ」

ペリーヌ・マルシャイヤは、突然、身体がひどく軽くなるのを感じた。竜巻に持ち上げられたような具合だった。

「たしか、シネ・クラブの方でしたよね?」

「ええ、その通りです」

マルシャイヤ夫人は押し殺されたような声でぼそぼそと答えた。

ド・シャンボワーズ嬢は探るような目つきで、黒い服を着て苦しそうな表情を浮かべている小柄な女を観察していた。

「先週の木曜日」と警官は話を続けた。「映画館の列の中で、十一月八日の被害者を見たような気がするとおっしゃいましたね?」

「わたしがあなたに証言したことは絶対確かです」

「さて、それじゃ……この写真を見て、改めて同じ質問をしてみましょう。何か思い当たることはありませんか?」

刑事は管理人の目の前に、死んだ女の写真を置いた。写真の女はショートカットのブロンドで、肥った丸い顔にえくぼがあり、微笑んでいた。

管理人はハンドバッグを開け、眼鏡を取り出した。そしてそれをかけると、ポートレートをしげしげと見つめた。

「いいえ、この写真については本当に何も言うことありませんわ……何も思い出せません……わたし、二百人から二百五十人の人間に切符を売っていますのよ、そのすべての人間を見ているわけないでしょう」

「ありがとうございました。警察はおふたりに心から感謝しています……」

警官はメイドに送られて出ていった。

ド・シャンボワーズ嬢は客を見つめてこう言った。

「奥様、わたくしたちの悩み事すべてについて、どう対処できるか、いっしょに考えてみましょう。しかし、なんというか、ある種の惑星があなたをおびやかしている時、それはたいへん難しいことかもしれません……」

占星術師はいかにも宿命論者らしいジェスチャーをした。

## 8　死んだ女の素行調査

捜査は何の進展も見せないまま一週間が過ぎた。

靴屋の店員を恨んでいた人物に心当たりのある者はいなかった。女は十六か月前、ラ・モット＝アシャールの近くで農地開拓をやっている両親から離れ、この町に小さな部屋を借りた。そしてすぐに、ある女友達のおかげで、レピーヌ靴店の売り子の職を見つけた。彼女は働き出してすぐに、みんなから気に入られた。死ぬ前の数か月は、恋人はいなかったようだ。一週間を彼女はほとんど平々凡々と過ごし、毎週日曜日には家族に会いに行っていた。

検死の結果、彼女が処女でなかったことが判明した。そして十か月前、徴集兵と短いアヴァンチュールがあったことも明らかになった。

刑事たちは、彼女の十一月十五日の昼間の行動を再構成してみようと努力していた。

彼女は午前中、店に出ていたが、昼になって、オーナーに、午後は休みをくれるように頼んだ。ラ・ロッシュで車の免許の試験を受けなければならないというのがその理由だった。ところが、彼女が十三週間前からレッスンを受けていた教習所の所長は、その日、彼女に会っていなかった。その結果、昼食のために靴屋が閉まる十二時十五分以降の足取りが摑めなくなってしまったのだ。

ラ・ロッシュで、警官たちは写真を持ってローラー作戦をやったが、何の成果も上がらなかった。

警察は、その日の午前中、彼女がどんな客に靴を売ろうとしたか明らかにしようと試みた。女性客が十人ばかりと、十一時頃、ショーウィンドーに飾ってあったスリッポンを見せてもらいたいと立ち寄った男性客がいたが、店の女主人は、その男がどちらかというと若い感じで、かなりエレガントな身なりをしていたこと以外、何も言えなかった。店にその客が入ってきた時、住まいのほうで電話が鳴りだし、売り子を男とふたりきりにしたまま、住まいのほうへ行ってしまったのである。

刑事たちは一時間近くもの間、レピーヌ夫人に質問を浴びせかけ、何とか彼女に、客の顔立ちか、あるいはせめて身元確認に役立つささいな事のひとつでも思い出させようとした。だが、結果はゼロ。夫人は、男がオーバーを着ていたか、レインコートを着ていたか、また、髪が茶色だったか、ブロンドだったか、赤毛だったか、あるいは禿げていたのかさえも、はっきり答えることができなかったのだ。わかったのは、この男がそのスリッポンを買わなかったということだけだった。テレビのローカル・ニュースで「捜査上役立つので、この客は警察に連絡してもらいたい」という呼びかけをやったが、誰も何とも言ってこなかった。

グエット警視はフレッド・フォルジュクランに、十一月二十三日金曜日付の「我が家の一週間」でも同じような呼びかけをやってみては、と示唆した。初めのうち、新聞社の社主は、警察に協力するのはあまり気が進まないという態度を取っていたが、結局——陰険なしっぺ返しを食うのを何となく恐れたのだろうか?——出来るだけのことをやってみると約束した。

水曜日まる一日と木曜日の朝、友人ふたりを誘って自分の領地で猟をしたレイモン・ユルルジョームは、ローバーを運転して正午頃この町にやって来た。《オ・ヌーヴォテ・ド・ラ・キャピタル》の裏手にある狭い中庭に車を止め、店の中に入っていった。

マルト・アボルドデューは、この一週間の店の売り上げ状況と、細々とした不都合な点について彼に報告した。

主任販売員は四十歳になる痩せた活発な女である。だが胸と尻は、町のろくでなしどもを四六時中むずむずさせるだけの魅力があり、太腿は言わずもがな、白くて丸く、パン生地のようにおいしそうだった。肉づきがよく、細いウエストのあたりから綺麗な曲線を描いている身体。洒落た眼鏡をかけ、真ん中で分けた灰色の髪は、ぴったりとひっつめられて、大きなシニョンになっている。彼女のつつましやかな態度をきりっと結ばれた唇が大げさに表わし、上まできちんとボタンがかかっている地味な色合いのワンピースを着ていたが、すべて見せかけだけなのだ。

十四年前、彼女はユルルジョームの店で一介の包装係として勤め始めたのだが、その前はヴァンヌで、ふたりの伯母が営んでいる宗教用品店のレジ係として長い間働いていた。流行の品品に囲まれ、服装を替えることによってかなりイメージチェンジを計ったが、目立たないようにする流儀と、安ピカの宗教用品店をやっている伯母たちの家では絶対必要だった真面目くさった態度はくずさずにいたわけだ。しかし、そういう雰囲気は、彼女の男好きの妨げにはならなかった。

県庁に勤めている男と同棲しているのだが、同時にラ・ロッシュの肉屋、六人の子持ちの父である財務調査員と寝ていた。そして店の試着室でのちょっとした戯《たわむ》れは、今もなおこの町に住むかなりの若者たちの記憶に残っている。

十五歳から二十歳ぐらいの青少年が、ズボンを買いたいから試着してみるという口実の元に《オ・ヌーヴォテ・ド・ラ・キャピタル》に行き、主任販売員の経験豊かなセックス・プレイに身をゆだねたのは、そう昔の話ではないのである。

噂はどんどん広がっていき、たちまちこの町に住む青年のうち、ナニに自信のある連中は、何かちょっとした口実を見つけてはこの店の試着室に侵入してきた。そしてそれは、魔法にかけられたように、一発で激しい〝ズボン購入病〟にかかった中年男によってすぐに真似された。

信頼しきっていた従業員が、カーテンを閉め切った個室で、ボワ・オ・ブフ広場にある金物商の息子の前にひざまずいているのをユルルジョームが発見し、止めさせるまでそれは続いたのである。

ユルルジョームは優しく注意しただけだった。

しかしそれ以来、大通りの豪華な店のジーンズや男物のズボンの売れゆきは低下した。

社長の命により、その後は、骸骨のように痩せてみっともない消化不良患者（息が臭い）であるシャツ売り場の男性チーフが〝紳士物〟の試着室を担当するようになったのだが、それからというもの、とにかく試着する客はほとんどいなくなってしまったのだ。

町中の人間が知っていることをレイモン・ユルルジョームは知らなかったので、彼の店の〝紳士服〟部門にとっては百害あって一利なしという大きな過ちを犯してしまったのである。

シャツに精通しているこの従業員は、シャツだけではなくジャケット（ホモの意味）にも興味を持っていたのだ。

商店のオヤジは机の上に、この一週間に送られてきた郵便物が置いてあるのを見つけた。束になった郵便物のうち、二通の手紙に目が止まった。

一通は、彼の愛人である、《ジュシエ＝ヴァントゥルイユ》の人事課長、マリー・モランディエからのもので、その内容は、ちっとも会いに来ようとせず、放っておいていると彼を激しく辛辣に非難しているものだった。ユルルジョームは嘆息をついた。その嘆息は、最後に口笛のような音を発して終わった。

毎週木曜、午後一番にこの町に着き、すぐにショーウィンドーの模様替えを始めなければならない彼には恋人に会う時間がないのである。飾りつけは午後六時頃終わるが、その後、事務所で書類の整理をしなければならない。それから友人のカントワゾーの店に夕食を食べに行き、食後、あまり遅くならないうちにこの町を出るのだ。どうしても、翌日ゲエレにある《オ・ヌーヴォテ・ド・ラ・キャピタル》のショーウィンドーを飾るために、ラ・クルーズに到着していなければならないからだ。土曜日はシャトー・ゴンティエにある店のショーウィンドーをやらなければならない。そして日曜日と月曜日は、妻子とともにナントで過ごし、火曜日はポンチヴィーに赴く――ここでもまたショーウィンドーを飾るのである――。水曜と木曜の朝に一日半かけてやる猟には、何が何でも絶対に出かけるのである（三年前の話だが、たしか猟を中止するのがいやで、父親の埋葬に出ることさえ拒んだのではなかったか？）。

「可哀想なマリー！」とユルルジョームは呟いた。「彼女は、他の男といたほうがいいようだなあ」

しかし、そう考えている端から、暗い気持ちになるのだった。彼は今も、その若い女にぞっこんまいっていたのだ。

二通めの手紙は匿名で、新聞の活字を切り抜いて作られていた。手紙はこう告げていた。

「十一月二十二日木曜日には、ショーウィンドーの飾りつけをするな。そうすれば、夜、殺人は起こらないだろう」

読みながら、ユルルジョームは心臓が止まりそうになった。

彼は三度読んでからポケットにそれを突っ込んだ。とにかく、警察に知らせる暇はない。まずショーウィンドーをやらなきゃ！　と思った。

いつものように、彼は何の躊躇《ためら》いもなく通りに面したウィンドーに入り、この週の新製品を並べた。今週は〝子供服の週〟だった。

夜が、陰険な雰囲気をたたえながらこの土地に忍び寄り、大西洋から吹く風が何度となくジユシエ＝ヴァントゥルイユの煙突の吐き出す煙を町に吹き下ろし、まるで巨大な灰黒色のハンカチが屋根をぬぐいに来たかのように見えた頃、ユルルジョームの店の正面にある歩道を、ぼんやりとした影がひとつ通りすぎた。その人影は照明のほどこされた店をちらっと見やった。ユルルジョームがちょうどシャッターを上げ終えたところで、豪華な背景の中に並べられた最新流行の商品が目に入った。

「本当に残念！……」

そこを通った謎の人物は呟いた。

シャンフィエはカントワゾーの店で夕食を取った。午後に貼り出されていた夕食メニューには、今日の料理は〝仔牛肉のベーコン巻蒸し煮《グルナダン・ド・ヴォー》〟だと出ていたが、主人は狩人風ウサギ料理《ラパン・シャスール》を出した。

シャンフィエは、いろいろな問題を抱えながらも、出来高払いのアルバイト記者としてこの町に残っていた。友人のひとりが、卑猥な三面記事ばかり載せているパリの週刊誌「モン・クリム＝コンプレ」という雑誌の編集長をしている。いつも協力してくれていた記者のひとりが病気で倒れたので、その編集長は、扇を持ち歩く殺人者の悪事についての調査を、元警官に依頼したいと思ったのだ。

午前一時十分。

街娼のひとりは外で手早く最後のショートをこなし、家に帰ろうとしていた。その時、煙草を吸おうとしてつけたライターの炎で、並木道の茂みの蔭に横たわっていた新たな死体を発見した。死体は若い女のもので、鉄線で首を締められていた。凶器は被害者の紫色に変色した首に巻きつけられたままになっていて、一部が皮膚に食い込んでいた。そして目をそむけたくなるような溝ができていた。死んだ女の足元には、薄汚れた白い扇が開いた状態で置いてあった。

娼婦は、数秒間、金縛りにあったようにじっとしていたが、やがて恐怖に彩《いろど》られた長い叫び声を上げた。とすぐに、並木道に面した窓に十ばかりの光がともされた。

# 9　怪文書の筆者と探偵

町の連中が馬鹿にして笑うので、警官たちは、結局最後には町役場の床に大きな穴を開けてしまうのではないかと思えるほどの勢いで、地団駄を踏んでいた。そうなると、役場全体が壊れてしまうかもしれない。だが、それは痛くもかゆくもないことだった。というのは、町役場の建物ときたら、ふた目と見られぬ醜悪な代物《しろもの》だからである。憲兵隊の官舎より、リセより、新しい病院より、文化センターより、いやすべての建物の中で最悪のものなのだ。

町の人々は、夜になるとあまり外出しなくなった。しかし、若者たちは別である。彼らは「夜、町をぶらつかないようにしましょう、特に木曜日は。とりわけ、女性の皆さんに申し上げます」といった内容の警察、町長、新聞の注意を促す呼びかけを屁とも思っていなかった。

まず、十一月二十九日、木曜日に起こった六番目の殺人は、この町ではまったく知られていない若い女を――あえて言うならば――スターにした。彼女はニオールでタイピスト兼送り状係をしていた女で、汽車でこの町に来たらしい。死体が発見されたのは、この田舎町を少し出たロッシュセルヴィエール街道の外れの、バス待合所の中だった。女は締め殺されたのではなく、包丁で殺《や》られていた。二十ばかりの裂傷が腹にあった。おそらく肉切り用の大きな包丁を使ったらしい。しかし、肉屋用の包丁は町にいくらでも出回っている。店を構えている刃物屋でも、市場に出る刃物屋でも、金物屋でも手に入れることが出来るのだ。

警察の捜査は何の成果も上げられずにいた。無論今回も、殺人者は殺人現場に扇を置いていた。

ついに、大新聞が腰を上げ、靴墨のように真っ黒な活字の大見出しで、この事件を一面を使って取り上げだした。この町にとってはいやなことである。カビヨー町長は、町の平々凡々とした日常生活を覆っているベールを、そんなふうにしてはぎ取られるのがたまらなかった。さらに、ジャーナリストたちがこの界隈のホテルに本部を設けて、この町の叩けば少しはほこりの出るあらゆる場所を、しつこく嗅ぎ回っているのが腹立たしくてしかたなかった。

物事すべてを複雑にする結果しか招かないと町長は思っているのに、中央のお偉方は、事件解決の道を少しでも見つけ出そうとして、犯罪捜査班の総括責任者をこの地に急いで派遣することを考えていた。しかも別にたいしたことではないという顔をして。ドミニシ事件でシュヌヴィエ警視をリュールに、モーリイ＝ラリビエールの誘拐事件で、ジェヴォダンをドゥ＝セーヴルの田舎に送り込んだ時のようにだ。

中央の上層部の連中は、田舎の警官は間抜けだと見なしているということなのだろうか？

しかし、立役者は何も司法警察の警官だけではなかった。パリの新聞記者も、地方の同僚よりも抜け目がないということで通っているのだ。

なぜ、残忍な殺人者が、殺した女たちの傍に扇を置いたかということを――やっと！――解明してみせたのは「コティディアン・ド・パリ」紙から送り込まれた記者ではなかったか？

あれは簡単にわかる冗談だったのだ！　扇の意味は単に以下のことだったのである。

a　風《デュ・ヴァン》という言葉には、消えろ《デュ・ヴァン》！　という意味があるではないか！

それから、

b　おれのちょっとした犯罪を印すために扇《エヴァンタイユ》を使用するのは、つまり……おれが人を風のように吹き消す〝風吹き魔《エヴァントウール》〟（フランス語で切り裂き魔をエヴァントウルールという。そのもじり）だ、と言っているのである。

〝風吹き《エヴァントウール》ジャック〟がこの町に誕生していたのである。

これを読んで、殺人者はしばらく笑っていた。馬鹿どもにこの小細工の意味をわかってもらうために、六人も殺さなければならなかったとは！

警察は二、三の容疑者をしつこく取り調べていた。六十三歳になる失業した管理職の男もそのひとりだった。彼は二年前から精神病院にぶち込まれていたのだが、最初の殺人が起こる直前に退院していたのである。しかし彼は最終的に容疑者のリストから外された。同じく容疑者だったが結局釈放された、八年前に麻薬に絡んだちょっとした事件に関わっていた運転手兼配達人、不眠症のビラ貼り人と同様にだ。（警官たちは「二度とここに引っ張られるような真似

をするなよ！」と負け惜しみを言い釈放したのだ）
核心に迫る捜査を行なっていたのはセヴラン・シャンフィエだった。猫をかぶり、まったくそんな事件に関わりなしという顔をして。
〈いったい、奴はこの町で何をしているのだろう？〉
ついに警察はシャンフィエに目をつけたのだ。グエット警視は、彼を少し痛い目に遭わせてやりたいと思っていた。――その一番の理由は、シャンフィエが警官の頃、勤務評定が悪く、流血事件にまでなった失敗を犯した過去を持っていたからだ――彼は、「モン・クリム＝コンプレ」誌の責任者にまで電話をかけざるを得なくなった。責任者は、シャンフィエが、今後ずっと自分の下品な雑誌で働くことになっているのだと、名誉にかけて保証しなければならなかった。

シャンフィエは今もパルパンブレ未亡人の家に住んでいた。

夜がかなり更《ふ》けてから、シャンフィエは事件を洗い直していた。彼の前にある机に、〝扇を持った殺人者〟あるいは〝風吹きジャック〟と呼ばれている犯罪事件の、重要な局面が詳しく報じられている新聞を、いっぱいに広げていた。背の高いスタンドがどぎつい光を放ち、新聞の山を照らしていた。それ以外の場所は薄暗い中に沈んでいる。でんと置かれた大きな灰皿から吸い殻があふれ出ていた。

元警官は、フレッド・フォルジュクランが発行している週刊紙の十月二十六日、十一月二日、九日、十六日、二十三日、そして三十日付のものに、特別な注意を払っていた。「我が家の一週間」は良心的な新聞で、事細かなことにも惜しみなく触れている。しかしそれだけではなく、この新聞にはこの土地の噂話がふんだんに載っていて、中には役に立つ話もあるのだ。噂話の大半は、ベッドの中にいる性欲旺盛な男どもにいろいろとしゃべらせるのは朝飯前という、田舎のマタ・ハリたちが働いているデ・ゼタ＝ジェネロー通り十番地から集められたものだった。

噂話、扇、それに匿名の手紙（警察は真面目に取り上げなかった）がシャンフィエの調査の三つの出発点であった。無論、警察が知っている手紙は、怪文書の筆者の悪ふざけの域を出るものではなかったが、シャンフィエが問題にしているのは、カントワゾーの受け取った匿名の手紙だった。

つまり「狩人風《ラパン》・ウサギ料理《シャスール》を載せるな……」という手紙である。

この警告状の存在を警察はまったく知らなかった。

レストランの太った主人は、十一月九日に受け取ったこの手紙をシャンフィエに預けることを承知した。

手紙はシャンフィエの前に置かれていた。光をまともに受けている。彼は二時間もの間、何度も表に裏にと引っくり返してみていた。

その手紙は、金が底をつき、文無し状態の哀れなアル中の手に残された最後の十フラン札と同じくらい、何度も何度もいじくり回されていた。アル中が、駅と乾物屋のある四つ角の路上に立ったまま、ワインの一リットル瓶を買おうか、それとも仕事にありつけそうな会社を訪ね

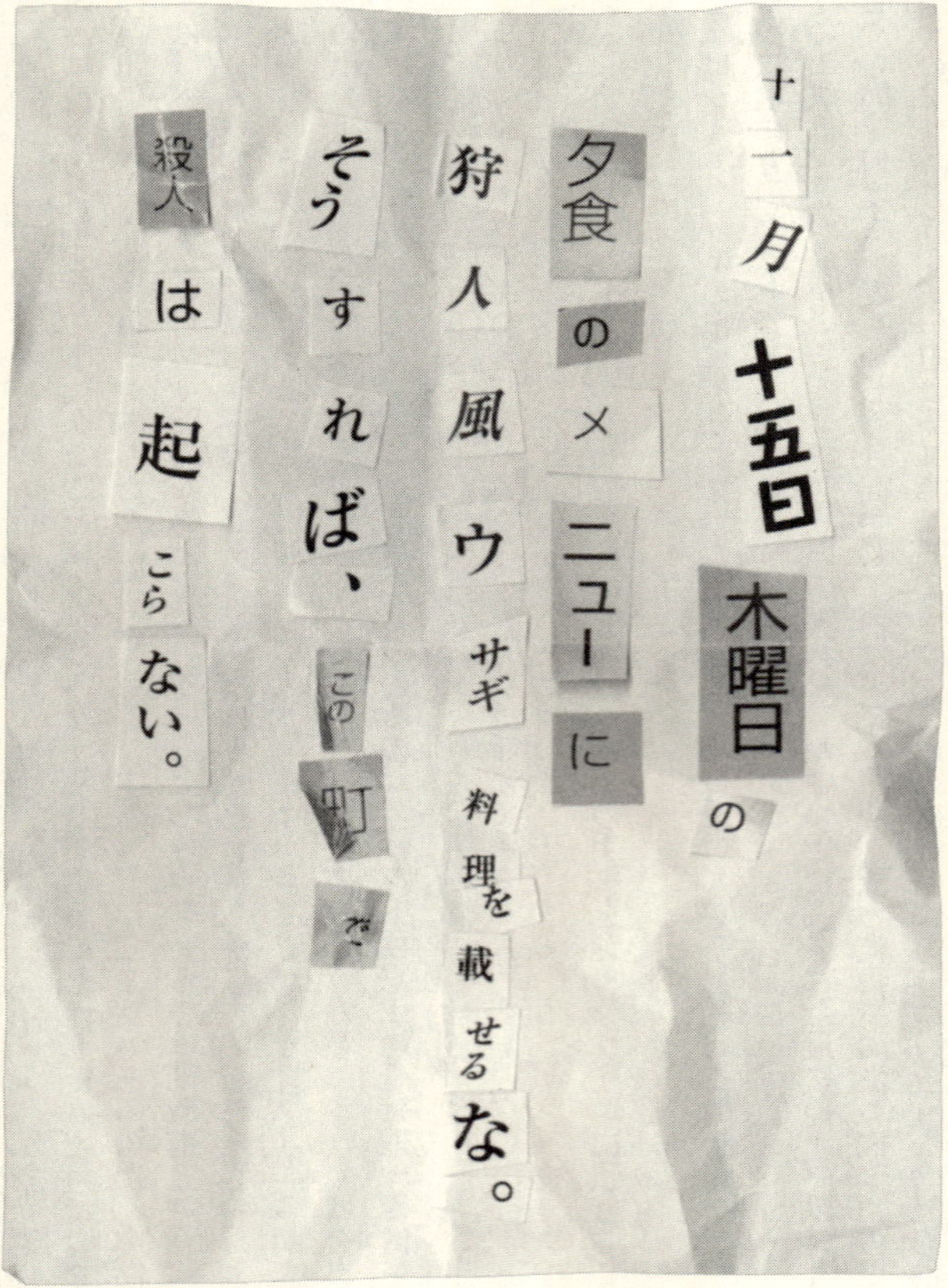
十一月十五日木曜日の
夕食のメニューに
狩人風ウサギ料理を載せるな。
そうすれば、この町で
殺人は起こらない。

るための汽車賃にあてようかと迷いながら、指でいじくり回してくしゃくしゃにしてしまった札のようだった。

シャンフィエは、長々と掌《てのひら》で手紙の皺を伸ばしてから、虫眼鏡を使って、一ミリ四方まで仔細に調べた。

ど近眼を相手にする恐れもあると怪文書の筆者は考えたのだろう。使っていた文字は、見出しの部分の太く大きなもので、とても見やすかった。文章は短く、紙は二一×二九・七のどこにでもあるタイプ用紙で、これだけ短い文章を作るためには十分なものだった。

細かく検査した結果、シャンフィエは、第二の殺人が起こった翌日、つまり十一月二日の「我が家の一週間」から切り取られた活字であることを発見した。

机の上には、十一月二日付の「我が家の一週間」が二部置いてあった。

復元するのは、それほど手間のかかることではなかった。文字は七ページから取られていた。十月二十五日の殺人と、内政問題に触れているページである。この時はまだ、事件が始まったばかりだったので、フォルジュクランは十二ページに増やした「我が家の一週間」は発行しておらず、この悲劇的な事件の報道も重大ニュースという感じは帯びていなかった。重大ニュースになり、ページを増やさざるを得なくなったのは、第三の殺人が起こった翌日、つまり十一月九日付の新聞からだった。

怪文書の筆者が、そのページの中央に刷られていた大見出しふたつから活字を切り取ったことは明白だった。少なくとも、かなりの部分はそこから取られていた。ちょっと見ただけで、シャンフィエはそう確信できたが、念には念を入れようと、匿名の手紙に貼ってある活字を注意深くはがした。カミソリを用いたこの作業は簡単に運んだ。匿名筆者は、決まって後で固くなりぼろぼろになってしまう、普通の事務所で使用されている白糊を使用していたからである。シャンフィエは細心の注意を払ってひとつひとつの文字の裏側を調べ、彼の目の前に広げてある、七ページのふたつの見出しの活字の裏側と比較した。警告を発している五十一文字の中の二十九文字は、見出しから切り取られたものだった。そして、〝十一月十五日〟の〝十五日〟は同じページの下段、大型スーパーマーケットの宣伝がぎっしり載っている部分から、そのまま取られていた。そこには、十五フラン、二十二フラン、三十二フラン等々と食料品の〝大特価〟のお知らせが載っていたのだ。

文章をつくるのに五十一文字を必要としたこの怪文書の筆者は、七ページ全体からどうして三十二文字しか使用しなかったのだろうか？　残りの十九文字は、カラーで光沢のある紙のものだった。おそらく何かの雑誌から切り取られたものだろう。たぶん、観光旅行か、車か、あるいはデラックスな住まいかを記事にしている、二、三十フランぐらいのシックな装丁の月刊誌だろうとシャンフィエは見当をつけた。だが、月刊誌の名前など問題ではなかった。十九文字が他の出版物から取られたというだけのことである。怪文書の筆者は「我が家……」の中からこの十九文字を切り取ることが出来なかったらしい。というのは、あらかじめ何らかの理由で、七ページの右の見出しの左側部分と、左の見出しの右側部分にまたがって、紙面が四角く切り取られていて、必要としている活字をそこから切り取ろうとしても出来なかったのである。

シャンフィエはハサミを用意し、怪文書の筆者と同じことをやってみた。並列に並んでいるふたつの見出しから必要な文字を取る前に、ちょうど裏側、つまり八ページのど真ん中に載っていた求人広告を切り取った。その雑報欄を切り取ってから、シャンフィエは新聞をめくって元に戻した。予想通り、一方が右翼の部分、もう一方が左翼の部分といった状態で、ふたつの見出しが切断されていることを確認した。

怪文書の筆者はこの求人広告に関心を持っていたに違いない。その証拠に、筆者はこれを切り取っているではないか。不幸にも、とシャンフィエは思った。コピーを取るだけにしておけばよかったのに。きっと怪文書の筆者は、切り取られていた部分の活字が必要になることを、まったく予想しなかったのだろう。

これは手掛かりになるだろうか？

おそらくなるだろう。なぜなら、もし匿名の手紙の送り主が求人広告を切り抜かなかったとしても、それをやったのは筆者の身近な人間か、同じ屋根の下で暮らしている人物にほぼ間違いないからだ。

シャンフィエは、怪文書の筆者のやった小細工を頭の中で反復してみた。

奴が週刊紙を取り上げた時、求人広告が目に止まった。切り抜いてとって置く。それから、メッセージを製作しようと見出しを探す。最後の八ページはどうだろうか？ ここには十分な大きさの見出しがない。奴はページをめくり直す。そのページの中央に、大見出しつきでふたつの記事が載っている。必要な文字を切る。そのうちに、頭の中でこしらえていたか、メモ用紙か何かに前もって書きつけておいたかした陰険な文章を作るのに、まだ十九文字足りないことに気づく。奴は足りない文字を探すのだが……七ページには満足ゆく大きさのものがない。そこでどうしたろうか？　他のページを探したのか？　いや、怪文書の筆者は新聞を放り出してしまったに違いない。七ページ（裏は八ページ）、一ページしか使用しなかったのだ。そこでどうしたか？　奴はあっさりと家にあった他の印刷物、光沢のある紙を使用している雑誌の中から、補充できる文字を見つけようとしたのである。

シャンフィエは三本目のツボルグを注いだ。――ここの家主はナイト・テーブルの下に小さな冷蔵庫と酒の用意をしておくという、とても良いアイデアの持ち主なのだ――。

彼は立ち上がった。冷えたグラスを手に持ち、窓の前に立った。いろいろな書類を前にして、三時間もの間坐り続けていたので、背中と腰が凝ってへとへとに疲れていた。

もう少しで午前一時になるところだ。

鎧戸は閉まっていなかった。シャンフィエは澄み切った夜の中で眠りについているこの小さな町の屋根を見つめた。満月が出ていて、その青白い光の中に何もかもが沈んでいた。町は静まりかえっている。

四十五分前からだが、月曜日になっていた。

今度の木曜日、つまり十二月六日にも誰かが殺されるだろうか？　シャンフィエは自問した。すでに六人が殺されているのだ。

シャンフィエには怪文書の筆者を見つけ出すだけの時間があるだろうか……それに、殺人者と怪文書の筆者がひとり、または同一人物であることを示しているものは何もないのだ。まさか、同一人物のはずはないだろうとシャンフィエは思った。怪文書の筆者は頭のおかしい奴で、この事件とはまったく関係がないのかもしれない。奴は単に、欲求不満を晴らすために、この状況を利用しているだけなのだ。こういうことは昔からよくある。この種の殺人事件では、殺人をめぐってすぐにあちこちで匿名の手紙が飛び交うのは、ほとんど当たり前のことと言える。警察がちっとも手紙に興味を示さないわけも、この辺にあるわけだ。

しかし、シャンフィエは、この手掛かりを追ってみないのは馬鹿げていると考えていた。

机の前に戻り、グラスを置くと匿名の手紙を引き寄せた。

「十一月十五日」「狩人風ウサギ料理《ラパン・シャスール》を載せるな。」それから「そうすれば、」「は起こらない」という箇所の活字は「我が家の一週間」から取ったもので、文章の一部を成している他の一か所「木曜日の夕食のメニューに」と「この町で殺人は」は光沢のある紙を使用した色刷り雑誌のものだった。

シャンフィエは腰をおろし、煙草に火をつけた――ビールを飲んだ後は格別うまいのだ――そして、八ページから切り抜いた求人広告を手に取り、もう一度読んでみた。この広告の掲載を頼んだ人物は相当の掲載料を払ったに違いない。なぜならその広告は、一辺が十二センチ近くもある正方形だったからである。

ド・グランション伯爵夫人は
付添い婦と看護人、双方を兼ねて働いて
くれる、信頼にたる人物を求めています。
高給。どちらかと言えば若い方向きです。
品行方正な方を強く希望しています。

**面談は十一月七日、水曜日以降。**
**時間＝午後四時から午後七時の間**
**場所＝ド・グランション城館**
**トワンズ＝レ＝キャトル＝シュマン**
**（リュソン街道）**

シャンフィエはこの地方が載っているミシュランの地図を広げた。問題の城館は、ここから四十キロほど離れたポワティエ沼の北外れにあった。
十一月七日か……もうかれこれ一か月前ではないか。シャンフィエは仏頂面《ぶっちょうづら》をした。厄介だなあと思ったのである。しかし、ひょっとして……その場合は奇跡が起こったとしか考えられないが。そう、ひょっとして、怪文書の筆者が雇われていることもあり得るではないか。

ということは、手紙の主は女なのだろうか？

かなりの人間が、この申し分のない働き口にありつこうとして応募してきたに違いない。それに広告だって、この地方すべての新聞に掲載されたに決まっている。二ダースをこえる志願者が城館を訪ねたとみて、ほぼ間違いないだろう。

シャンフィエは時計を見た。もう少しで午前二時。

パルパンブレ夫人に追加料金を払わなくちゃな、電気代として、とシャンフィエは思った。手早く服を脱ぎ、歯は磨かずに、そのかわりゴロワーズを一本吸って床についた。闇の中で、もう少し考えてみてから、眠りについた。眠りにつく直前、彼はこんなひとり言を呟いた。

「ひと晩寝ると良い知恵が浮かぶとかいうが……あれは目醒めるという条件つきの話だな」

翌日、《カフェ・ド・ラ・プラース》で、前にパルパンブレ夫人の住所を教えてくれたウェイターが出した、舌を火傷しそうに熱く濃いブラック・コーヒーを、鉢のように大きなカップで飲み、クロワッサンを食べた後、〈ともかく、やってみよう〉とシャンフィエは決めた。〈やってみなければ何も始まらないではないか……腕組みをして家でじっとしていても何かが摑める場合があるけれど〉

陰鬱な天気で寒かった。霧雨が降っている。雲は、北西の風に吹き払われているジュシエ＝

ヴァントゥルイユ工場の汚らしい煙と、ほとんど区別がつかないほど汚れていた。——あの汚れ具合からすると、雲は選挙運動から帰ってきたのだ、絶対そうに決まってる！

シャンフィエは故障の直ったボロ車に乗り込んだ。鉄の塊《かたまり》でしかないこの車は、暴走族には絶対妬まれない代物《しろもの》である！　結構な話だ！　そのほうが落ち着いていられるではないか！

少し走ると町を出た。リュソン街道を走る。

シャンフィエは、水脈占いの使う魔法の杖を使わずとも、なんなく城館を見つけ出せた。

ヴァンデ風の古い館で、この地方特有の昔風の農場がいっしょになっている。——それは自分でパンを作り、野菜も肉も牛乳もチーズも、何だってそこにあり、生活してゆくのに必要な物はすべて自分で作っている。隣人なんていなくても大丈夫。誰の世話にもなってはいませんね——という感じの家だった。城館は、沼地に浸った勢いのない林の入口にあった。沼地では、水棲の小動物が互いに呼び合っていて騒がしい。

建物正面の壁は葉が落ちた育ちそこないの木々の幹と見分けのつかない色だった。そしてそれらの幹は、「今、みんなのために春を製造しているところですよ、でも、時節をわきまえずに急いだりはしません。ちょうど良い頃を見計らって訪れるのです。待てば海路の日和ありってわけですよ」とその先の幸福な未来を約束する、朽ちた臭いを放っていた。

茶色い背丈のある鎧戸はすべて閉まっている。

シャンフィエは、気持良いぐらい泥だらけになっている道の傍に車を停めた。その道の周りには黄土色の平野が広がり、焼け焦げた紙が風に吹き飛ばされるような感じで、そこからカラスの群れがいっせいに飛び立った。鉄柵の門——錆びついた金属製の棒十二本が交差し、風が吹くと、その間に取りつけられている鐘が静かに鳴り響く——に鍵がついていないことがわかると、シャンフィエは希望を取り戻した。鉄柵を押す。すると、柵は外れそうになり、大きくて不恰好な熊手という感じで、あやうく手の中に残りそうになった。古い代物《しろもの》なのだ。小さな鐘が耳障りな甲高い音を立てた。まるで、北風ではない何かが揺り動かしたかのようだった。

家のどこかで犬が吠えたが、すぐに静かになった。おそらく誰かが叱ったのだろう。元刑事は正面入口の低い階段を登り、呼び鈴を鳴らした。

時間の無駄をしているのではないかという、いやな感じがした。——彼の靴は水浸しだったのだ。（イタリア製の靴である……ローマの職人さんよ、言ってくれ、去年《こぞ》のポンプ（靴の意もある）いまいずこ（ヴィヨンの詩のもじり）！）——そういったことが、シャンフィエをうっとうしい気分にさせた。しかめ面をし、レインコートの立てた冷たい襟の中に首を突っ込んだ。空《す》きっ腹で外に放り出された、寒がりの老いた猫にそっくりだ。

シャンフィエは、四つ折りにしてあった十一月二日付の「我が家の一週間」をポケットから取り出し、ちらっとそれに目を走らせた。そして、自分の親指が、一面に載っていた写真の上に置かれているのに気づくと、彼は何となく顔をしかめた。その写真には、万聖節《トウーサン》（十一月一日）の日の町の光景として飾られた菊のせいで醜くなった墓が写っていたのだ。

扉が半分ほど開き、栗色のビロードのスーツを着た年老いた男が顔を出した。ひさしが革になったハンチングをかぶり、ブーツをはいている。シャンフィエはその服装を見て、幼い頃からこの家に住んでいる忠実な猟場監視人だろうと判断した。

「何かご用でしょうか、ムッシュ？」

日焼けして皺の多い顔は、鑿《のみ》で削られたように繊細さがまるでない。鷲鼻。くるりと上向きに立っている眉毛は針の山に似ていた。そして、澄んだ小さな目は眼窩の奥深くで疑い深げな色を浮かべていた。

「突然お邪魔してすみません、ムッシュ……。求人広告のことで……」

「どんな求人広告のことですか？」

「新聞に出ていた……」シャンフィエは地方紙を見せた。「看護人を……募集した……」

監視人は肩をすくめた。

「何はともあれ、あなたには資格がない。われわれが探していたのは女性です……まあ、入ってください……外じゃ、こごえてしまいますから」

男はシャンフィエを、暗い大きな部屋に通した。がらんとした部屋である。中央に、今でもこの地方の古い農家によくある、背の低い堂々としたテーブルがでんと置かれていた。そして、その周りには、粗い作りではあるが、かなり頑丈なものに違いない腰掛けが、六、七脚並んでいた。壁を背にして、布やシーツがいっぱい詰まっていそうな大きなブルターニュ風の戸棚が二つと、ワックスでピカピカに光っているどっしりとした洋服だんすが置かれてある。このたんすは優に三百年にわたる葉蜂の幼虫との闘いに勝ち残った物なのだ。床には石が敷かれてある。数挺の猟銃が部屋の隅にぶらさがっていた。それは、巨人の手の指のように見えた。奥に、細長く幅の狭い大時計が、ぴーんと背を伸ばすかのような恰好で立っていた。――ここにある家具は、どこにでもあるファニチャーショップから来たものでないことは絶対確かだ――その大時計は〝時〟と戦おうとしている戦士のようで、振り子はギロチンの刃に見えた。その刃の下になった時間には、とても勝ち目はなさそうだ。時間がなくなってもこの大時計は存在しているという感じなのだ。

「妹がご説明申し上げます、わたしは仕事がありますので」

指で何かを解きほぐしながら生まれ、死ぬ時は手に道具を持っていて、百歳になって地中に埋められても、作業し続けているタイプの男である。こういう人物には町ではごくまれにしかお目にかかれない。もっぱら田舎に多い。

男は、自分の歩いている床の重要さを認め尊敬しているかのように、重く力強い足取りで去っていった。去り際に外で吹き荒れている風よりも凄いという感じの大声を発して。

「メラニー！　お客様だよ！……」

小柄な老婆が、両脚を引きずるようにして背の低い扉から出てきた。布巾で手をぬぐっている。この地方特有の服装をし、霧氷のように白い、サブレ風の帽子をかぶっていた。

「ムッシュ、何か？」

「求人広告の件でやって来たのですが……」

もう一度、シャンフィエは新聞をかかげた。

「まさか、あなた自身がというわけではないんでしょう？」

「いや、わたしは……その……姪のために来たんです……彼女は二十二歳でして……」

「生憎《あいにく》でしたわね、ムッシュ」

「どうしてです、お教え願えませんか？」

「伯爵夫人は十一月八日にお亡くなりになりました、突然だったのですが。ひと言申し上げておけば、九十五歳でした。全然、ご存じなかったのですか？」

「まったく、知りませんでした……すみません。わたしはこの土地の人間ではないので」

「そうでしょう！　お見受けしただけでわかります」

「死亡広告を読んでいなかったのです。それで……」

「という次第で、誰も雇わなかったんです。七日の日に、四人、女性の方がいらっしゃいましたがね……八日は、表の扉を閉めてましてね、兄が格子門のところに、募集は中止になったという内容の貼り紙をしたんです……」

「その四人の女性はどうしたんです？……結局ひとりも雇わなかったわけですか？」

「名前と住所、それに経歴を書きとめるだけにしておいたんですの……。伯爵夫人が、選ぶためには十名ばかり集まるまで保留にしておきたいとおっしゃいましたので……」

「その方たちの……住所は残っていますか？　それに名前も……」

「どうしてあなたはそんなものに興味を示されるのですか？」

「実は、マダム……」

シャンフィエは鼻をかきながら言った。

「本当のことをお話しします。出来たら話さないでおこうと思ったのですが、しかし……実はこうなんです。わたし自身、老人の面倒を見てくれる人を探してるんです。親戚の老婦人のためなんですがね……」

「あ、そうですか！　その方、この辺にお住まいで？」

「いえ……ノルマンディにいます」

「それで？」

「わたしがアフリカのほうへ行かなくてはならないので、かなり急いでいるんです。ここに見えた方々が……その中のひとりでも、ひょっとしたらと思いまして……」

「ということは、あなたは姪のためにここへ来たわけではないんですか？」

老婆は厳しい表情をして、シャンフィエを見つめていた。シャンフィエは、この類の老人は嘘をつかれるのが大嫌いだということを知っていた。彼は少し恥ずかしい気持ちがしていた。しかし、そんな悠長なことを言っている場合では絶対にないのだ。

老婆はちょっとその場を離れ、引出しの中をかき回した。そして、一枚の紙をシャンフィエに差し出した。それは手帳の一ページで、四人の応募者の名前が一列に、ヘタクソな字で書きとめてあった。

シャンフィエは何度も礼を言った。——人の良い女は、「そんなに何度も言わなくてもいいですよ」と言いそうになった。

そこを出たシャンフィエはボロ車に戻った。——犬が激しく吠えてさよならを言った。——

霧雨の中をしばらく走る。二キロほど走ってやっと車を止めることが出来た。

シャンフィエは四人の名前を調べた。

そのうちの三人は町の人間ではなく、かなり遠いところに住んでいた。ひとりはナント在住の若い看護助手で、現在失業中だった。（おや、失業中だって。どこかにもそんな人物がいたなあ）ふたり目はアンジェに住む四十九歳の助産師、それに、ドゥ＝セーヴルに住む子供みたいに若い女の子。リストに載っている四番目の名前がいちばん興味を引いた。何はともあれ、シャンフィエはこの女性から当たってみることにした。

ヨランド・ヴィゴ嬢、二十七歳

住所、グルニエ＝ア＝セル通り十四番地

元小学校教員

この町の住人である。

だが、広告を切り抜いた人物が、十一月七日ただちに、伯爵夫人宅を訪れたのだろうか？

この質問の答えにぴったりの文句が英語にある。

「それが問題だ」とか何とか言うものである。シャンフィエは、無論、英語で言ってみた。誰にでもよくわかるように。

まったく方針など立たないまま探偵は再びエンジンをかけ、い、い、い、い、い、い、いきなり道路に飛び出した（警察の調書などにはこういう表現を使うのだ）。そして、〝絞殺都市〟に向かって突っ走った。

狭くて寂しい感じのするグルニエ＝ア＝セル通りは――元気《ゲテ》通りのような通りばかりではないのだ――町の中心に位置している。ちょうど教会の裏側に当たり（教会の前にあるよりはいくらか陰気な雰囲気が解消されるというものだ）、保険業者プティボスケ（カントワゾーの店に足を向ける、いや、正確に言えば口を向けるようになってから、木曜日には必ずシャンフィエはこの男に出くわすのである）の事務所から歩いてすぐのところなのだ（だが、ドイツ軍のように膝を曲げずに足をぴーんと伸ばして歩くと、すぐという意味である）。

シャンフィエは、小柄でぼってりとした保険屋をあまり信用していなかった。態度が少し陽気すぎるのだ（このご時世では、あまりノーマルとは言えない）。

なぜあの男は、決まって木曜日にだけ、《オ・トロワ・クトー》で夕食を取るのだろうか？

さてさてこれは……探ってみる必要があるかもしれないぞ。

グルニエ＝ア＝セル通り十四番地の建物は灰白色の四階建てで、みすぼらしい建築物だった。探してみれば、フランスのどこにでも転がっている建物である。

シャンフィエは玄関ホールに入った。管理人はいないらしい（警察にとってはちょっと困ったことである）。郵便ポストに貼ってある名前を読む。――いたるところに名前が出ていた。デュプイ、デュボワ、ラジューヌ等々。どこにでもある名前ばかりではないか！（いかにも馬鹿みたいなシャンフィエらしい考え。ここはフランスでグァテマラじゃないんだから当たり前の話じゃないか）

郵便受けのひとつに、カスグランでもソーピッケでもない名前、ヨランド・ヴィゴの名前が出ていた。

シャンフィエは隣のビストロに行き、そこで張り込むことにした。——見張るのは面倒だが、公衆便所での張り込みよりはいくらか楽である——彼はグロッグを注文した（そのビストロで出しているアペリティフが載った長いリストを丹念に調べた後で）。窓際に坐ったシャンフィエは、手で窓ガラスの曇りを拭き取った。通りの一部が見える。十四番地の入口も見えている。新聞を前に広げたが、切れ長の目は小さな建物の扉をしっかり見据えていた。三十分間そうして、コンクリートの建物から出てくるたくさんの人間を見た。——その中のひとりは出かけて十分ほどで戻ってきた。このご時世では、どこかに行きたくてもたいして行く場所がないのだ——控え目な態度の老婆がふたり（よく注意して見るとフランスにはかなりこういう感じの老人がいる）と、籠を持った五十歳ぐらいのがっしりした身体つきの女が出てきた。そして、背中の曲がったかなり年老いた男、郵便配達人——彼は入ってすぐに出てきた（中で何かいやな匂いがしているのだろうか！）、小学校低学年といった感じの少年が中に入った。こういった連中の中にヨランド・ヴィゴは絶対混じっていなかった。もう十分だと思ったシャンフィエは、四十五分経ってから腰を上げた。

カウンター越しにさえない顔をし、薄汚いベレー帽をかぶったその店の主人は、少し前からかなり露骨に、疑り深げな目つきをシャンフィエに向けていたのだ。それは好奇心などという段階をこえ、しつこく探っているとしか言いようのない雰囲気だった。酒場の亭主に身の上話もせず、一杯の酒を前にかなり長い間い坐っていることは、この田舎では、一〇〇パーセント疑わしい態度に見えるようだ。

何も口を利かず、コーヒーか何かを前にして、閑散とした店内に一時間いるだけでは、まだ警官を呼ぶまでには至らないようだ。しかし、そうなるのも、はや時間の問題らしい、とシャンフィエは思った。とはいうものの、汚らしいベレー帽をかぶった五流の酒場の亭主に出来る話などまったくないではないか?

隣近所を気にしたシャンフィエは、通りにつっ立って見張るのは止めにした。それこそ、もっと変に見られる可能性があるからだ。地方の小さな町では、もし、おまえが地元の人間でないなら、絶えず動いてなければならないんだ、それにまた、十五分以内に同じ場所を二回以上通らないように気をつけなければならないのだ、とシャンフィエは思った。

シャンフィエは歩いた。妙な噂が立たないようにしなければならなかったのである。彼は問題のアパートから遠ざかった。あの若い女の名前に心当たりがあるかどうか、カントワゾーに訊いてみようと決めたシャンフィエは、中央分離帯が駐車場になっていて、周りを商店に囲まれている小さな広場を横切ろうとしていた。その時、彼は思わずぎょっとした。ちょうど目の前を、確かに以前、どこかで会ったことのある若い女が通り過ぎた。女は雑誌店のホールから、腕にいっぱいの新聞や雑誌を抱えて出てきたところだった。

大柄で、どちらかといえばがっしりとした身体つきの女だ。肩幅がかなりあった。白いレインコートを着ていて、腰のところでベルトをしっかりと締めていた。頭にオレンジ色がかった水泳帽みたいなものをのせている。目を大きく見開いたシャンフィエは、それが何であるのかすぐにわかった。それは、生え際まで刈り込まれた若い女の赤毛そのものだったのである。一九四四年八月、対独協力者だった女たちが髪を剃られたが、その髪型にそっくりだった。しかし、それより少しは品がある。それに、その風通しの良い髪型は、美しい卵形の青白く彫りの深い顔や、生き生きと輝いている黒く大きな瞳、そして少し厚ぼったい感じのする好色そうで突き出た唇を引き立てていた。

バルボプールのところにいる娼婦ではないか！　シャンフィエは思い出したのだ。

この間の夜、娼館の女将が彼に紹介した女のひとりだったのである。しかし、あの女が怪文書の筆者とは思えないが……。

シャンフィエは慌ててグルニエ＝ア＝セル通りのほうへ引き返した。背中ごしに素早く彼女を見た。その結果、若い女は十四番地に住んでいることがわかった。女が建物に入るとすぐ、シャンフィエはガムラン将軍のように素早くUターンし、玄関に――この時も全速力で――飛び込んだ。薄暗い階段を慎重に、かつ急いだ足取りで上った。二階に着く。何とかぎりぎりで間に合った。扉がバタンという音を立てて閉じたところだった。

二階の右の部屋。

下に降りる。丸刈りにした赤毛の女の郵便受けの表示を読んで確証を得た。

ヨランド・ヴィゴ、二階の右

思っていた通りだった。

売春婦……元小学校教員……今の商売のほうが、教職より稼げるに決まっているではないか……。

彼女は、売春稼業から足を洗って、違う仕事を見つけようとしていたのだろうか？

彼女が怪文書の筆者なのだろうか？

腕にたくさんの新聞を抱えていたではないか。もちろん、そんなことは何の意味もないが、しかし……町中に匿名の手紙をばらまくために必要な道具を、かなりの量、腕に抱えていたことは確かだ。

だが、現在の状況で、一度にあんなにたくさんの新聞、雑誌を買い込むのは、どちらかというと、軽率な行動である。雑誌屋の〝新聞〟の棚を警官が見張っていないと誰が言い切れるだろうか？

カントワゾーに手紙を書いたのはあの若い女なのか？

彼女が精神の病に陥っているようには見えなかったが……謎に一歩一歩近づいているシャンフィエは、やがて気分がよくなってきた。とにかく、通りすがりの女たちを絞め殺し、その足元に扇を置いたのは、絶対あの女ではないと思った。

まず取っかかりとしてシャンフィエは、ポストを見つけようと、一時間ほどかけてその辺の道を歩いてみた。歩いて十分ほどの郵便局のポストの他に、赤毛の女の住んでいる建物の周囲、半径三百メートルの場所に五つの黄色いポストが見出された。

部屋に戻ったシャンフィエは、テーブルの上に、町の中心街の載った地図を広げ、娼婦の住まいが位置する部分を黒いマジックペンで丸く囲んだ。そして、ポストのある場所に×をつけた。怪文書の差し出し人に罠をかけることを考えながら、同時に自分が予期せぬ出来事にぶつからないように注意しておきたかったのだ。

シャンフィエは一か八かやってみようと決めていた。

彼は、額縁と絵描きのために画材も売っている小さな画廊に行き、ちょっとした物を買った。そして、その足でグルニエ＝ア＝セル通りの裏手に行き、少しその辺をうろついてみた。そこはいくつもの狭い通りが交差している寂しいところで、ほとんど人も通らない。フェンダーをこするのではないかと心配して、ドライバーもめったに入ってこない場所なのだ。

木工場の中庭を見つけた。そこには、板が山のように積まれていた。ピラミッド型に積まれた板の後ろに入り込む。そして、そのままじっと正午が来るのを待った。数分後、この会社の工員たち、十人ばかりが外に出てきた。

予想通り——町を何度もぶらついていた際、彼らが通りの端にあるビストロで昼食を取っているのを見かけたのだ——青い服を着た家具職人たちは、わいわい冗談を飛ばしながら遠ざかっていった。

全員、海水浴の時、浜辺に持っていくような、バッグか小さなケースを持っていた。ひとりの見習い工が腕に菓子パンを四つ抱えていた。少し行ったところで、彼らはみすぼらしいカフェに入った。その扉には、はっきりとこう書かれていた。〝食べ物の持ち込みＯＫ〟

中に誰か残っているだろうか、とシャンフィエはいぶかった。板の山の裏から用心しながら出ると、倉庫のような感じの作業場の扉まで忍び寄った。汚れた窓ガラス越しに中をちらっと見た。一目で、中に誰もいないことがわかった。おが屑のせいで金色になっている床には、ところ狭しと機械が置かれ、木の切れ端が転がっていた。扉に閂《かんぬき》がかかっていることを確認した。これなら、彼がよじ登るのを邪魔する人間はいないだろう。シャンフィエは、ベニヤ板の破片と削屑が一杯詰まったゴミ箱の上に乗り、両手を雨樋《あまどい》にぴったりとくっつけた。そして歯を食いしばってよじ登った。ずいぶん長い間運動をしていないので苦しかったのだ。資材がいっぱい詰め込まれていて、一部がガラス張りになっている建物の、傾斜した波板で作られた屋根によじ登った。それからはとても簡単だった。すべての屋根がくっついていた。これこそ本当の散歩というものだ。シャンフィエは、一階にあの汚らしいベレー帽をかぶった主人のビストロがある小さな家の屋根まで到達した。煙突の影にひざまずく。しかし、お祈りはしなかった。そこからグルニエ＝ア＝セル通り十四番地の陰気な正面がとてもよく見下ろせた。――この眺めは誰にも教えてやりたくなかった。特に不動産プロモーターには――。

シャンフィエは寒さに震えながら、そこに日暮れまでいた。おまけに、午後二時頃に降りだした雨がずっと降っていたので、びしょ濡れだった。パンとソーセージかチーズでも少し持ってくればよかったとシャンフィエは悔やんだ。歩哨のポストについているみたいだ。本当に飽き飽きする仕事だった。雨のせいで、帽子の端は開きっ放しの蛇口のようだった。

窓に引かれたカーテン越しに、時々動く光と、歩く人影がたまに見えるだけで、赤毛の女の部屋では、興味を引くような動きは何も起こらなかった。だが、いちばん大事なことは、通りでじっと突っ立っているという不自然な行動を取らずに、十四番地の出入口を監視することなのだ。

午後六時四十五分頃、二階の右の部屋の電気が消され、しばらくして丸刈りの赤毛が建物から出て来たのを見たシャンフィエは、女が売春宿に行くという絶好のチャンスに巡り合ったかなと思った。絶対、女は仕事場に向かっているのだ。シャンフィエは猫のような素早さで、先ほど登ってきた屋根から下り、木工場の闇に包まれた中庭に戻った。今度はその会社のいたるところが閉まっていた。通りに面した鉄格子の門によじ登った際、両手をすりむく羽目になったが、誰にも見られずにすんだ。神様ありがとう、その辺にはまったく人影はなかった。今や町の地図はしっかり頭に入っている。

小道を上り切ったところに停めて置いた車を取りに行く。曲がりくねった狭い道なのに、配達トラックが横を通り抜けようとした。その際、彼の車のフェンダーの一方をこすってもぎ取ってしまった。だが、シャンフィエは、もうそんな飾りなどどうでもよかった。猛スピードで突っ走り、広場についた。何とか間に合った。照明がついている店はもう二、三軒しかなく、駐車場にも、もうほとんど車は停まっていなかった。駐車場は暗く閑散としていて、信じられないほど陰気だった。シャンフィエはそのいちばん暗い場所、つまり、ひとつしかない街灯から出来る限り離れた場所に車を停めた。

シャンフィエは娼婦を見た。ゆっくりとした足取りで広場を横切っている。先ほどと同じ白いレインコートを着て、肩から斜めにバッグをかけていた。歩きながら、女は自分の前に広がっている路面を見つめていた。考え事をしているように見える。

シャンフィエは、車で後をつけようかどうしようか考えた……いや、それはまずい。いまわしい信号があるし、一方通行の道もある……。夜、必死になって事件を追っているオマワリなら、こんなくだらないものを、いちいち気にすることは決してないのだが。

しかし、結局、彼は心の中で呟いた。あの女を歩いてつけるのがいちばん良い仕事のやり方だろう。

シャンフィエは、かなり距離をおいて女を尾行した。もし、彼女が妙な雰囲気に気づいたら失敗だ、と彼は思った。彼女とセックスしたがっている、と思わせるなどという手は、言語同断である。シャンフィエの頭は、すべてを台無しにしてしまうという心配と、瞬間〝風吹き魔〟に間違われるのではないかという恐れでいっぱいになった。

シャンフィエは尻を一発蹴られたような気になって、その場にぴたりと止まった。

広場の端に狭い小道がある。そして角から少し行ったところに、大きなポストがひとつあった。

シャンフィエは自分の目が信じられなかった（が、こすってみることまではしなかった）。よくわからないが、おれが怪文書の筆者だったら、他の町へ足を運んでもかまわないから、もう少し遠く離れた場所で投函すると思うんだが……とシャンフィエは考えた。

だが、匿名の手紙を出したがるマニアの心理は、おそらく彼の理解を超えているだろう。そういう連中は、何はともあれ、ハサミと糊を手にして、何時間もかけて作った小さな作品を投函したくて、いても立ってもいられないに違いない、とシャンフィエは心の中で呟き、それは作家が自分の本を、あるいはブン屋が自分の記事が載っている新聞を早く見たくて焦っているのにそっくりだと思った。

坊主頭の女はバッグから封筒の束を取り出し、通りの両側をさっと掃き清めるかのように素早く見回すとポストの口に全部滑り込ませた。その目つきがあまりにも鋭く強烈だったので、明日の朝、公営撒水車で掃除する必要はもうないだろうとシャンフィエは思った。投函の際、手紙の束を少々手で押した。というのは、あまりにも束が厚いので、なかなか入らなかったのだ。いつでもワセリンを持っている人などいないものだ。

赤毛の女は再び歩きだした。尻が荒れた海のように軽く揺れ動いている。レインコートのベルトがきゅっとしめられているので、余計に目立った。

今日はこれでかなりのことがわかった、とシャンフィエは思った。しかし、結局あの女は爺さんや子供の頃のボーイフレンドに手紙を出しただけかもしれないと考えた。

彼は若い女が遠ざかってゆくのを見ていた。明るい色のしみみたいになって、彼女の姿はすぐに雨夜の中に溶けていった。

シャンフィエは少し間を置いてから、フィルター付きのゴロワーズを唇に挟んだ。ライターの炎が三秒ばかり、中国人風の顔の下あたりを照らした。彼の周り、明るく照らされた広場は閑散としていた。この辺の店で最後まで電気をつけていた雑誌屋の光が消えた。男が格子のシャッターを閉めに出てきたが、霧雨の中でじっとしていた落ちこぼれ探偵の存在には注意を払っていなかった。パーキング・メーターと同じぐらい、屁でもないものに見えたのだろう。

シャンフィエはやっと動く気になった。ゆっくりと歩いて、大きなポストの前で立ち止まった。――ポストの中に入るわけにはいかないので、ずっと外にいることになった。いたし方がないだろう――そして、馬鹿みたいにそれを見つめていた。まるで、サンタクロースが送ってよこしたクリスマスカードが、そこから出てくるのを待っているような顔つきだった。彼は投函口をじっと見つめていた。それは、まるで太古の恐竜のなかば閉じた目を見ているようだった。

そんなものを見たことはないが……。

しかし……なぜ単なる雇われ娼婦があんなにたくさんの手紙を出したのだろうか？

「地方議員やジュシエ＝ヴァントゥルイユ氏の個人秘書ではないんだぜ」

とシャンフィエはひとり呟いた。

火曜日の午後の配達の折、ガストン・カントワゾーは匿名の手紙を一通も受け取らなかった。受け取ったのは収税吏からの通知と、コロンブ＝ベシャールを物見遊山しているいとこが送ってきた絵葉書だけだった。

ところが、電話を持ち、県の電話帳に名前が出ているこの町の一般人、八、九人が、郵便物の中に匿名の手紙を発見した。

今回も、意味不明な言葉を、少ししつこいと思えるくらいに繰り返していた。例えばこういうものだ。

また殺してやる、闇の中で！　(切り裂き魔)
次の木曜日、娘たち、気をつけろ！　(署名なし)
木曜日、血が腐敗を洗い流す(扇を持ったX)

シャンフィエがこれらの手紙の存在を知ることは出来なかった。

何人かの人が、彼らに届いた匿名の手紙を警察に持っていった。すると警官たちは書類入れにそれらを放り込み、訴え出てきた人々を、失礼といってもおかしくないやり方で追っ払った。

——イギリス風の洗練された丁重さは、今回に限ってもまだまだという感じだった。

有能極まりないグエット警視にとって、連続殺人事件が怪文書をもたらすのは、暗雲が雷雨を、資本主義が競争を、発酵させすぎたチーズが蛆《うじ》を、ワンちゃんがノミを、満足を知らぬ野心が凋落《ちょうらく》を招くようなものだと思っていた。

シャンフィエは翌日の夜、つまり水曜日に攻撃に出た。

この日は、例の屋根に登って寒さに震えるのはやめにしておいた。キン玉が鍾乳石のようになるのはかなわないと思ったのだ。

シャンフィエはただ、フェンダーが三つしかない車を、貧相な店に囲まれた小さな広場の駐車場まで運転してゆき、グルニエ＝ア＝セル通りのつまらない真っ直ぐ続く道が見やすい場所に停めた。

だが、オンボロ車のシートに坐ってはいなかった。いつものようにこれといってすることのないシャンフィエは、少し散歩をした。――中心街の二十あまりのショーウィンドーを見て、クレマンソーの彫像と教会の前の広場に感心したのだから、もう見るべきものはあまりないのだが――それから、道行く人も少なくなり、通りが静かになる午後六時四十五分頃、シャンフィエは車に戻り、後部座席の下にうずくまった。後ろからせっつく上司がいない時は、探偵稼業というのもなかなか面白いものだとシャンフィエは思った。

ほんの少し前に日は落ちていたが、シャンフィエは、酔っ払って自分の家がどこだったか忘れてしまい、遅くまでぶらぶらしている連中に見られるような危険を犯したくなかったのだ。午後六時五十分ぴったりに、グルニエ＝ア＝セル通り十四番地の建物の二階にある娼婦の部屋の電気が消えた。

シャンフィエは一か八かあることをやってみる気だったのだ。……馬鹿げているかもしれないが……しかし……。ポケットに入っている小さな道具にもう一度触れてみて、大丈夫かどうか確認してみた。

ドアの音を立てないように注意しながら急いで車から降りる。ドアは軋むような音を立てただけだった。シャンフィエは、大きなポストのある闇に沈んだ小道まで突っ走った。まるでネズミのようだった。例のポストの前でぴったり足を止める。

道に人気はなく、窓にも誰もいなかった。だが、用心に用心を重ねて、郵便局所有の箱の前で、郵便物を投げ込むような恰好をした。そうしながら、ポケットから大きな油絵の具のチューブをひとつ取り出した。深紅色の絵の具である。蓋を開け、ポストの口にチューブの口を当てた。そしてチューブを押しながら、何度か動かした。指がにちゃにちゃし色がついたが、作業はうまく行った。

ポストの口は上も下もすっかり、赤い絵の具で覆われた。娼館の女将、バルボプールの唇にそっくりだ。小さな覆いの内側も忘れてはいなかった。急いで塗りつける。一度試してみる。事は素早く行なわれた。マック・セネット監督（早回しのスラプスティック喜劇を創始したチャップリン映画の監督）がいるみたいだ。白い紙を束にしてぎりぎりのところまで入れてみて、そして引っ張り出した。白い紙は十二分に汚れていた。シャンフィエは紙を出来る限りくしゃくしゃにし、ぺしゃんこになったチューブと一緒に歩道の横の溝に捨てた。

シャンフィエは思わず飛び上がり、近くの家のポーチの影に隠れた。白いレインコートの女が向こうに現われたのだ。広場を横切っている。シャンフィエは待った。不安な気持ちを抱いて。彼は心臓の鼓動を数えた。数え間違えたかもしれないと思って、もう一度数えなおした。

足音が人気のない狭い道に響いている。だんだんこちらに近づいてきた。そう、足音はポストの前で止まりかけた。

えーい、クソ!!

女は、煙草に火をつけただけだった。すぐにまた歩きだしたのだ。

なんという……!

女は何もポストに投げ込まなかった。

うっかり忘れたのだろうか?

シャンフィエはその若い女が遠ざかってゆくのをぼんやりと眺めていた。そして、ホームレスや泥棒が隠れそうな場所から出てきて、投げ込み口の縁と覆いを丹念に拭いた。絵の具が残らないように力をこめてこすった。

しかし、シャンフィエはこのぐらいのことで負けを認めはしなかった。望みを捨ててはいなかったのだ。何しろ、彼の神はチャーチル(「決して諦めない」がチャーチルのモットー)なのである。

シャンフィエは、二百メートルほど先の並木道の隅にもポストがあることを知っていた。ちょうど娼館に行く道すがらなのである。

こういうこともあろうかと、シャンフィエは予想していたのだ。ポケットの底にもうひとつ深紅色の絵の具のチューブが入っていた。町の路地という路地を完璧なまでに知りつくしていたシャンフィエは、近道を行くことにした。陰気で舗装も行き届いていない、盗人にでも会いそうな危険な道を歩くなどということを、娼館《クラック》の女は——ごめんなさいチャンドラー(チャンドラーに『湖中(ラック)の女』という小説がある)——死んでもやらないのだ。

おかげでシャンフィエは、第二のポストに女よりかなり早く着くことが出来た。とはいうものの、女はほんのそこまで来ていた。おそらく一分、あっても二分ぐらいしか時間は残されていない。投げ込み口のところでチューブをしぼった。指が真っ赤になった。遠くから見たら、ザリガニががさごそしているように見えたに違いない。急いでいたので、レインコートの裾にもついてしまった。そして鼻は、ゾラの『居酒屋』の主人公である呑んだくれの鼻のようだった。

シャンフィエは女に不意をつかれぬよう、慌てて並木道の茂みの蔭に駆け込まなければならなかった。

今度は、おれの勝ちだ！　シャンフィエは大喜びだった。火のついている煙草を唇にくわえたまま、女はバッグから明るい色の小さな束を取り出し、ポストに投げ入れた。今度も厚くて簡単に入らなかったので、束全体を少し強めに押さなければならなかった。手紙は絵の具の大半をくっつけ、一種の不名誉な印（昔、売春婦や犯罪者の身体には印をつけた）をつけたまま中に落ちていった。

もしこれらの手紙が、すでにポストの底にあるたくさんの手紙の上に落ちたとしても、表面にちょっと触れるくらいだろうから、ほとんど問題はないはずだ。せいぜいのところ、あちこちに、赤いカンマが二つ三つ、つく程度だろう。

女が遠ざかった。

茂みの蔭から出てきたシャンフィエはポストの前に行った。ポケットから汚れていないボロ切れを取り出し、丹念にポストの口を拭いた。だがもし、しばらくして誰かが手紙を投げ入れたとしたら、よく拭いたとはいえ、まだ乾いていない絵の具が少しは残っているに違いない。

探偵の計略は金を払ってもいいぐらい悪くなかったが、凝りすぎだ！　失敗するってことも考えておかなければ！

レインコートをすぐに洗濯に出そうと考えながら、シャンフィエは汚れたボロ切れをポケットにしまった。手は一刻も早く、石鹸で洗いたかった。

シャンフィエは、娼婦がかなり遠くまで行ってしまったのを見定めた。街路灯の下を通り、小音楽堂が建っている道の角を曲がったのが見えた。彼女は、気後《きおく》れすることもなく、小ぢんまりとした娼館に向かって歩いていた。そこに朝の二時か三時までいて、妙ちきりんでたわいのない仕事をするために。

シャンフィエは、これであの女が怪文書の筆者かどうかを知る手がかりを、十中八、九ものにしたな……と思った。

そうなのだ。彼女が怪文書の筆者だったのだ。

しかし、シャンフィエはまだ一〇〇パーセントの確信は持てずにいた。彼は、はっきりとした証拠を手に入れたかった。

あの手紙のうち一通でもいいから、受け取り人に着くところを見届けることができたら、とシャンフィエは思った。しかし、そう思いながらも、懐疑的になり気力が消え失せ、顔が曇った。

ただ、もし友人のガストンが郵便物の中から偶然……運が良ければ……しかし、ひとりで少しずつ調査を始めた頃から運には恵まれていたではないか。そう思うとシャンフィエはほっとした。

いつもよりも少し遅れて《オ・トロワ・クトー》に着いた。ここで水曜日の夜の料理、ルイ・ブフ十六世風牛肉料理《アラ・モード・ルイ・セーズ》を味わうのだ。席につく前、シャンフィエは、目立たないように人をかき分け洗面所へ向かった。店に入る時、レインコートのポケットの奥にそっと突っ込んでおいた手を洗うためにだ。カントワゾー夫人は、彼のレインコートを脱がせようとしたが出来なかった。シャンフィエは顎でトイレのドアを示し、〝すみません、我慢できないんです〟といった意味をこめ、苦悶に満ちた表情をしたのだ。彼女はシャンフィエが通れるように道をあけながら、よくわかりますといった表情を浮かべて微笑んでいた。両手をコートに突っ込んだままトイレに走っていくシャンフィエの姿を見て、カントワゾー夫人はおかしくてしかたがなかった。

石鹼のついた固い毛の小さなブラシが、赤く汚れている皮膚をこすればこするほど、指が血だらけのような感じになり、〝赤い手のシャンフィエ！〟は、蛇口の上にある鏡に映った自分の馬鹿面を見て、皮肉めいた笑みを浮かべた。

翌日、十二月六日の夜、《オ・トロワ・クトー》の夜のメニューは狩人風ウサギ料理《ラパン・シャスール》だった。午前一時少し前、教会の扉の窪みのところで絞殺されている十六歳の娘が、ふたりの警官に発見された。足元に、エメラルド・グリーンの扇が置いてあった。

翌々日の十二月七日、カントワゾーは午前九時の配達で匿名の手紙を受け取った。この町で投函されたもので、消印は十二月六日午前八時十五分になっていた。

封筒には、もう少しで宛先が読み取れなくなるほどたくさんの大きな赤い帯状の跡がついていた。絵の具の跡である。

夕食の時——料理はポワトー風の野菜と豚肉・ソーセージの煮込《ポテ・ポワトヴィンヌ》——レストランの主人は迷わず、怪しい手紙をそっとシャンフィエに見せた。

「見てください、このひどい手紙を！」

カントワゾーは、特に汚らしい跡がついている封筒について、遠回しに言っていたのだ。有頂天になって——ついにシャンフィエは問題の怪文書の筆者を見つけたのだ！——大食漢で、ぶらぶらほっつき歩くのが好きで、セックス狂で、元警官で、元私立探偵で、新米のブン屋である男は、慣例になった警告文を読んだ。

十二月十三日木曜日の夕食のメニューに狩人風ウサギ料理《ラパン・シャスール》を載せるな。そうすれば、この町で殺人は起こらない。

シャンフィエは、ヨランド・ヴィゴが机に向かって午後を過ごしているのを想像した。眼鏡をかけ、彼女の前にはハサミと糊壺、新聞が数枚と切り取られた活字があるのだ……。

彼女はいったい、何の目的があってそんなことをしているのだろうか？

この町に住む他の人の中にも、同じような手紙を受け取っているものがいるに違いない。しかし、おそらくたいして危険ではない手紙なので、警官たちは——もし訴えがあったとしての話だが——引出しに片づけてしまうだろう。彼らは、せめて何枚かの封筒についている赤い絵の具ぐらいには注意を払うだろうか？——この場合も、誰かが手紙を警察に渡したとしての話だが――。

「どう取りかかったらいいのかまだわからんが、とにかく、あの女にしゃべってもらわなくては。彼女はきっとしゃべってくれるだろう」とシャンフィエは結論を下した。

「どう思いますか？」

カントワゾーが訊ねた。

「最高です」

「え、なんということを言うのですか！」

「こんなにうまいポテは今まで一度も食べたことがありませんよ。母と一緒に住んでいた時でも」

「違いますよ！　手紙の話をしてるんです！」

「あ！……手紙ね……こりゃ、大変だ！」

## 10　誰も殺されない

「あの薄のろ警視グエットは、また新たな容疑者をでっちあげて、そいつを激しく追及しているんだそうだよ！」

とシャンフィエは笑いながら言った。目もとに二本の深い裂け目ができた。笑うと、下がった目もとに皺が走るのだ。

十二月八日、土曜日。時刻は午後九時。

夕食の後（料理は鶏の赤ワイン・ソース煮、タマネギのフリカッセ添え《プラルド・アン・ムーレット・ア・ラ・フリカッセ・ドニヨン》だった）、〝遊び半分で仕事をしている〟ブン屋（これでいくらか稼いでいる。別にそうしても悪いことはないだろう）とシェフのカントワゾーは、レストランの奥の広間にいた。ホールのほうには、長居をしている客はもう五、六人だけだった。彼らは皆、顔を赤らめていて、腹はほどよく温まっていた。時間をかけてゆっくりとデザートを食べている。デザートは、メレンゲで巻いたはしばみ入りピスタチオのムース・ケーキ《ガトー・ア・ラ・ムース・ピスタシエ・オ・ノワゼット・アンロベ・ド・メラング》と、あんずの砂糖漬《アブリコ・コンフィ》。彼らのクリームのついた冷たい小さなスプーンは舌の上でぐずぐずしている。

シャンフィエとカントワゾーは、ビリヤード室にもなっている広間の隅のテーブルに坐っていた。彼らの前にプラム酒の入ったグラスが置かれている。

ビリヤード台の周り、ヴァン・ゴッホの『夜のカフェ』と同じ色の光を放っている、赤褐色の光沢のランプの下には、四人の名士がいた。ひとりはルベル薬局の主人（以前から重要人物のひとりだったが、十一月一日の夜に〝風吹き魔〟によって、助手のニコル・マソンが絞め殺されてからは、前より一層そうなった）。それにアルマンゴー校長、代訴人、バス会社のオーナーの三人である。

小さな町にいさえすれば、名士でいられる――それは時として賢明な選択である場合がある――この四人の男たちはキューを持ち、時折その先に青いチョークを塗っていた。

ゲームに熱中し、ビリヤードの球が世界の小さな中心になっていたので、彼らは、陽気な顔をした太った男と、ずるそうな顔をした町でぶらぶらしている男には注意を払っていなかった。元警官とレストランの主人は、告解するかのような口調で声をひそめて話していた。難聴の人は入れない会合である。

シャンフィエは、また二度ほど、〝風吹き魔〟を捕えることを任務としている警官に関して、辛辣な冗談を飛ばした。

犯罪捜査班の総括責任者がこの町にやって来るのは間近だった。ホテル《コック・ドール》のいちばん上等な部屋十五号室ですら、五日前からその部屋を希望する旅行者を断わってまでも、彼のために用意されていた。善良なる女性の殺人なんてもううんざりだ！　殺人者は、多くの歴史に残る殺人者がそうしたように、四、五か月のインターバルを置いて犯罪を犯すという慎み深ささえなく、毎週殺すのである！　この殺人鬼は、ただ単に切り裂きジャックのリズムを真似ているにすぎないのだ。まったく信じられないことではありませんか！　ロンドンの二百十分の一しか住民のいない町で！　しかし、この調子で行くと、いったいどうなるのだろうか？　毎週必ず、女がひとり殺される。下種《げす》な奴らは、こんな冗談を町に広めていた。〝金曜日のたら《モリュ》の後、今度は木曜日のスベタ《モリュ》だ〟（カトリックの習慣では金曜日に魚を食べる）と。殺された哀れな娘たちは決して身持ちがよかったはずはなく、尻をくねくねさせて殺人者を求めていたに違いない、と意地悪い連中は想像していた。猥褻な噂話は活発に町を駆け回った。

十月二十五日から七人の女が殺された。カビヨー町長は役場で大声を出してわめき立てていた。テレビの大人気番組『アンテルヴィル』の公開放送が行なわれたり、フランス一周自転車《ツール・ド》・ロードレース《フランス》が通ったり、大統領がこの地方の手本となる田舎者の家に食事をしに来たり（当時のジスカール・デスタン大統領は時折、一般市民の家を訪ね食事をした）、サッカーのテレビ中継が行なわれたり、といったような夢が消えてしまい、パリのすべての編集者に原稿を断わられていたこの地方のジャック・エリアスと言われる小説家でさえどこかに行ってしまったのだ！　すべてがもう少しというところで、カビヨー町長の鼻先をかすめて消えてしまったので、彼は、イライラ病にかかっていた！　そういった夢の代わりに、恐ろしい殺人事件のこと、正体不明のサディストのこと、血なまぐさい話といったものが毎週金曜日に新聞の一面を飾っているのだ。これが恥でなくて何であろうか。「フランスのどこにでもある小さな町が」とパリの新聞は見出しに書き、「静かな集落であるが、実は、まさにフランスそのものなのだ。しかしそれにしても、あの町は原因不明の病にかかっている」と表現した。もうじきこの問題は、社会学者によって検討されるだろう……。

シャンフィエはカントワゾーに、最後に送られて来た匿名の手紙の封筒に関して――五人の人間が警察にあの薄汚れた手紙を持っていったのだ――こういう話をした。

グエット警視は、この町で生まれ育った、ほとんど無名と言ってよいデュアルとかいう年老いた絵描きをしょっぴかせたんだ。そのアーティストは、ルノワールが死ぬ前にかかったのと同じ病気、つまり、両手がリューマチにかかり、もう絵が描けなくなっていたのである。

しかしながら、シャンフィエは、レストランの主人に、自分が投げ込み口にけばけばしい色を塗ったことは白状しなかった。秘密を愉しむという気持ちが働いたのも確かだが、彼がやっているのは殺人事件の調査で、今のような局面では、誰をも疑ってかからなければと思ったのが、黙っていた一番の理由だった。

「しかし、この町には、他にも絵描きはいますよ！」

とカントワゾーは興奮気味に言った。

「確かにトルソー＝ローリユーもいるね。だが、彼は有名な絵描きだから……手を出さないようにしてるのさ。そして、職人ラルイヤのところで働いているペンキ屋たちなんだが、奴ら全員にアリバイがあるんだよ」

「それじゃ、警官どもは怪文書の筆者と殺人者が同じ人物だと思ってるわけですか？」

「その通りだよ、ガストン」

「で、殺人鬼が、投函する直前、まだ乾いていないパレットの上に、運悪くあの手紙を落としたと思ってるわけですか？」

「グエットもそこまで馬鹿じゃないよ。今や、犯罪捜査班の総括責任者がここに来るのは周知の事実だ。二か月も経ないうちに七人の善良な女が殺されるというのは、いくら何でも異常に多すぎると皆、思ってるんだ。国営報道機関がでっかい大砲を鳴らしたのさ。つまり、ラテン・アメリカで電気ショックによって殺された人間の死体と、アフガニスタンでナパーム弾によって殺された人間の死体を放映する間に、テレビ局は時々、ここで見つかった死体の映像を流すことに同意したんだよ。それでまあ、国民が騒いでるってわけさ。おれの結論はこうなんだ。もうじきこの町の静けさに終止符が打たれるだろう。だからおれは、この田舎町が新たなリュル、ブリュエー、ルダン（フランスの大きな田舎町）になる前に、この事件の謎を暴いてみせたいんだ。パリの気取った奴らには気をつけたほうがいい。特に、血まみれの場所にエナメルのパンプスを突っ込んできた場合にはな。そして後に、この事件を映画にするのさ、奴らは。この町のことを洗いざらい調べ、素っ裸にしてしまうんだよ。そりゃたまんないだろうよ。主要登場人物を見ても、あんたは誰だかわからなくなる。奴らは全部変えちまうからな。あんたが見るのはカントワゾーの役のベルモンド、カビヨー町長をやっているギイ・ブドス、バルボプールおっかさんはドロテなんだ。そして、おれはもう男じゃなくなる。雑誌『モード・エ・トラヴォー』のエネルギッシュなジャーナリストに扮したカトリーヌ・ドヌーヴがおれの役をやるんだよ。この町で道に迷い、無敵のイタリア警察から特別に送り込まれたグエッチ警視に扮したマストロヤンニとおれは、いや、カトリーヌ・ドヌーヴは関係するのさ。

もし、一連の殺人事件のおかげで、この町がちょっとでも有名になると、おれたちはこういう具合になるんだよ。そしてすぐにも、有名な大衆週刊誌が作家のポール・ギュットかタポトール公爵夫人に調査を依頼するようなことになるんだ。その時期は、レイモン・バール（元首相。彼は太っている）のウエスト・サイズほど遠い先じゃない、つまり、すぐにやって来るんだぜ。これだけは信じていいよ、ガストン。シャンフィエって奴のほうがまだましだぜ。目立たず、何を考えているのかわからないところが少しある男……そのほうが静かに事が運ぶはずさ。思うに、そのほうがここの住人は安心するんじゃないのか、ガストン。まあ、そういうことだ。これだけしゃべったら、うまいビールが飲みたくなったなあ」

「今、持ってこさせますよ。感謝してます、セヴラン！　ここだけの話、わたしのレストランがパリ風になるのは喜べることじゃない。ここでは、食事する。それだけでいいんですよ」

「おれたちは生まれつき気が合うようだね、ガストンさん」

「そうですね、で、他には？」

「他にはって？」

「隅っこで話そうって言ったから……わたしに打ち明けたい秘密があるんじゃないですか？」

お人好しのカントワゾーは、この前受け取った匿名の手紙を、礼儀正しい大食漢である友人に渡すことをまたまた承知した。深紅色の跡が封筒についている。しかし、すでに絵の具はからからに乾いていた。

「実は、ガストン……おれには、ひとつ考えがあるんだ。実に馬鹿げたことだってことを覚えておいてくれよ……」

「何に関することですか……殺人に関すること？」

「このさえない町で、他に考えてみたいことなんてあるかい？　来年の一月にミッテランが来るなら別だがね？」

「もちろん！　あのむごい殺人に関することなんでしょうが……」

この町にしっかり根を下ろしている四人の男は、ビリヤード台の周りを行ったり来たりしていた。葉巻をくわえたままで、ほとんど口を利かない。

「何でも話してください」

カントワゾーは興味と不安の入り交じった感じで言った。

「もし……」

「もし、何ですか?」

シャンフィエはためらった。それは、乗り越えなければならぬ大きな障害物だった。だが勇気を出して、飛び越えた。思い切り弾みをつけてその障害物を飛んだのだ。

「今度の木曜日、もし、あんたが狩人風ウサギ《ラパン・シャスール》料理を作らなかったら、どうだろうか?」

「今度の木曜日?」

「そう。そうするとどうなるかを見るために……」

「でも、作るだろうってわたしの小指が言ってますよ」

「いや、やめてくれ! 作らないでほしいんだ! 何とか努力して……」

「いったい何だっていうんですか! おっしゃっている意味がわかってるんですか、そんなの無理ですよ……」

レストランの主人はかすかに震えていた。おびえたような目を、肩越しに後ろに向けた。その仕草は本能的なものだった。

「いや、わかってるさ……」

シャンフィエは優しい声を出したが、後には引かなかった。しかし料理人にとっては、彼の優しい声は悪魔のそれ以上に不安を感じさせるものだった。

警察をしくじった男は、目の前に坐っている人物をじっと見つめた。鳥を狙っている猫のように。

「しかし、たいして難しいことじゃないでしょう、あんたにとっては……なあ、ウサギ料理の代わりに、ボルドー風牛肉料理《ブフ・ボルドレーズ》や、イギリス風羊の股肉料理《ジゴ・ア・ラングレーズ》をおれたちに作って出すことも出来るじゃないか……そういう料理を出せば、誰も死なないはずさ。ウサギ料理を出す時……」

カントワゾーは、催眠術にかけられた人のように目を丸くして、シャンフィエを見つめていた。

「おれの言ってることは間違ってるかい？」

シャンフィエは囁くように言った。

シェフはほんの少しおどけたような動きをしたが、怒りをこめてこう言った。

「実は……狩人風ウサギ料理《ラパン・シャスール》を作らないで済みますように、とばかり願ってるんだ！　本音を言えば、わたしはあの料理が大嫌いなんだ！」

「だったら、願ったり叶ったりじゃないか！」

シャンフィエは、アガトが運んできたビールを飲み干した。カントワゾーはテーブルの下に置いてあった酒瓶を取り出し——カミさんに内緒で飲んでいる酒なのだ——彼らの前にある小さなグラスに、こぼれんばかりになみなみとその強い酒を注いだ。そして、その一リットル瓶を黒っぽい大きな靴の間に戻した。

「しかし、あなたはその結果を見通しているんですか？」

「どんな結果が生じるかだって？　いくら何でも、おれたちは世論調査をやるわけじゃないんだから、結果がどんなものか予測出来ないよ。しっかりしろよ、ガストン！　そんなビクついた顔をしないで。コザック騎兵（残忍な奴の意）は四日もすればブレストに着くところにいるんだぜ」

「コザック騎兵なんかどうだっていいですよ！」

少し調子を上げてカントワゾーは言った。

ビリヤードをやっていたうちのふたりがこちらを振り向いた。バス会社の社長はむっとした顔をした。カントワゾーが怒りだしたと思ったのだ。

シャンフィエは目を見開いてレストランの主人を見た。そして、みじんも身体を動かさずに何だかわけのわからないジェスチャーをして、ビリヤードの周りにいる名士たちを指し示した。

「もっと小さな声で話してくれ」

とシャンフィエは囁いた。

「わたしは、この町のことを考えているんです、セヴラン！」

「いったい、どんな結果が生じると思ってるのかね？」

とシャンフィエは、まったく聴罪神父になったような口調で訊ねた。――声にはならなかったが、「我が子よ」という言葉が、青白い唇をついて出そうになった。

カントワゾーはしかめ面をしたままだ。赤い大きな顔はほとんど、丸くもり上がった肩の中に引っ込んでいる。

「とにかくまず第一に、もし、あなたの言う通りのことをやれば、皆、なぜだろうとその理由をわたしに訊くでしょうよ」

「何がなぜ?」

「なぜ、もう狩人風ウサギ料理《ラパン・シャスール》を作らないのか、ってことですよ、まったく!」

「なあ、聞いてくれ、ガストン。四六年の十一月のことだが、おれの母親は、突然、土曜日に卵のムーレットを作るのをやめたんだ。でも、家族に変わったことなんて何も起こらなかったよ。これは絶対本当だぜ」

「料理に関して冗談を言うのはよしてください、シャンフィエ……」

おちこぼれ探偵は、料理人が顔一面に汗をかいていることに気づいた。この太った男の鼻先で、串刺しになった仔羊の肉が焼かれているわけではないのに。

「食事、特においしい食事は、あなたが思っている以上にずっと大事なものなんだ」

カントワゾーは強く言った。

彼は悲痛な調子でそう言った。顔の赤味が少し、溺死人の腹のような青さに変化した。

「ぐっと一杯やれよ、ガストン! あんたには同情してるんだ! この町のネクラな奴らなんかと関わることはないよ! あまり心配するな、この町には隠れて喜んでいる奴もいるんだぜ。つまり、悪いニュースを待ち望んでいる奴っていう意味だけど……」

「わたしに頼んでることが、いったいどういうことなのか、あなたはわかってるんですか? 次のウサギ料理に狩人風木曜日を作るなっていうことが。ああ! 失礼!……」

カントワゾーは正しく言い直し、前より落ち着いた口調でこうつけ加えた。

「殺人者、いや……その……怪文書の筆者と同じことをあなたは要求するんですね」

「正確な言葉遣いが好みなら、怪文書の筆者とは言えないんだ。単に匿名の手紙を書きたかった奴なんだ。怪文書を書く人間は、他人の犯した過去の悪事を、深く水底にたまった泥をゆり動かすようにゆさぶって、人を困った状況に追い込み……少しゆすったりするんだ……泥を掻き回すってわけさ……ということは、おれたちに手紙を送ってよこした奴は、単なる匿名手紙マニアってことになる」

「何をやらかそうとしてるんです、シャンフィエ？　わたしは、笑っていられないことだと思うんですよ。絞め殺されたり、つるはしで腹を引き裂かれたりした娘がいるというのに……警官たちはサッカーのフランス・チャンピオン大会のことか、自分たちの次のバカンスについてばかり話していて……他のことはうっちゃらかして、何もしないんだ……もっと真面目に話してくれませんか！　世間ってものがあるんですよ、セヴラン。彼らの質問が、あなたにも聞こえるでしょう？　すでに、わたしの耳にはいやというほど聞こえてきてますよ。『どうしたっていうんだ、カントワゾー――なぜ、木曜日のディナーに狩人風ウサギ料理《ラパン・シャスール》を出さなかったんだ？』っていう声がね」

「だったら、手紙の件を彼らに話してやればいいじゃないか」

「とんでもない！　あの匿名の手紙については彼らに話したくないんです。あの件は、わたしたちの間だけにとどめておかなければならない秘密に決まってるじゃないですか、セヴラン」

「わかってる、心配しなくてもいいよガストン。しかし、どうしてなんだ？　警察を恐れてるのか？」

「全然！　しかし、警察が知ったらどうなるか、あなたにもわかるでしょう……奴らがわたしに異常な興味を示すと、彼らは、つまりこの町の名士たちは、ここで食事をしなくなってしまうんですよ。それが困るんです。わたしの店は静かな店なんですからね。お客様たちは、ここで誰にも邪魔されず過ごしたいんですよ……」

「警官だって普通の人間と変わりはないぜ、ガストン」

シャンフィエは悲しげな顔をして微笑んだ。

「そこですよ、悲劇的なのは。普通、警官かどうか見ただけじゃわからない。でも、もし司法警察のボスがここで夕食を食べたら、そのニュースはすぐ、みんなに知れ渡ってしまいます。そして、大半の客が胃袋を緊張させて食事をすることになる、そのことがわたしにはわかっているんです。そうなる理由については、わたしの知ったことじゃない。ただそういう現実があるということなんです。わたしの店では、皆さんくつろいだ気分でご馳走を味わっているんです。このレストランに、厄介事を持ち込む人間が出入りするのはごめんですよ」

「あんたのアナーキストっぽい昔かたぎの気性には心を動かされるよ。だが聞いてくれ……何もあんたはみんなに説明する必要なんかないんだよ。狩人風ウサギ《ラパン・シャスール》料理を作らないという自由がなくなるわけじゃないんだから！」

「自由……自由……本当にそんな自由があるんですかね？」

「『本当に』ってどういう意味だい？」

「しかし、何はともあれ、殺人者の言いなりになる気はないですよ。『メニューに狩人風ウサ《ラパン・》ギ料理《シャスール》を載せなければ、殺人は起こらない』っていったいどういう意味なんですか？　つまり、わたしが狩人風ウサギ料理《ラパン・シャスール》を作り、それで殺人が起きたら、わたしに責任を取らせるということでしょう！　ありがたいことですよ！　つまらんものばかり食って満足している下劣な奴らや、ねたみ深い人間のする噂話が、すでに、わたしの耳に聞こえてますよ。『カントワゾーが狩人風ウサギ料理《ラパン・シャスール》を作ったら、殺人が起こったぜ！　あの男は〝風吹き魔〟にごまをすってるんだよ。ありゃ、一種の犯罪だね。人殺しの手筈を整えようとしているんだ』とか何とか言ったり、『一九一四年から一八年まで（第一次世界大戦中）どこにいたのかね？』とか、『四四年八月（終戦）の時、どこに隠れていたのかね？』とか、『六八年の五月革命の時、あんたの姿はなかったね』とかさえ言われるんだ、くそ！」

「なあ、ガストン、落ち着いて！……ビリヤードをやっている連中に聞かれちまうぜ……」

「そうさ！　わたしの受け取った匿名の手紙は一種の脅迫状なんだ……」

「おれを喜ばせてくれないかなあ、ガストン。二番テーブルのおとなしい客を。さっきの話のように、秘密を知ってるのは我々ふたりだけということにしよう……他の誰も知ることはないよ。来週の木曜日には、狩人風ウサギ料理《ラパン・シャスール》を作らないでおいてくれないかな……そうして、様子を見るんだ」

「何の様子を見るんですか？」

「殺人が起こるかどうかを見定めるのさ」

「よよよ……よよよし……わかった、やってみましょう。だが、それがあなたを喜ばせることになるんですって？　わたしが思うに、みんなをがっかりさせるだけでしょうね」

「とにかく、怪文書を書いた奴は喜ぶだろうな」

「だが、殺人者は喜ばない」

「いったいどうしてそう思うんだ？」

「だって……わたしが狩人風ウサギ料理《ラパン・シャスール》を作らなかったら、理論上、殺人は起こらないということだからですよ」

「怪文書を書いた奴自身が殺人者かもしれないぜ」

「じゃ、わたしがメニューに狩人風ウサギ料理《ラパン・シャスール》を載せなかったら、奴は殺人を犯さないってわけですか？　いったい、何なんだ、この気違いじみた話は？」

「木曜日になればわかるさ、ガストン。いや、遅くとも金曜の朝にはな。木曜の夕食のメニューには他の料理を載せてくれ。もし、十二月十四日、金曜日に本当に殺人が起こっていなかったら、これが気違いじみた話だと自信を持って言えるようになるだろうな」

「善良な女たちを殺す妙な奴を、あなたは気違いではないと思ってるわけですか？」

「いや、奴は絶対気が狂ってる。それは確かだが、もし、木曜日、あんたのかまどの上に狩人風ウサギ料理《ラパン・シャスール》が置いてなかったことが原因で奴が腕をこまねいたとしたら、奴が気違いではないという証拠を手に入れたことになる。しかし、気違い以上の人間だということがわかるはずさ。奴の狂気の他に、何かがあるんだ。他のもっと恐るべき何かが」

「最後の一杯を飲みますか？」

「ほんの少しだけにしよう。もうかなり飲んだからね」

レストランの主人は酒瓶を取り、声をひそめて悲しそうにこう語った。

「うさぎのジャノは穴に帰るのだ」（ラ・フォンテーヌの寓話にある文句）

## 11　異常な夜

十二月十三日の木曜日は、この町にとって、ふだんとまったく違う一日だった。

午後四時から午後五時頃までの間、秘密を見通せる者たち、つまり、鼻を空中に向けると何でも嗅ぎ分けられる人は、ジュシエ＝ヴァントゥルイユ工場の煙によって汚された灰色の空の下で、異常な事態が準備されていることを、ひとつのささいな出来事を見ただけで理解した。午後二時四十五分頃に《オ・トロワ・クトー》の入口に出された夕食のメニューはこう告げていた。

鳩のローストあみがさ茸と豚の塩漬肉添え《ピジョン・ロティ・フォレスティエール》

そしてこのメニューは、午後四時四十五分になってもそのままだった。

メニューは変えられなかったのだ。

午後五時十分。

セヴラン・シャンフィエは両手を後ろで組んで、これまで一度もしたことのないような無邪気な顔をして、その辺をぶらついた。レストランの前を通りかかった時、カントワゾーが約束を守り、探偵の意向を汲んだことを知った。

このシェフの店では、今晩の夕食の際、誰も狩人風ウサギ料理《ラパン・シャスール》を食べないのだ。

しかし、ガストン・カントワゾーは調理をしながら、自分でも説明出来ない漠然とした理由で恐くてしかたがなかった。両手がガタガタと震えていた。中味がいっぱい入っているソース入れをうっかり落としてしまった。こんなヘマは、ここ十一年間やったことがなかった。

午後六時頃。

夜が通りや家々に暗色のシーツをかけた。十字路にぽつんぽつんとある街路灯が陰気で悲しげな光を投げかけている。

〝風吹き魔〟が自転車に乗って、《オ・トロワ・クトー》の前を通った。ぼんやりとした黒いシルエット。影絵芝居の輪郭のようだ。〝風吹き魔〟は、メニューにちらっと目をやる間だけ、自転車を止めた。そして、こう呟いた。

「今夜は、早く寝るとするか」

ショックを受けた〝風吹き魔〟は茫然自失し、足元がおぼつかなかった。再び自転車に乗るには乗ったが、こぎ始めると危うくバランスを失いかけ、あっちへひょろひょろ、こっちへひょろひょろしていた。まるで死の化身が自転車を押しているみたいだった。

足元のおぼつかない自転車乗りは遠ざかり、闇の中に消えていった。狭い坂道を登る。運河の端に着く。そこで再び自転車を止めた。月が金色の縞模様を淀んだ水に描いている。自転車乗りは上衣に片方の手を突っ込み、ねずみ色の扇を取り出した。いらいらした手つきで扇の紙の部分をくしゃくしゃに握りしめ、棒の部分を折った。そして、全部を丸めて欄干の上から下に放り投げた。投げ捨てられた紙玉は青緑色の水面に浮かんでいた。

その数時間前のことである……。

《オ・ヌーヴォテ・ド・ラ・キャピタル》の奥で、マルト・アボルドデューは、十六歳の少年のために、潜水服の試着——男性用のズボンではない——を手伝っているところだった。触りたい欲求がなかったわけではない。少年の服の下にいつまでも手を置いておきたい衝動を、やっとの思いで抑えていたのだ。

先週の木曜日に模様替えされたショーウィンドーには、〝水上スポーツ〟に関する商品が並べられていた。そして、一週間経ったこの日も、まだ何品かが売れ残っていたのである。

主人のユルルジョームが店に現われ、大股で店内を横切った。見るからにそわそわしている。顔が異様に赤らみ、身振り手振りも激しくこうわめいた。

「あんなことじゃ、引き上げるしかないよ、マダム・マルト!」

「どうなさったんですの、ユルルジョームさん?」

主任販売員は客を店員のひとりに押しつけて、事務所に駆け込んでしまった社長の後を急いで追った。彼女は、物置になっている廊下でユルルジョームに追いついた。その廊下には、今週店頭に並べることになっている、新製品がぎっしり入った小包やケースが、うずたかく積み上げられていた。今週は〝年代物の高級食器〟の週である。

「ショーウィンドーの模様替えはやめだ。何があってもそうするからね」

と、顎鬚の大男は言った。

垢抜けない顔の真ん中で、不安に悩まされた暗い目がきょろきょろしている。主任販売員はこれまで一度も、彼のそんな目つきを見たことはなかった。猟の習慣がユルルジョームを冷静な男に鍛え上げてきたのだ。この種のおびえたような怒りを表わすことは、ふだんの彼からは絶対に想像できるものではなかった。

「でも、もうお始めになっていたのでは……」

とアボルドデュー主任は言った。

午後一時頃、ショーウィンドーに入ったユルルジョームは、食器類、セーヴル焼やリモージュ焼が大半を占めている豪華な食器セットなどを並べ始めたのだ。彼は、木枠に張りかけで、無様《ぶざま》な恰好で垂れ下がった背景のカンバスの前で働いていた。その絵は、十九世紀末の野外で行なわれている結婚披露宴がテーマになったもので、田舎の喜び満ちあふれた会食者の姿は、ルノワールの『舟遊びをする人たちの昼食』を思い起こさせるところがあった。しかし、登場人物の大半は、カンバス地が垂れ下がっているせいで、顔が歪み、不満げな表情をしていた。

わら、紙クズ、合成繊維、ボードの破片などが散乱し、何がどこにあるやらわからない状態になっているショーウィンドーは、さながら工事現場のようだった。

「ショーウィンドーの飾りつけはやらないんだ！」とユルルジョームはうらめしそうな口調で繰り返した。「わたしには出来ないんだよ……」

販売主人はびっくり仰天して社長を見つめていた。

「どうなるか考えてみてください、もしやらなかったら……」

「もし、今夜、この町から素晴らしい夢幻境がなくなってしまったら、という意味かい？」

「社長はよくご存じのはずですわ。この寂しい町は、毎週木曜日、一種のサンタを必要としていることを……」

毎週木曜日になると……この田舎町は、まるで子供しか住んでいないかのような状況を呈する。いくつになっても木曜日を愉しみにしている老いた子供と、素晴らしい品物の山を法外に欲しがる少し気の狂った子供しかいないみたいになるのである。

商品は、決して三流メーカーからはやって来ない。仙女のアトリエからやって来るのである。だから、何となく天からの贈り物という感じがするのだ。

「もし、そんなことをしたら、どうなるか想像してみてください……」

アボルドデューの顔に、不潔な物でも見るかのような、ぞっとする視線がそそがれた。

「わたしの知ったことか！」

「ユルルジョームさん、あなたは、彼らにとってサンタクロースのようなものではありませんか？　木曜日の夕方、彼らはショーウィンドーの前にやって来て、待ってるんですよ。子供たちが、十二月二十五日の朝、暖炉の前でそうするように……」

「サンタクロースはもめ事が大嫌いなんだ！」

「彼らのことをお考えになってください、ユルルジョームさん」

「もういい！　〝水上スポーツの週〟が今週も続くんだ！　〝高級食器の週〟はやめだ。でなくとも、当分延期だ！　いらいらさせないでくれないか、マルトさん！　そうしてくれないと、皿かスープ鉢のひとつかふたつ手に取って……」

ユルルジョームは怒って事務所の中を跳ね回っていたが、襟が毛皮になっている黄灰色の大きなオーバーを着て――そのオーバーは昔のロシア貴族が着ていたような裏毛付きのもので、毛むくじゃらの顔をしたこの大男を、ゴーゴリの小説に出てくる人物のように見せていた――淡い緑色のチロリアンハットをかぶり、裏に毛皮のついた長い手袋をはめると――この手袋は熊の足でも入りそうに大きく、ゆったりとしていた――すぐにまた外に飛び出していった。

ユルルジョームの顔は怒りで青ざめ、下唇は神経質そうにかすかに震えていた。

彼はいまいましげな表情をした。

「この町に一分たりともいる気はないね。今夜……何か変わったことが起こるだろうよ、今にわかるさ……」

ユルルジョームはわめき散らしながら店内を横切った。

「とんでもない話だよ！　信じられん！　このわたしに対して！　あんなことするなんて！」

アボルドデューは、飛び跳ねるようにして社長の後を追った。まるで調子の狂った機械によって動かされているみたいだった。

「ユルルジョームさん！……ユルルジョームさん！……ユルルジョームさん！……」

代金をレジで支払っていた客の少年に、潜水服の詰まった箱、オレンジ色の文字で《オ・ヌーヴォテ・ド・ラ・キャピタル》と入った大きなベージュ色のボール箱を、にっこり笑って手渡そうとした四番目の売り子フェリシテ嬢は、店主を茫然と見つめていた。

ユルルジョームは、象がねたましく思うような足蹴りを一発食らわせて、日本製の小さな湯呑み茶碗がいっぱい詰まった大きな段ボール箱を蹴散らした。段ボール箱は下着を扱っているカウンターの足元まで飛んでゆき、激しくぶつかった。ユルルジョームは足が痛かった。彼は立ち止まり、唇をゆがめて踵を撫でた。

「皆さんには何て説明すれば良いのでしょうか、ユルルジョームさん？」

マルト・アボルドデューは茫然とした顔をして訊ねた。

ユルルジョームは背の高いガラス張りの扉の前にいた。上のほうがゴシック穹窿の形をしていて、その上に、外から読めるのだが、白くて丸い見事な字でこう書かれていた。

**レイモン・ユルルジョームの店**
**マックス＝エティエンヌ・ファブリショーの後継者**
**一九一二年創立、一九五四年改築**

扉越しに、通りとたまにしか通らない通行人が見えている。その扉をまさに開けようとしていた時、ユルルジョームは全幅の信頼を置いている従業員のほうを振り返った。

「何とでもきみの好きなように言っておいてくれ……」

「何ですって！　この町の人たちにとって、木曜日は特別な日だということをご存じなのに……」

「それじゃ、このわたしはどうなるんだ？」とげのある調子で髭男は言い放った。涙声になり喉がつまった。「わたしだって子供のままでいたかったってことが、きみにはわかってもらえんのかな？」

ユルルジョームはガラス張りの扉を開けようとして、ドア・ノブに毛むくじゃらの節くれ立ったたくましい手を置いた。しかし、彼は思い直して、もう一度、主任販売員のほうへ向き直った。

「みんなにはこう言ってくれれば……」

後悔しているような声。先ほどよりも低い声で話している。ユルルジョームは従業員の肩に重い手を置いた。

「みんなには……その……わたしがどこか……遠くに行ってしまったとでも言ってくれないか……太陽の光がさんさんと降りそそぐ、大きくて幅の広い散歩道に面したところ、天使たちが静かに戯れている道端に、最新流行品《ヌーヴォテ》の店があって……そこでは……人々も……その……年寄りも若者たちと同じように……動物たちも幸せなんだ……何だかわからなくなってしまったが……ともかく、そんな話をしてやってくれないか……そう、そうしてくれ……」

「いったい、何を言ってるんですか、ユルルジョームさん。そんな話、できるわけがないでしょう。ショーウィンドーですよ。あなたのショーウィンドー……」

彼女は食い入るようにユルルジョームの目を見つめていた。――彼のまぶたの下に、澄んだ大きな涙が光っているのを見たと思った――。

記憶喪失者か、気がついて目を開けた怪我人、あるいは昏睡患者に話しかけるように、アボルドデューはありったけの力をふりしぼって思い切りこう言った。

「ショーウィンドーですよ、ユルルジョームさん。あなたのショーウィンドー!!! この界隈でこれ以上大事なものがありますか? 町の人々は混乱してしまいますよ……わたしたちの名声は、わたしたちの……」

「何もかも滅茶苦茶になっちまえばいいんだ!」ほんの少しの間、気弱になっていた大商人は、そこから抜け出すと語気鋭くわめいた。「わたしの言うことを聞いてくれ! よく聞いてくれ、アボルドデューさん! これだけは忘れないようにな。今夜、何かが起こるんだ、この町で、わたしがいろいろと面倒を見たこの町で……何かが……何と言うのか……」

ユルルジョームは後ろ手に扉を開けた。

「……つまり、わたしは我慢ならんのだ。おやすみ!」

ユルルジョームは激しい怒りをこめて扉をバタンと閉めた。ガラスが震える。彼は左に曲がり、荒れ放題に荒れたショーウィンドーを隠している長いシャッターの前を通った。そして、ポーチを通り抜けると、中庭の奥で、ローバーの運転席に坐った。彼のポインターはすでに後ろにいて、シートの上で寝ている。ユルルジョームはもぐもぐとひとり言を言った。ヒステリックになっている。エンジンをかけ、料金徴収所を突破する時のような勢いで車をスタートさせた。

大きなエンジンを積んだユルルジョームのローバーが、危険極まりない運転でマシュクール街道を突っ走っている時、ホームレスのメサンジュは、ボロボロの鉄の箱の中にいた。かつてこのキャンピングカーは、天気の良い日、国道の木陰に置かれ、ドライバーたちに、こんがりと焼けてまばゆいほど黄色くなった、塩味が利いて軟かいフライド・ポテトを売る店として使用されていたのだ。しかし、なんと昔のことか！　あの軟かく香ばしい香りを放つ小薄片はどこへ行ったのだろうか？　昔のことは夢のまた夢、去年《こぞ》のフライド・ポテトいまいずこってわけだ！

メサンジュは、醜いところを何とかしようと、身づくろいをしていた。髭を剃り、爪を切る。――手と足、両方の爪を切ったことを覚えておいてください――そして、カミソリで灰白色の髪のもっとも長い部分を切り落とし、固い毛のブラシにジャベル水と石鹸水をしみ込ませて汚らしいブーツをこすった。――なんと素晴らしいことなんだ！　その誠意ある態度はきっとむくわれます、我が子よ！――

次にメサンジュは、繕《つくろ》われたきれいなパンツをはいた。尻の穴のところに継ぎが当たっていたが、これもきれいだった。

彼の前にある白い小さな木机の上に、二枚の百フラン札が折りたたんだまま置いてある。今朝、ド・シャンボワーズ嬢が「楽しい一日を、我が友よ」と心から願って言いながら、メサンジュに与えたものである。――彼女はこの言葉を呟きながら、彼の目を真正面からじっと見据えていた――。

後ほど、星が空の彼方に上り、ミステリアスなまばたきをする頃、――案外あのまばたきが、我々が心から待ちわびている宇宙人からの知的なメッセージであるということはないだろうか？　あの点滅する光が何を意味してるか、理解してみようと試みたことが、一度でもあっただろうか？――ムッシュ・メサンジュに変身したクロヴィスは、《レストラン・ド・ラ・ガール》で夕食をたらふく食べることになっている。

ローバーは時速百四十キロ以上のスピードを出している。高速道路ではないことを、はっきり申し上げておきましょう。しかし、ユルルジョーム氏は、たとえ憲兵隊の白バイに止められても、絶対スピード違反で捕まることはない。ユルルジョーム氏は大物なのだ。警察は彼がいやがることはしないのである。というのは、警官たちの中にも木曜日を待ちのぞむ人間がたくさんいるからだ。〝年老いた子供たち〟はいたるところに巣を作っているのである。銀行、商業、法律関係、軍隊、労働者階級、政治、下層民、服飾、絵画、文化にたずさわる人間の中にも、そして犯罪者や奈落ぎりぎりの縁にいる人間の中にも、年老いた子供がいるのである。子供というものは、手頃な隠れ家を見つけるのがうまいのだ。そして、毎週木曜日、みんな同じような目、昔の目をして、ユルルジョームの店のショーウィンドーを見つめるのである。

ユルルジョーム氏は時速百六十キロのスピードを出しているが、誰もそのことで調書を取ったりはしない。木曜日のおかげ、店のおかげ、ショーウィンドーの夢幻境のおかげ、町にふりまかれる喜びのおかげなのだ。急いでいるミスター・ドライバーは、そこに行けば何でも見つかる五軒のデパートの持ち主である。店はすべてうまく行っている。この町、ナント、ゲエレ、ポンチヴィー、シャトー・ゴンティエ、すべて順調で、もうじきフジェールに、そしてその次はシャティヨン＝シュル＝シャラロンヌに店を出すことになっている。

日曜日と月曜日は、ナントの店のショーウィンドーの飾り付けをやり、それから、心から愛している妻といとしい四人の子供たちとともに、ナントのコメルス広場にある、ルネッサンス風のバルコニーのついた三階建ての小綺麗な家で過ごすのだ。安息日はユルルジョーム氏にとって、喜びと平和に満ちあふれた日なのである。子供たちがいて、おいしい昼食にありつけ、それから、毎週きまって繰り返される平々凡々とした暮らし、つまり、ケーキを食べたり、テレビを見たり、散歩をしたりするのが愉しくてしかたないのだ。無論、その中には午前十一時に荘厳なミサに出かけることも含まれている。

商売、家族、猟で手一杯のユルルジョーム氏は、彼の愛人、ジュシエ＝ヴァントゥルイユの人事課長である美しいマリー・モランディエを称《たた》えに行く暇がまったくないのである。すでに五年もの昔から続いているこの関係を続行してゆくのは不可能なのだ。消え去りし夢。秘密の幸せはずたずたになって霧散してしまっている。

ユルルジョームの車はやっとスピードを落とした。カーブを切り、林を横切っている狭いデコボコ道に入った。車は林を抜け、砂糖でできているように見える、真っ白な城の前に出た。十九世紀に建てられたもので、ルイ氏とクロード氏という聖職を捨てた司祭が住み込みで管理している。

入口の鉄格子の門の上に、金メッキされた鉄文字で、こう書かれてあった。

《ロザリオのサント・アメリー　恵まれない子供のための施設》

障害のある子供が三人、濃い緑色のウィンドブレーカーを着て庭の芝草の上で遊んでいた。

彼らはユルルジョームのローバーに気づいた。子供のひとりが、このグッド・ニュースを知らせようとして、玄関のほうへ息を切らせて走っていった。責任者のひとりであるクロード氏は――腹が出ているほうの責任者。ルイ氏はとても痩せている――サロンの大きな窓にかかっている煤《すす》に似た灰色がかった薄いカーテンを少し動かした。車を降りるユルルジョームの姿が目に入った。

「なんと！　まさか……レイモンさんが我々のところにやって来るとは……」

彼の澄んだ目に喜びの光が走った。

「我々に会いに来るとは、本当に珍しいことだ……」

ユルルジョームはプレゼントを持って来ていた。車のトランクを開け、大きくふくらんだ袋をふたつ取り出した。

マリー・モランディエは四十歳。赤毛の美しい女である。尻が少し大きいが、スタイルは良かった。少し面長の繊細な顔。意志の強そうな顎。めったに笑わない灰色の目。

マリーは十二年前から、《ジュシエ》の人事課長として働いている。頑固で厳しいが、とても立派な人物である。

彼女は自分の机の前に坐っていた。前方、背が高く幅の広い仕切りガラスの向こう側は、流れ作業B班の機械が並んだ作業場になっている。彼女のところからはそれが一望できる。十六歳から六十四歳までの六十人ばかりの女性従業員が、穿孔機、ねじ切り機、フライス盤の上に身をかがめて働いている。南半球の友好国に納められることになっている武器の予備部品の大半は、ここの女性従業員の手によるものだった。〝きちんとした仕事〟をモットーにし、ヒエラルキーを尊重しているここの女性たちは、工場から支給されたスカイ・ブルーの上っ張りを着せられていた。全員、髪をリボンで結んでいる。ここでは、規則がみんなをがんじがらめにしているのだ。一日に四回以上のオシッコ禁止、トイレに四分以上いるのも禁止。午前中に二回、午後に二回しかトイレに行けないのである。この規則に背《そむ》く場合には、医者の診断書など面倒な手続きが必要なのである。この問題は、企業委員会の論争のテーマとなるべきなのだ。しかし、この委員会の責任者である〝家族と自立〟組合のジャン＝フランション・ダモアシューは、一見、好意的だが、なかなか巧みな経営陣の要求に反対できないのである。おしゃべりも禁止。昨夜のテレビについての話さえご法度《はっと》である。機械から顔を上げることが頻繁に行なわれると、「皆さん、あなたの前に見るべきものなんて何もありませんよ」と声がかかり、終業を知らせるサイレンが鳴り終わる前に機械を止めるのも禁止――「機械があなたの最良の友ですよ、皆さん。忘れないように」と文句を言われるのである。

不慮の事態が起こった場合は（生理、便秘、いろいろなオシモの問題等々）、ふだんより少し長い時間トイレにいることが許されている。もし女工のひとりが人事課長のオフィスのドアを恐る恐る叩きに来ると、モランディエ嬢は溜息をつき、その女を自分の前に立たせたまま、日時や特別な参考資料等、ともかくすべてのことが記されている大きな〝規律〟表をじっくりと調べるのである。

いずれにせよ、こうやって工場の運営はうまく行っているのである。

軍隊を整え切れないでいる発展途上国の指導者たちは、この状態を見て拍手を送るしかないのである。今年の春この地方を訪れたウングト＝ブアンボ大統領閣下もそうであった。

十二年前から、武器の部品を作る工場は莫大な利益を得ている。その原因の大半は、あの美しいマリー・モランディエの権威によるものなのだ。そして、この繁栄は町にとって歓迎すべきものであった。モランディエ嬢は、会社の最高幹部、中間管理職の連中、男の従業員、女の従業員、ともかく誰からも尊敬されているのだ。

机の上にある三台の電話のひとつが鳴った。人事課長は、かヽなヽりヽのヽ時間トイレにいたいと言いに来ていた従業員にちょっとした合図を送った。えらそうな仕草である。

「ちょっと待ってて、可愛い子ちゃん……」

そう言われた〝可愛い子ちゃん〟は六十四歳半のがっしりとした女で、二十六年前から胃腸カタルに苦しんでいる工員だった。彼女は来年の春退職することになっている。そうなれば、トイレにいたいだけいられるようになるわけだ。退職すれば好きなことができるのである。

受話器を耳に当てたマリー・モランディエは飛び上がらんばかりに驚いた。しんみりとした声を聞いて、クロード氏、つまり工場からかなり離れたマシュクール近くにあるブルターニュ沼沢地帯の真ん中で、同僚と一緒に病気の子供たちの世話をしている元司祭だということがわかったのである。

彼女は彼の声を聞くのが大好きなのだ！　というのは、クロード氏は彼女を喜ばせることしか言わないからである。

「マドモワゼル・モランディエ、今日、お電話さし上げましたのは……」

聖職をしくじった男の声は温かく幸せに満ちており、バラ色の将来を保証してくれるかのような響きさえ感じられた。まるで彼自身が今夕から今夜にかけて、誰かに抱いてもらえる人物であるかのような声だった。

「何でしょうか、クロードさん……」

「良い知らせですよ、マドモワゼル……ユルルジョーム氏が我々のところへいらっしゃっているんですよ。今しがたお着きになったばかりです。すぐにあなたにお知らせしたくて……」

マリーは、礼も言わずにバシッと受話器を置いた。そしてハンドバッグと毛皮のコート、それにアタッシェケースを手に取り、四分以上トイレにいることを必要としていた女を廊下に立たせたまま、気が狂ったように急いでオフィスを出ていった。大急ぎで中庭を横切り駐車場に飛び込むと、彼女のタウナスに飛び乗った。守衛はすぐに何があったのかわかった。彼は赤い斑のある紫色の頰にスケベ笑いを浮かべ、舌で唇をなめ回した。

〈あの女がどこに飛んでいったかなんて考えちゃいけないよ。あばずれめ!〉

車は煙突からもくもくと煙を出している工場を出て行く。マリー・モランディエの股ぐらは火がついたようだった。

「レイモン……レイモン……レイモン……いとしい人よ!……」

スピード違反をしていた。もちろんだ。急いでいる時《フォンス・オ・キュ》(セックスする時)は誰だってそうするさ……。

「レイモン、すぐ行くわ!」

この十二月十三日木曜日の夜、バルボプールの娼館はグザビエ・ジュシエ゠ヴァントゥルイユ氏のための日であった。彼はこの町の支配者のひとりである——いや、そうじゃないとしたら、たぶん、唯一の支配者に違いない——。

男は、この小さな町に住む労働者の四分の三を、失業という恥辱から守るために尽力しているのだ。ジュシエ゠ヴァントゥルイユ氏は五十五歳。長身ですらりとしていて、上品な感じがする。面長の顔。額ははげ上がり突き出ている。真面目で心配そうな目つき。重役会の席に出るとすぐに、人はこんな目つきになるものだ。

雨は降っていないのに――寒いがカラカラ陽気――雨傘を持ち歩いていた。一見、イギリス紳士のような感じである。くすんだ色のぱりっとしたスリーピースと、――想像力豊かな証しとはとてもいえないが、ともかくきちんとした身なりである――小さな襟がほんの少しだけ、目立たない程度に毛皮になっているオーダーメイドのコートを着ている。しかし、ともかくシックな感じがする……。

今日は、バルボプール邸で彼が過ごす日――いや、夜――である。

なぜ〝工業界〟の上層部にいる連中は、時々羽目を外したりしないのだろうか？

ジュシエ＝ヴァントゥルイユはパリに赴くと（例えば通産大臣や国防大臣の家に行く時の話だが）、ハイテク関係者、自由貿易を望んでいる大実業家、政府高官、外交官らの前でしか裸で大胆な恰好をしない、とてつもなくいい身体をした高級コールガールを買う。だが、高級コールガールは、手の届かぬところを飛んでいることだけは信じてもらいたい。こんなところ、つまりこの町にいるはずがないではないか！

しかし、見るだけでむらむらしてくるセックス・プレイの達人、美しいコレット・カラールを前にすると、誰も気取ったり、小馬鹿にしたりは出来なくなってしまうのである。牝豹《パンテール》は多大な才能を持ったベッドのパートナーなのだ。

というわけで、今日、十二月十三日の〝木曜日の客〟は、ジュシエ＝ヴァントゥルイユなのである。六週間前に彼は予約したのだ。

彼は、《オ・ヌーヴォテ・ド・ラ・キャピタル》に向かっている。この時刻、つまり、夜が青黒い手袋を広げて町に触れようとしている頃は、すでに模様替えを終えた新しいショーウィンドーに照明がなされ、ヤジ馬連中の感嘆の声に包まれているのが常である。彼は、《レ・フリアンディーズ・ド・フランス》とともにこの町の誇りとなっているこの店に入り、高級ブランドの新製品を購入するつもりでいるのだ。

牝豹《パンテール》は、こういう支払いの仕方しか受けつけない。その原因は子供の頃の体験にある。言わば精神分析学的な問題なのだ。バルボプール夫人は、そのことを上客たちによく説明しておきたかった。「精神分析学的《せいしんぶんしやく》な問題なんですよ。おわかりいただけるでしょう、会長さん」と彼女ははっきり言ってのけた。昔、パリのクレベール大通りで管理人をやっていた頃のバルボプールは無教養だったが、数年前からボルニシュやベルマールのミステリや犯罪実話を読んで知恵をつけ、へたをすると時々テレビが話題にしていたことを、人前で思い切って口にするようになったのである。

そして、自信に満ちた威厳のある風貌のこの女は、ある政治家の愛人であった。彼は、自由主義者たちの勢力争いの内幕劇に多大な影響を与える人物となった。

「精神分析学的《せいしんぶんしやく》な問題なんですよ、おわかりいただけるでしょう……あの可哀想なコレットは……小さい時、アミアンにある高級品店で働いていたんです……あの娘《こ》は店主の息子に恋していたんですが……その男は、あの娘《こ》を相手にしなかった……わけは、コレットが工員の娘だったからです。これがあの娘《こ》の心に深い傷を残した。で、娼婦になったわけです。恨みを晴らそうとしたんですよ！　あの子は、その町のいちばん大きな店で買われた新しい商品でしか、支払いを受けつけないんです。もし、高価で美しい品物を持ってこないような真似をしたら、あの子は気違いみたいになり、自分を侮辱しようとしていると思い込むんですよ……あの娘《こ》は……」

　バルボプールはプランカンの真っ赤な部屋着を身にまとい、薄いピンク色のソファーに寝そべったり、本の中に、ポルノが描かれたトランプを挟み込んだり、一九〇〇年頃に流行したヌイユ様式の小さな円形テーブルの上にベストセラーを置いたり、オリエンタル風ボンボンの入った缶を手に取ったりしながら、そう説明するのだった。

　くそ、どうなってるんだ！

　億万長者の企業家は——彼はパリに打って出なくても成功した。その結果、妙な気遣いをしたり、悩んだりすることから免れていた——《オ・ヌーヴォテ》のショーウィンドーを覆っているシャッターを、まさか、という顔をして見つめた。

「どうしたんだろう？」

　ジュシエ＝ヴァントゥルイユには、ゴシック穹窿の形をしたガラス張り扉が開いているのが見えた。ということは、商売はやっているらしい。中に入った。茫然自失。だが、もっと茫然となったのは、泡を食っている工場主を見た主任販売員のほうだった。

「今週は新製品はありません、社長。ひどい話ですけれど！」

　マルト・アボルドデューは身の置き場に困っている。彼女はユルルジョームを恨んだ。彼女をこんな状況にひとりで立ち向かわせたまま、どこかに消えてしまったのだから。残酷で、卑劣なことである……。アボルドデュー主任は、ジュシエ＝ヴァントゥルイユ氏が今週の〝木曜日の客〟で、デ・ゼタ＝ジェネロー通りの娼館が彼の到着を待っていることを知っている。そして、ここで彼が……。

マルト・アボルドデューは、何とかこの場を丸く収めようとして、思い切って提案してみた。声が震えている。

「〝マドモワゼル〟のためにスキンダイビング用品を何かひとつ贈られましたら？　たぶん、あの方は……」

〝国防のために働いていて、恩知らずの人間、卑劣な組合員共が住んでいるこの小さな町全体を食わせてやっているわたし〟は、両腕を高々と上げ、意地悪で腸《はらわた》が煮えくり返っているような顔をしてこう言った。

「まったくわかっちゃおらんよ、マダムは！　養老院の院長が、先週その手の品を彼女に贈ったじゃないか！　わたしはまるで馬鹿じゃないか、そんなものを贈ったら！」

彼は、店の奥に置いてある、まだ開けられていない箱を見やった。

「新製品は届いているんだね？」

「ええ、もちろんです、社長！　ユルルジョーム氏がショーウィンドーの飾りつけをやるべきだったのですが、あっという間に出ていってしまったんです……」

「どこへ行ったんだね、彼は？」

企業家は警官みたいな口調で訊ねた。厳しい目つきになっている。

「わたしにはわかりません、社長。本当にわからないんです。何でもわたしに話してくれているわけではありませんからね、おわかりでしょう？　わたしに言えることは、たとえ一億フランと、それに加えてパリのデパート《サマリテーヌ》を贈られていたとしても、今夜、ユルルジョーム氏はこの町に残ったりしなかっただろうということだけですよ」

「あなたは……できないのですか……その何というか……あの箱を開けて、流行の品をひとつわたしのために取ることは？」

売り子はおびえ切った顔をして彼を見つめた。

「そんなこと、絶対出来ません、社長。そんなことをしたら、ユルルジョーム氏はわたしをお許しになりませんわ」

「それじゃいったい、わたしはどうしたらいいんだ？」

「それは……」

アボルドデュー夫人はとても育ちの良い人物なので、「オナニーでもするしかないよ、あんた」と言うのは慎んだ。

いらいらして、彼は持っていた革手袋で腿を叩いた。そして回れ右をすると、途方に暮れている店員にさよならも言わず、思案顔で店を出ていった。

シャンフィエは午後七時五十分に《オ・トロワ・クトー》に行き、食前酒としてペロケを飲み、ぽってりと太った可愛いアガトが――彼女は九十キロのデブだが、心はそれ以上に大きな悲しみに包まれていた――鳩のローストあみがさ茸と豚の塩漬肉添え《ピジョン・ロティ・フォレスティエール》を運んできてくれるのを待っていた。料理は最高だった。

「狩人風ウサギ料理《ラバン・シャスール》と同じくらいうまいね」

シャンフィエは、彼の席の近くを通った際、非難がましい厳しい目つきをちらっと投げかけたカントワゾーに、思い切って言ってみた。

いつもの木曜日同様、映写技師がシャンフィエのテーブルから少し離れたところで食べていた。相変わらず、神経質そうに、せかせかとフォークを動かしている。

ところが、毎週木曜日の夜、シャンフィエの前の席で食事を取っていた男は、姿が見えなかった。

セールスマンのサン＝ヴァルベールがこのレストランの入口に姿を見せなかったのは、元警官がカントワゾーの店で食事をするようになってから初めてのことである。

〈鳩のローストが嫌いなのかもしれない〉とシャンフィエは、いろいろなチーズの載った皿を前にして、困惑した表情を浮かべながら思った。彼はそう思いながらも、シャヴニョルのブルーチーズにしようか、かなり緑がかっているロックフォールにしようか、それとも、ハワイの女神と同じぐらい美しくボリュームのあるブリにしようか迷っていたのだ。

娼館で、オーギュスティーヌ・バルボプールはそわそわしていた。あまりにも落胆し、心臓がドキリとしたせいで、狂い死にするのではないか、あるいは脳溢血を起こすのではないか、ということまで心配していたのだ。なんという侮辱だろうか！　バルボプールは、乳白色の小さなサロンでジュシエ＝ヴァントゥルイユ社長さんに会っていた。彼女は何を言ったらいいのかわからなかった。社長はポルト・ワインを勧められたが、そっけなく断わった。

いくら何でも、こんな立派な男、こんな上品な青年に、わたしとどう？　とは言えないではないか。そう娼館の女将は考えた。確かに、舌を使わせても手を使わせてもその道の超達人には違いないが、長年の意地の悪さが彼女を高慢で歪《いびつ》な感じの女にし、身体のしまりはまったくなく、尻の馬鹿デカい、動物園（カバのいる区域）でさえ許されないほど垂れたオッパイを持つ女になっていた。まったく……過度に食べ……アルコールを飲み……オリエンタル風ボンボンをつまみ……贅沢と金に囲まれて暮らしていると、誰でも六十をすぎればデブに変身するのだ。貧しい者よりも、もっと醜くなるのである。

「はなはだ申し訳なく思っております、社長。あなたの前にいるのは、恥ずかしくて死んだ女だと思ってくださいませ。どう申し上げたらいいものか、わたしにはもうわかりません……」

心因性の黄疸にかかるだろう。バルボプールはそう予感していた。

最新流行の品を貰えないとわかった牝豹《パンテール》は、ヒステリックになり、企業家に挨拶すらせずドアをバタンと閉めて出ていってしまったのだ。この館にとって、きわめて不名誉な事が起こったと娼館の女将は思っていた。

「このところ、コレットはちょっと神経質になっておりまして」とバルボプールはしなを作って言った。「どうか許してやってください……」

「あのわざとらしい態度は理解できんね！」企業家は冷たく言い放った。「わたしは宝石でもネックレスでも、必要なら金でも彼女に与えるつもりだった。他に何が欲しいというんだ、わたしにはわからんね……。そんな物はいらないんだって！　彼女が欲しいのはろくでもない商品だって！　信じられん！」

「それは精神分析学的《せいしんぶんせき》な問題でして」高慢な感じのする厚化粧の太った女は、口ごもりながらも早口で言った。指輪だらけの五本の指が薄紫色の髪の毛をかき回している。「医学でなら説明できる事柄でして……」

植物に関するモーリス・メスゲの本が開いたままソファーの上に転がっていた。娼館の女将は午後中、これを読んでいたのである。そのせいで、司祭服のような紫色の大きな目がはれぼったくなっていた。

「公証人さんのことを考えてみてください。房鞭で叩かれることか縛られることしか好まないんですよ。あれだって精神分析学的《せいしんぶんせき》な……」

「結構です、そんな話は、マダム！」

鍛工場の親方は立ち上がり、ペニスの形をした酒瓶がでんと腰をすえている、ガラス張りで渦形の脚を持った小卓の上に自分の名刺を置いた。

「コレット嬢に強く言っておいてくださいよ、わたしが来て……」

「でも、彼女はあなたに会ったではありませんか、たしか！」

「いいですか、もう一度繰り返しますよ。彼女に強く言っておいてください。わたしがとても不愉快に思っており、今日までは彼女を大変礼儀正しい人だと思っていたのだが……と伝えてください」

ジュシエ＝ヴァントゥルイユはプロシア兵のようにきちんと頭を下げた。——だが、踵は鳴らさなかった。

「よろしく！　マダム」

彼は出ていった。

ジュシエ＝ヴァントゥルイユは、十二月の冷たい夜気に包まれた並木道をぶらついた。楡、オーク、菩提樹の影に入るとさらに温度は下がっている。菩提樹の下《ウンターデンリンデン》（ベルリンの大通り）をしばらく歩き続けた。彼は今夜、何をするつもりなのだろうか？　得体の知れない連中に混じってシネ・クラブへ行くのだろうか？　そこには、彼の工場で働いている工員が必ず何人かいるはずだ。テレビばかり見ていて飽きてしまった連中が。

「くそ、夜、この町で何が出来るというんだ？」

車を使って、ナントに遊びに行こうか？　そんなことをしたってつまらないさ！　彼は両肩をすくめた。そして、それからもうしばらく、深い闇の中を歩いた。

ジュシエ＝ヴァントゥルイユには、並木道の葉が生い茂った人気のない暗がりに停めてある、セールスマン、サン＝ヴァルベールのグラナダ・ステーションワゴンが目に入らなかった。

だからこそ、車の中で何が行なわれていたかについては、まったく気づかなかった。

眼鏡をかけた赤毛の男は、もっと楽になろうとして、ズボンを脱いでいた。彼は車の後部にいて、牝豹《パンテール》のなまめかしい乳白色の腕とセックス経験豊かな股の中に包まれていたのだ。牝豹は羞じらいもなく全裸だった。シート、床、後部に、彼の会社《オ・ヴルール・デュ・パレ》が配っている高級食料品の宣伝、見本用缶詰《カンヅメ》が転がっていた。

それらは、エクスのアーモンド入り小型ケーキ、カンブレの薄荷入り砂糖菓子、ヴェルダンのシュガーアーモンド、モンテリマールのヌガー、トリュフ入りペリゴールの極上パテ、サルラのフォアグラ、サン＝シルヴェストル＝シュル＝シウルのバルト海産キャビアとポルト漬け豚の耳、シャルシュトフェン＝レ＝オベルネのキュンメル酒漬けのピクルス、アジャンの干しもも、サン＝ジュスティニヤン＝アン＝タルドノワのピスタチオとシャンパンの入ったすぐ溶けるボンボン……といったものである。

かなりの缶詰が、セックスの途中でひと休みした愛し合うふたりによって開けられ、空にされた。そして、リックウィールの瓶まで開けられ、ラッパ飲みされた。

ステーションワゴンはそれほど揺れなかった。上等なサスペンションが使用されているのだ。ジュシエ＝ヴァントゥルイユは葉巻に火をつけ、肩を落として深く沈んだ夜の中に消えていった。

午後九時十分になっても、シネ・クラブ《ハリウッド》の扉は閉じたままだった。映画ファンの列は、それでもなお、まだ路地に長々と続いている。クリスチャン・ジャック監督の『シンゴアラ』を、何はともあれ、見て帰りたい連中がじっと待っているのである。
《ハリウッド》から目と鼻の先にある文化センターの中には、ゲーム（スクラブル、ブリッジ等々）の巧緻さに毒された連中が何人も集まってきていた。彼らは、今夜のふたりのゲストが討論会に参加してくれるだろうかと訝っていた。ふたりのゲストとは、チェスの世界チャンピオン、ボリス・フェドロヴィッチ・チチアキーヌ、去年彼と対戦して惜しくも負けたニキタ・セルゲイヴィッチ・ポノマレンコフで（彼は去年の秋、コスタリカ共和国に政治亡命を希望したことがある）、もう二十分も前から文化センターに来ていて、いかにも機嫌の悪い顔をして、お互い自分の席に坐っていたのだ。

夕食を食べ終えたシャンフィエは——これで食事をまたひとつドイツ兵に取られずに済んだ（戦争中こういう表現が使われた）。——娼館に姿を現わした。あのことが嫌いではないシャンフィエだが、ついでに愉しい時間を過ごそうと思って娼館に来たわけではないのである。美しい怪文書筆者、ヨランド・ヴィゴを捕まえて白状させるつもりで、いや、少なくともそれを試みるつもりでやって来たのだ。

格子門のところにある呼び鈴を三度鳴らしたが、何の返答も返ってこないので、シャンフィエは驚いた。スケベ男の出迎えを仕事にしている香水をプンプン匂わせた女はおろか、誰も出てこないのだ。

シャンフィエはもうしばらく頑張って呼び鈴を鳴らしてみた。前に来た時よりも館が暗いのは明らかだった。館の外観を見ただけでも、少し陰気な感じなのがわかる。鎧戸が半分開いている、一階のひとつの窓だけに明かりがともっていた。シャンフィエは退散しようとした。その時、玄関がぱっと明るくなった。そして大きな扉が開いた。高価な毛皮のコートの中に首をすくめ、海泡石《メアシャム》のパイプをくわえたバルボプールが現われたのだった。機嫌の悪そうな顔をしている。――ジュシエに恥をかかせてしまったことを忘れようとして、酒をあおっていたのである――重い足取りで格子門まで歩いてきたバルボプールは、男がシャンフィエだということに気づいた。

「こんばんは、マダム。ちょっと愉しもうと思ってやって来ました。自宅から遠く離れ……テレビも何もないところで……夜、ひとりきりでいるというのが……どんなものかおわかりになるでしょう……」

「でも、あいにくですがムッシュ……この町の人ではないあなたは、今日が木曜日だということを知らないんでしょうね？」

「え？ 木曜日がどうかしたんですか？」シャンフィエは茶化した。「ホモの日だとでも？」

バルボプールはがっしりとしたたくましい肩をすくめた。ジャングルのように厳しい状況となった人生の中で闘っている、女闘士という感じの肩である。

「わたし、あまり笑う気になれないんですのよ、ムッシュ。とにかく、今夜は落ち込んでいるんですの」

「ああ、そうですか！」

「ちょっと中にお入りになりません？」

シャンフィエは恐怖で飛び上がるのを、やっとの思いで抑えた。

「いや……その、ありがとうございます。わたしは、その……」

「木曜日は牝豹《パンテール》の日なんですよ。他の女の子は休みなんです」

「ということは……牝豹《パンテール》はふさがっているってわけですね？」

娼館の女将は答えなかった。スキャンダルを至るところに、または誰にでも広げることはないのだ。だが、とにかく、この男は町の人間ではないからひと安心だ。

「女の子たちは休みですか、ちぇ、ついてないや！」

「休みっていうのは、その、つまり、あの娘《こ》たちは木曜日だけ外で働くという意味ですよ。街に立ってるんです」

「ああ、そういうことですか！」

「おわかりになりますわね、普通では、この館に来ていただくわけには行かない方々がいらっしゃいますよね。しかし、誰に対しても人間的に振舞わなければ。あの方々も他の人たちと同じ人間ですからね。実際、もしあの娘《こ》たちが相手をしなかったら、それはもう残酷な……」

「なるほどね！　わかりますよ。で……ちょっと馬鹿みたいなんですが……その……お宅の女の子のひとりに、わたし惚れちまいましてね」

「へえ、いったいどの娘《こ》に？」

「頭を剃った……大柄の……ちょっと赤毛の娘《こ》ですよ」

「あ、ヨランドね！　あの娘《こ》は素晴らしいわ」

「で、こんなことを訊ねて図々しいとは思うんですが、今夜、どこに行けば彼女に会えるでしょうか？　何という通りに行けば、いちばん可能性が高いですかね？……」

娼館の女将は申し訳なさそうな顔をしてシャンフィエを見つめていた。いや、申し訳なさそうなだけではなく、茫然とした様子でもあった。

バルボプールは口ごもりながらも早口でこう言った。

「あなた……〝こんな夜〟にあの娘《こ》たちが働いているとは思えないわ」

「ああ、そうですね！……わかります……木曜日といえば……殺人の起こる日ですよね？」

「そんなこと全然関係ないわ。うちの娘《こ》たちは心臓が強いのよ。あの娘《こ》たちは、下種《げす》な殺し屋なんか平気よ。全然恐くない。普通なら木曜日は通りで働いてますよ。でも……」

バルボプールはそれ以上話すのをためらった。パイプの火が消えたので、石の縁で火皿を叩いた。

「でも、何ですか？」シャンフィエは訊ねた。

「本当に、中に入ってちょっと一杯飲んでいく気はない？」

「ご迷惑をかけるのも何ですから……やめておきます、ありがとう！　本当に残念なんですが！　すみません。しかし、……どうして〝こんな夜〟だと彼女たちは働かないと思うのですか、教えてくれませんか？」

バルボプールは答えず、冷たい表情を浮かべているだけだった。

シャンフィエは口には出さず、自分自身の中で答えを出した。

〈もちろんさ！　カントワゾーの店の今日の夕食のメニューが狩人風《ラパン・》ウサギ料理《シャスール》じゃなかったからね〉

シャンフィエは、大きな六十歳の女にお辞儀をしてからその場を立ち去った。がっかりして、こそこそという表現がまさにぴったりのありさまで。

「先週の金曜日、『我が家の一週間』は外的要因により発行されませんでした。愛読者の皆様に心からお詫び申し上げます」

来週、この地方紙が発行されるとしたなら、その号にはだいたい以上のようなことが記されるだろう。現に、翌朝、つまり十二月十四日金曜日の朝に新聞を売っている人々（新聞雑誌店、煙草屋、駅のキオスク）は、客に向かって似たようなことを告げていたのだ。

だから、町の住人は「ロセアン＝エクレール」紙で以下のことを知ったのである。

「十月二十五日以来初めて、扇を持った殺人鬼は木曜日の夜に殺人を犯さなかった」

「悪夢に終止符が打たれたということか？」

「この小さな町はどうなるのだろう？　という話題で持ち切りである……」

## 12　恐ろしいニュース

十二月十四日、金曜日の朝。

エミリエンヌ・ド・シャンボワーズ嬢は、忠実なメイド、ユルシュルが用意してくれた朝食を取ろうとして、テーブルについた。彼女は驚いた。クロワッサンの隣に「我が家の一週間」が置いてないのだ。

「あの新聞はどこへ行っても置いてありませんでした、マドモワゼル……」

「おや、おかしいわね……」

占星術師はじっと考え込んでいる。ちょっと困っている様子だ。

「他に何かわたくしに伝えることはないの、ユルシュル？　本当に何も？」

老いたメイドは、答える勇気がなかった。皺だらけの張りのない手を——七十年間ものあいだつらい仕事ばかりしてきた手なのだ！——青や緑の花柄のついたピンクのエプロンの上に組んでいる。彼女はたたんで置いてある「ロセアン＝エクレール」紙を顎で指し示すことしか出来なかった。

「……代わりにその新聞を買ってまいりました……」

ド・シャンボワーズ嬢はその地方紙を広げ、ぎょっとした。恐ろしいショックが彼女を襲った。

「十月二十五日以来初めて、扇を持った殺人鬼は……」

突然、彼女は立ち上がった。

「マドモワゼル、ご気分が悪いのでは？」

「ほめられたことではありませんね、ユルシュル。どうして、昨夜、町で異常なことが起こったってわたくしに言わなかったのですか？」

「マドモワゼルにお伝えすることが、とてもわたしには出来なくて……こんな遺憾なことを……」

「こんなことってあるかしら、まったく！　ちゃんと探したのかしら？」

「失礼ですがマドモワゼル、探したって何をです？」

「死体に決まってるじゃありませんか……」

「もし、女の人が殺されていたら、すぐに発見されていると思います。この町は、死体が見つからないほど大きくありませんから……」

オールド・ミスは怒り狂って、「ロセアン」紙をくしゃくしゃにして投げ捨てた。

「朝食はいりません！　お腹はすいてませんから！」

「マドモワゼルは……何かを視たんでしょうか？」

「もちろんですよ。確かに視ましたよ。殺人が起こるのを視たんです。何事もなかったですって？　そんな馬鹿な！」

「マドモワゼルさえよろしければ、ひと言申し上げたいのですが……」

「言いなさい、ユルシュル、言いなさい！」

「マドモワゼルが星を調べた時、ちょっと慌てていらっしゃったのでは。だから……」

気を悪くしたド・シャンボワーズ嬢は、身体を伸ばした。自信たっぷりに背を反り返らせ、顎を突き出してこう言った。

「わたくしはフランス・ナンバー・ワンの占星術師になったんですよ、ユルシュル！」

彼女は力強い足取りで、さっさと書斎のほうへ歩きだした。

「そして、わたくしはその地位を守っていきたいのです！」

書斎に入ったド・シャンボワーズ嬢は町のホロスコープを取り出し、町の誕生した時の火星の位置に戻ってきた水星の逆行運動と通過をもう一度調べた。確かに間違いない、先週の金曜日にも殺人が起こるのを視たのだが……。

こんなに重大な件について間違いを犯したとなると……という心配がちらっと彼女の頭をかすめた。顔を少ししかめた。

〈予知能力がなくなってしまったのかしら？……〉

ド・シャンボワーズ嬢は窓際に足を運んだ。アコーディオン弾きのホームレスは、例の壁のくぼみのところに立っていた。〝地球以外のところ〟から送られてきた、自分の運命に影響を及ぼす霊だと彼女が信じ込んでいる男は、煙草を吸っていた。ド・シャンボワーズを馬鹿にしているのだろうか？

〈昨日の朝、お金を与えたら……良い一日をと心から言ってくれたのに……わたくしをだましたんだわ。来週の木曜日は一銭もやりませんからね〉

## 13　町を覆う陰気な雰囲気

十二月二十日、木曜日の朝。

ド・シャンボワーズ嬢は、いつもの木曜日と同じように、ラ・ロッシュに向けて出発した。この一週間ずっと、彼女は目を悪くするほど町のホロスコープを見て過ごした。結局、何も視えなかった！　今回は、殺人はおろか、いかなる犯罪も予知できなかったのだ。これからの木曜日には、いかなる不幸な出来事も起こらないらしい。

ド・シャンボワーズ嬢は、つんとして唇をきゅっと結び、ホームレスのメサンジュの前を通った。落伍者はびっくりした顔をして、灰色がかった狭い道を遠ざかってゆく彼女を見つめていた。それから、結膜炎のせいで赤くなった目を、開いたままになっている掌に向けた。彼女は何もくれなかったのだ。

殺人が起こらず、予言が現実にならなければ、わたしの霊にお礼をすることはやめにしよう、半分頭のおかしい女はそう決めていたのだ。

飛んでいる大ガラスのような傘、黒くて大きな傘をさしたド・シャンボワーズ嬢の大きなシルエットは霧雨の中を遠ざかっていった。

一種の絶望がクロヴィス・メサンジュを襲った。そのせいで、職業教育学校に通っている子供たちが通っても、以前やっていたように、アコーディオンで一曲弾いてやったりはしないだろう。この一週間、木曜日の夜に《レストラン・ド・ラ・ガール》で食事することばかり夢見ていたというのに！　文無しなのだ！　あのいまいましい奇妙な大女は、どうしてあんないやな目つきで見たのだろうか？　いったい、彼が何をしたというのだ？

午前十一時頃、うなだれて、キャンプ場に戻った。そこは、草が芽生えているところなどほとんどない泥んこの大きな矩形の空地なのだ。その奥のほう、板張りのトイレ兼シャワー室になっているバラックの横に、彼の住んでいるキャンピングカーがある。窓ガラスの替わりにつぶした段ボールが貼ってあり、車体には赤、黄、緑の色がけばけばしく塗りたくられている。タイヤなどとっくになくなってしまったボロ車。霧雨のせいで陰気なものに見える。しかし、雨が降っていなかったら、お役ご免になったこの車は、道化役者のように見えただろう。へたくそな白い字で、「フライド・ポテト、軽食」と大きく書きなぐってあった。しかし、その一部は消えかけていた。

メサンジュは鉄板のあばら屋に入った。隅にアコーディオンを置き、ぐらぐらする折りたたみ式のベッドに敷いてあるぼろぼろのマットレスの上に身体を投げ出した。空き瓶、すでに開けられている錆びついた缶詰の缶が床に転がっている。小さなネズミがちょろちょろ走り、穴の中にもぐり込んだ。

メサンジュは永遠の眠りにつきたいと思った。今日、彼は髭も剃らないし、鼻の穴から出ている毛も切らず、ブーツを磨いたりもしないだろう。祭りの夜のために必要な身仕舞いなどやらないはずだ。

今夜の夕食は、トマト・ソース入りのイワシの缶詰と、ごみ捨て場から拾ってきた、半分腐ったオレンジ二個ということになるらしい。まったく何もする気が起こらない。両肩にブロンズの十字架を背負わされたように、不運が重くのしかかっている。彼は、警察の犯罪歴リストが、インクのいっぱいしみ込んだ吸取紙のように真っ黒になっている男なのである。こうなると、どんな人間も裏街道を歩むしかないのだ。


ユルバン・プティボスケ氏は自分の保険代理店《アシュランス・ラ・ビアンフェトリス・ファミリアル・エ・アグリコル》の事務所に鍵をかけ、《レストラン・ド・ラ・ガール》に向けて歩きだした。

正午を二十分回っている時刻だ。

今日は木曜日である。

彼は少し気がかりだった。

ウェイトレスのフィネット、彼が激しく求めているすらりとして綺麗な女の子、恥ずかしがり屋のせいで燃えさかる心をこれまで一度も打ち明けられないでいる相手が、まだ水がしたたり落ちている貝殻のようにみずみずしい、白くて可愛い小さなエプロンをつけて店に出ているだろうか、と訝った。

ユルバン・プティボスケは常日頃から女を恐がっていた。だから、三十九歳になる今も独身なのだ。とにかくまず、彼は女に対する口の利き方を知らなかった。女たちの前に出るとぎごちなくなってしまうのだ。口ごもり、毒にも薬にもならないつまらないことしか言えないのである。そして特に、女たちを笑わせる術《すべ》を心得ていなかった。

時々、健康法として——徴兵されていた時、彼はこの謎めいた行為を教えられたのだ——バルボプールのところにいる女に会いに行った。少しフェラチオをやってもらったこともあったが、全然感じなかった。そこで彼は横になりナニを始めるわけだが、三擦り半、すぐに終わってしまうのだった。そして行為が終わると、そそくさと引き上げるのである。来た時よりももっと暗い気持ちになって。

しかし、フィネットが相手なら別である。胸を高ならせる大冒険なのだ。しかし彼には、フィネットと寝たいという気持ちはまったくなかった。腕に抱くだけで満足なのだ。ぎゅっと抱き締め、甘い言葉やロマンチックな約束を彼女に囁きかける。それから髪を撫で、耳元に話しかける、といったことが彼の望みなのである。

プティボスケは腹が出て尻が大きく、耳がカリフラワーみたいな形をしていて、目はぎょろ目だ。そして〝ジャ〟を〝ザ〟、〝シャ〟を〝サ〟としか発音できない人物なのである。

そんなことが原因で、彼は幸せになれないのだろうか？　稼ぎが悪いのか？　この地方で最も優秀な保険屋の中に彼は入っていないというのか？

女を幸せにし、家庭を作る切り札を彼は持っているではないか。

ああ！　アガト・カントワゾーがせめてもう少し大人だったら！　二年前の八月、ブルターニュでバカンスを過ごしていた時、彼はブレアの沖で溺れかけていた少女を助けたのだ。その小さな海水浴場で、プティボスケはその週ずっとヒーローとして祭り上げられていた。危うく一命を取り止めた少女の家族は、以後、彼を息子と思って、自分の家族の一員のように取り扱っているのだ。

町を横断し、《オ・トロワ・クトー》に彼が立ち寄った時の歓迎ぶりときたら、それはもうすごいものである！

アガトは心からプティボスケのことを好きだった。彼が彼女にしてくれたことを忘れられないのである。プティボスケがいなかったら、アガトは波にさらわれていたのだから。しかし、アガトは若すぎる。溺れそうになった頃、すでに彼女は太っていて、大きな尻をしていた！だが、あの頃はまだほんの子供だった。あれから、アガトはどんどん太り始めた。両親の血を受けついだのだ。あのふたりの巨漢を見れば、誰も不思議がらないのである。

いや、プティボスケの好みのタイプはフィネットだ。彼女にとてもお似合いの名前。可憐《かれん》で、気品があり、生き生きとしているフィネット。澄んだ目は詩情で満ちあふれている。だが、彼女はプティボスケのことをほとんど気にとめていなかった。それで彼は、愛の告白なんてとても出来なかったのだ。夜、映画に行こうと誘う勇気さえなかったのである！　臆病という病は何と馬鹿げた病だろう。プティボスケは、少し狂っている神経組織のせいでそうなるのだと思っている。敏感すぎるのはそのためなのだ。しかし、ブレアで、ほんの小さな子供が溺れそうになっているのを救けようとした時は、何のためらいもなく水に飛び込んだ《ス・ジュテ・ア・ロ》ではないか。そうなんだ思い切ってやってみる《ス・ジュテ・ア・ロ》ことだ！　フィネットにはそうすべきなのである。

しかしプティボスケは、ムクラード（シャラント地方のムール貝料理）の皿に屈み込んだまま、熱いラブレターを彼女に渡すなんて自分にはとても出来ないことだと思っているのだ。あまりに馬鹿らしくて、開いた口がふさがらないではないか！

〈もし、また彼女が休んでいたら……〉とプティボスケは思った。

あのオチャメは、毎週木曜日、いったいどこに行っているのだろうか？

「今日は、いてくれるの、フィネット？」

リュシエンヌ・エショドゥアンが訊ねた。

「います、エショドゥアンさん。ちゃんと自分の仕事をします」

「それは結構、フィネット……突然、理由のよくわからない休みがこうも続くと……」

「理由ははっきりしています。エショドゥアンさん」と若い女は答えた。「サント＝エルシースにいるマリー＝フランスという友達に会いに行っていたんです。彼女は今、入院しているんです……」

「今日は、会いに行かないの？」

「ええ、今日は行きません」

窓際の席に坐り、ムール貝の白ワイン蒸し《ムール・オ・リスリング》の皿を前にしていたプティボスケは、正面にいるウェイトレスを見つめる勇気がとても湧いてこなかった。彼の臆病は病的なのだ。だが、今回は、思い切ってフィネットの傍に駆け寄るかもしれない……財布にラブレターが入っている。

それをこっそりと彼女に渡すだろう。もうしばらくして、彼女が貝殻の入った皿を下げに来た時、おそらくエプロンのポケットの中にだろうが、それを入れるかもしれない。

午後二時五十分。

アガト・カントワゾーは夕食のメニューを《オ・トロワ・クトー》の扉に貼った。

牛肉と季節の野菜煮込み《ボトフ・セゾン》

午後五時。

そのメニューは、そのまま貼り出されていた。

秘密を見通せる人間が数人、レストランの前を通った。——その中には、自転車に乗った〝風吹き魔〟もいた。ぼんやりと目立たないシルエット——今夜、町が普通とは違う感じになるだろうということが彼らにはわかった。

殺人者は運河の端で自転車を止め、折られてくしゃくしゃにされたピンクがかった色の扇を、濁りきった水に向かって投げ捨てた。

その二時間前。午後三時頃。

ユルルジョーム氏は激しい怒りに襲われていた。《オ・ヌーヴォテ・ド・ラ・キャピタル》のショーウィンドーは、その日も、潜水用具と水上スポーツ用品に占拠されていた。十二月六日からずっとこうなのだ。もう二週間にもなるのだ！　町中にその噂が広まり始めるほど長い間、放っておかれているわけである。

口の悪い連中は言いたい放題のことを言い、毒舌を吐いていた。ビストロでペルノーをあおり、へべれけになって話す連中、教会の神父さんの耳にちょこちょと吹き込む連中、老人クラブで何度もくどくどと言う連中。ともかく至るところ、食料品屋で、肉屋で、パン屋で、工場の社員食堂で話題になっていた。そして、もう少しましな連中も、背の高い青白い色の窓が並木道に面している落ち着いたサロンで、ティーカップをはさんで話に花を咲かせているのだ。噂は……田舎では翼がはえているのである……。

「ユルルジョームの店は危ないらしいぜ……」

「破産の申し立てをしたのか？」

「つぶれるのか？」

「最近おかしいもんな、ユルルジョーム……何をやっていても上の空って感じだぜ。《オ・ヌーヴォテ》はえらい騒ぎだぜ」

「それじゃ、ショーウィンドーの飾りつけはなさらないわけで、ユルルジョームさん？」

不安でたまらないマルト・アボルドデューは訊ねた。

「絶対にやらん！」

「でも、先週も……食器が箱に入ったままでしたし……今度は、狩猟用の武器及び付属品、それに狩猟服が……雌鹿と雄鹿が描かれている大きな絵だって、まだ広げてさえいないですよ。ギャビーの話では、指示がないということですが……」

「おれの知ったことか！　興味ないんだ！　もううんざりだ！　《ヌーヴォテ》なんかどうでもいい！　糞食らえだ！」

まだ飾られていない新商品《ヌーヴォテ》の詰まったケースや大きな段ボール箱が、物置になっている廊下と部屋にところ狭しと置かれ、天井に届きそうなくらい積み上げられていた。出入りの商人たちは、トラックや汽車で、次々と商品を運んでくるのだ。運び終えれば、彼らの知ったことではない。これ以上荷物が着いたら、どうなるのだろう。もうどこに置いたらいいかわからなくなってしまうではないか。売るためには、商品を陳列しなければ。陳列するためには、ユルルジョームが……。

手のつけられないほどヒステリーを起こしている店の主人は、大股で店内を横切った。五番目の売り子、アジェノール氏がゴム・ボートをふくらませているところを見ていた四人の客など、ユルルジョームの目には入らない。

遠近両用眼鏡をかけ、灰色の上っ張りを着ている店員のアジェノール氏は、かっぷくの良い五十六歳になる家族持ちである。まだ四人の子供がリセに通っているのだ。彼は、二十七年間も自分を置いてくれているこの店に、何かとんでもないことが起こるのではないかと思うと、ひどく心が動揺するのだった。

ムッシュ新商品《ヌーヴォテ》はあわただしく自分のローバーに乗り込んだ。その際、車のピラーに頭をぶつけた。急いで町を出る。大通りに出、それから運河に、そして橋のほうに下っていき、そして野原に向かう。卑小な事柄から遠く離れたところにだ。

ユルルジョームは猛スピードで野原に突っ込んだ……やがて《ロザリオのサント・アメリー恵まれない子供のための施設》が見えるところに出る。

障害のある子供が三人、庭で遊んでいた。そのうちのひとりがグッド・ニュースを知らせようと玄関に向かって走る。レイモンさんが来たよ！　というわけだ。レイモンさんは、車のトランクから、プレゼントがいっぱい詰まった大きな袋をふたつ取り出すはずだ。

元司祭のひとりが受話器を取り、ジュシエ＝ヴァントゥルイユ工場の電話番号を回した。内線の二十四番を呼んでもらう。やがて、モランディエ嬢の熱くあえぐような声が聞こえた……。

その夜、シャンフィエはカントワゾーの店に食事に出かけた。ポトフを前にして、彼はいろいろ考えた。ふだんとは違うちょっとしたことがシャンフィエの興味を引いたのだ。先週の木曜日と同様、セールスマン、サン＝ヴァルベールは彼の正面の席に姿を現わさなかった。いや、それどころか、まったくレストランに足を向けなかったのだ。

その逆に、映写技師の若者は、これまでの木曜日と同じようにここにやって来て、以前と同じ場所にひとりで坐っていた。いつものように病的で陰気な雰囲気。食事が運ばれてくるのを待っている間、必ず小さなパンの玉を作っている。何を考えているかわからない目。そして、頻繁に彼を見ているシャンフィエの鋭い視線に耐えられないのだろう、彼は目のやり場に困ってきょろきょろしていた。

シャンフィエは少しいらいらしていた。ヴィゴ嬢を捕まえられないでいたからだ。今週、二度も娼館に行ってみたのだが、髪を剃り上げた赤毛の女には会えなかった。彼女はいつもふさがっていたのだ。しかも、おそらくは朝まで。そう思ったのは、女将が「別においやならかまいませんが」、今、客の相手をしていない「ジュリアかエティエネットとだって同じように愉しめますわよ、あのふたりでは駄目?」と暗にわからせようとしたからだ。

シャンフィエは、何が何でも匿名で手紙を出したあの若い女と話す必要があるのだ。

今でも犯罪捜査班の総括責任者がやって来ると発表されたままだったが、一向に現われる様子はなかった。小説『アルルの女』の女主人公のようなのだ。

しかしシャンフィエは、近々、フランス・ナンバーワンの警官がやって来るのは必至だとにらんでいた。そうなれば、本格的な捜査が開始され、SRPJ(司法警察地方支部)の馬鹿どもは逃げ回る鶏を捕まえる仕事や、流血沙汰になろうがなるまいが、村のダンスパーティの最中に起こる田舎のアンチャンたちのケンカを取り締まる仕事に回されることになるだろう。

シャンフィエには、筋金入りの警官たちがこの町にやって来る前に明らかにしておきたいことがいろいろあった。それに「モン・クリム＝コンプレ」誌が彼の記事を待っている。こんなことをしていたら、前の勤め口同様、ここからもやがて叩き出されてしまうだろう……そうなったら、どこでどう稼げばいいのか? 免職になった警官、クビになった私立探偵、お払い箱の新聞記者なんてどうしようもないではないか。抜け目なさそうな顔をしているので、救世軍の皿洗いか大きなスーパーマーケットのガードマンぐらいにはなれるかもしれないが。

夕食を済ませたシャンフィエは、狡猾そうな足取りで並木道をぶらついた。見たところ、娼婦はどこにもいない。彼は、病院長のフロラン・ルジュイ先生と擦れ違った。教授は背が高く、とても痩せている。粉のように白い顔。大きな鷲鼻、輝いている黒い瞳はオリーブのようだ。シャンフィエは、カントワゾーの店で夕食を取っている彼を、二、三度見たことがあった。教授は決まって、縞のズボンをはいた彼と同じくらい面白くなさそうな連中と一緒だった。シャンフィエにばったり出くわしたのが何となくいやそうだった医学部の教授は、手短《てみじか》に挨拶した。

学界の大物は遠ざかっていった。陰気な夜だ。二週間も前から牝豹《パンテール》と約束しておいたのに――有名なバレエを見たくて、オペラ座の前売券を手に入れようとするよりも大変なのだ――教授は先ほど、《オ・ヌーヴォテ・ド・ラ・キャピタル》の閉まっているシャッターを目のあたりにして茫然とした。娼館の女将は――この汚らわしい女は、二年前、彼が腹の中から何かを取り出してやったことがあるのだ――教授に対して彼の鼻先で扉を閉めんばかりの応対をした。バルボプールもずいぶん人が変わったと教授は思った。取り乱していて、無礼といってもおかしくない態度。鬱状態のど真ん中にいるという感じだった。

〈えーい、くそ、今夜、これからどうしようか?〉

彼は肩をすくめた。

〈しばらく前から、いったい何が原因なのか正確にはわからないが、この町では物事がうまく運ばなくなっている……どうも妙だな!……〉

先生はどんどん歩いていき、樹齢を重ねている木立を抜け、道をカニ歩きのような恰好で渡った。追われている人間のように落ち着きを失くし、さっと左右に視線を走らせる。

シャンフィエは反対方向に向かって遠ざかってゆく。煙草に火をつける。暗がりに停めてあるサン＝ヴァルベールの大きな車には気づかなかった。リクライニング・シートにしろ、他のものにしろ、まったく目に入らなかったのだ。車の置いてある場所には、木々がほとんど触れんばかりに茂っていたのである。

シャンフィエはどんどん歩いていく。どこに行こうとしているのか、彼自身も定かではない。行きつく場所を探して、町をぶらつき続けるのだろう。

サン＝ヴァルベールと牝豹《パンテール》は、ステーションワゴンの後部で絡み合っていた。ピカルディー出身の女は、蜂蜜たっぷりの大きなボンボンをしゃぶっていた。


一月四日、金曜日。

フレッド・フォルジュクランの週刊紙はまたも発行されなかった。これで四週間続けて出なかったことになる。

新聞社の社主がこの町を離れなくなって、もうじき三週間経とうとしていた。町の人々は――噂が飛び交っているわけですよ！――フォルジュクランは洗っていない薄汚い下着のまま、髭も剃らずに、口を開けた酒瓶を何本も自分の周りに並べて、編集室になっている部屋に閉じ籠もっているのだと、まるで自分が見てきたかのような口調で言い、もう二度ばかり震顫譫妄に陥ったのだとこそこそと言ったりしていた。

印刷所の爺さんは、フォルジュクランが廊下で転んで顔に傷をつくり、反吐《へど》を吐き、倒れた際、手に持っていた酒瓶が割れ、そのガラスのかけらで手を切り血だらけになっているところまで目撃していたのだ。

今日（金曜日）の「ロセアン＝エクレール」紙は、この町で起こった不可解な殺人事件に関して、一面で報じていた。しかし、先週、先々週、そしてその前の金曜日とは違い、見出しは紙面の横いっぱいに刷られているわけではなかった。グッド・ニュースは大概、悪いニュースよりセンセーショナルではないのである。

見出しはこうだった。

「殺人が起こらなかった四回目の木曜日……」

残念に思ってるのだろうか？

いや、まさか、しかし……。

記事の最初の部分はこうである。

「警察は、もう殺人者は犯行を犯さないだろうという見解に達している。しかし、殺人者はまだこの町、あるいはその周辺にいるのだろうか？　前世紀のロンドンで、〝切り裂きジャック〟が突然姿を消したときもこのようなやり方であったし、以後永久に犯行を犯すことはなかった」

祭りは終わったのだろうか？

「だが、捜査は続けられている。ラ・ロッシュのＳＲＰＪは現在、ある農作業員の生活ぶりと行動に興味を持っている……」

謎めいた扇の出所はついに明らかになった。決して海から吹く風が運んできたわけではなかった。三年前、ある会社が新しい化粧品を発売しようとしたのとちょうど同じ時期、この地方の大きなスーパーマーケットが大がかりなキャンペーンを行なったのである。その時、扇がこの町、そして九十キロメートル四方に及ぶ区域にばらまかれたのだ。その後、宣伝用のおまけだが、どこにも何にも書いてない扇は——問題の化粧品は〝扇《エヴアンタイユ》〟といった（後にその会社は倒産した）——あちらこちら、ゴミ捨て場や、使われなくなった梱包用の箱などが山積みになっている、町の周辺にある広大な空地に捨てられた……。多くの人が使っていたわけだ。つまり、この事実をたぐって手掛かりを見つけようとしても無駄だということである。

## 14　お願いだ、ガストン！

殺人が起こらなくなって六回目の木曜日を迎えた。陰鬱な雰囲気——それに不安——は今も町に、ほんの少し前から雪を被って白くなっている屋根にしっかりと根を下ろしていた。

ほっとしている人々も中にはいた。殺人鬼はもうとっくの昔に遠くに行ってしまったように思えた。おそらく死んでしまったのでは？

ＳＲＰＪに働く同僚と同じように、パリの警官たちも打つ手がなかった。犯罪捜査班の総括責任者はＴＦ１（フランスのテレビ局）の午後八時のニュースで、以下のようなコメントを発表した。

サディスト、気の狂った殺人者は最も正体の摑みにくい犯罪者である。というのは、奴らはいつでも、どこでも、誰でも殺し、決まって一、二時間前までは名前も顔も知らなかった相手を襲うのである。

そして彼は、しばらく前にイギリスのブラッドフォード、リーズ、ウェイクフィールドという三つの町を結んだ三角形の中で起きた、新〝切り裂きジャック〟事件を引合いに出し、正体が暴かれるまで六年近くもの間、猛威をふるっていたと言った。

なんと美しい言い訳だろうか！

だが、町の住人の大半が――特に女性は――ほっとして、これまで潜在的に持っていた恐怖を口にし出したとしても、残りの人間はひどく心配していた。

殺人は行なわれなくなったが、しかし……。

《オ・ヌーヴォテ・ド・ラ・キャピタル》と《レ・フリアンディーズ・ド・フランス》は商売がうまく行かなくなっていた。――この二軒の店は町の商業のすべてである。両方とも、客はこの町の人たちばかりではなかった。ユルルジョームとヴシューのところで買物をしようと、付近の集落や村から人々がやって来るわけだ――。

十二月六日、つまり最後の殺人があった日以来――もう一か月以上になるではないか！――《ヌーヴォテ・ド・ラ・キャピタル》ではショーウィンドーの飾り付けを変えていなかった。

最後の陳列である〝水上スポーツ、潜水用具〟コーナーは、次の商品を並べるためになかば取り壊されていたのだが、もう一度作り直さなければならなかった。それ以来、埃をかぶり、みんなに知りつくされた同じ商品は、人々を魅了していたフレッシュな感じを失い、何の興味も持てない生彩を欠くものとなったまま、足を止めて見とれる物見高い連中などひとりも集まって来ないショーウィンドーを埋めつくしていた。

その結果、レイモン・ユルルジョームの売り上げ高は三九・四七パーセント減少した。同じような恐慌をもたらす風が、《フリアンディーズ》のほうにも吹き荒れていた。こちらはストック切れが原因だった。客足は遠のいた。クレール・ヴシューは超高級豚肉製品の缶詰コーナー、そしてチョコレートと高級砂糖菓子のコーナーを閉めざるをえなかった。売り上げ高は四一・〇一パーセントダウンした。

レイモン・ユルルジョームが店を閉めることを真剣に考えていると、町で噂されていなかったろうか？

しかし町全体から見れば、ユルルジョームの件など、それほどたいしたことではなかった。十二月初旬から、バルボプール夫人のところの女たちは、これまで木曜日になるとやっていた街頭での稼ぎをやめてしまったのだ。そうしたら、町及びその周辺でわかっているだけでも、暴行事件が六件、露出症に関する事件が十二件も起こった。こんなことは一九五七年以来初めてだった。そして、トロワ＝ムニエ広場の新しい公衆便所は、いやらしい落書きで汚されていることが明らかになった。

この町の庶民は、ちょっと普通ではない性的欲求を満たせなくなってしまった（細君や恋人にはとても頼めないが、バルボプール夫人のところの女の子たちなら、何のためらいもなくやってくれる面白い遊びをすることができなくなった）のだ。

とにかく、町の商業も娯楽も大打撃を受けていた。

それに加えて、町の文化面の主軸も同じようなあんばいだった。十二月七日以来、地方紙は発行されず、幻覚を起こし鼠と毛で覆われた蜘蛛《くも》を見ながら、新聞社のオフィスに閉じ込もったままでいるフォルジュクラン氏は、震顫譫妄に身体をくすぐられ何もかも忘れて心地良がっていた。文化センターはうまく行かなかった。夜の集会は、普通、午後九時半頃に終わるようになってしまった。しかも、討論は竜頭蛇尾、報告も批評もない結果で終わってしまうのだった。これもあれも、地方紙が出ないせいなのだ。そして、シネ・クラブ《ハリウッド》は十二月十三日以来、扉を固く閉ざしたままなのだ。

しかし、いちばん大きな問題で、いちばん心配なことは……。

扇を持ったサディストは、この町に、身の毛もよだつ殺人だけではなく、他の不幸をもとめどなくもたらしていることに、グザビエ・ジュシエ＝ヴァントゥルイユ氏は最近になってやっと気づいた。

「まったく恐るべき影響力です」と企業家はこの前の重役会で呟くように言った。「汚辱と取返しのつかぬ出来事がこの不幸な町を襲うことを我々が望んでないとすれば、この影響力をこれ以上黙認してはいられません」

セヴラン・シャンフィエは他のことを発見していた。

まったく不思議きわまりないことをである。

シャンフィエはノートを取りまくった。グラフを書き、比較できるようにリストを作り、統計を取って、これはと思った情報をつき合わせ、検証してみたのだ……。

カントワゾーが狩人風ウサギ料理《ラパン・シャスール》を作らなくなってから、殺人者は行動を起こさなくなった。

まるで、ガストン・カントワゾーの鍋の中に放り込まれたウサギたちが——カントワゾーはいったい、どんな奇々怪々な方法、どんな素晴らしいマジックを使って料理しているのだろうか？——怨みを晴らしたくて、町で誰かに殺人をやらせているようだ。

〈死が帽子を取ると、ウサギが飛び出すってわけか……〉元警官はそう思った。

しかし、普通の白ウサギではない。いや、絶対違う。黒いウサギか赤いウサギ、足を血まみれにしたウサギなのだ。

「ああ、皆さんは私たちを食べたかったのですって！　そういうことだから……」

殺し屋のウサギたちが人を操っているのだ。

確かにこの動物が鍋に入れられなくなってから、つまり、鉛の弾をぶち込まれて殺されたが、食料にはなっていないウサギがシェフのカントワゾーの鍋を逃れるようになってから、この町で人殺しは行なわれなくなったのだ。

もしかすると、動物を友としている恐ろしく謎めいた奴が？……

しかし、ともかく殺人は起こらなくなったのだ。

まるで、ウサギたちが感謝の気持ちを表わしたがっているように。まるで、彼らが平和を待ち望んでいたかのように……。「殺されるのはかまわないけれど、食べられるのは絶対ご免だ！」と言っているようだ。

それは自尊心の問題なのだろうか？

散歩中にビストロでグラスを前にして、あるいは夜、アドリエンヌ・パルパンブレの家の小さな部屋で、便秘みたいにつっかえたり、あるいはスムーズに出てきたりした思索の果てに発見したことが、これであった。

シャンフィエは、今も、頭を丸めた娼婦、怪文書を書いた女と膝をつき合わせて話すことが出来ないでいた。彼は、ヨランドに何度も近づき、一度は娼館で寝たこともあったが、巧みに口を割らせることなど出来なかった。――この問題に話を持ってゆく勇気がなかった。そんなことを話す場所でも、時でもなかったのだ！――

だが、ちょっと悠長すぎる、とシャンフィエは感じていた。あの女の真意が何なのか、早急に知る必要があるのだ。それにおそらく、当て込んでいたような成功を収めることがなかったので、女は匿名の手紙を送りつけるのをやめてしまっているのだ。

しかし、カントワゾーのところに送られてきた二通の謎めいた手紙は、日を増すごとにシャンフィエにとって、気になるものになっていった。

この二通の手紙がすべての始まりではなかったか？　つまり、殺人者を封じ込めてしまったのはあの手紙なのだ。「狩人風ウサギ料理《ラバン・シャスール》を載せるな……」か、不思議なことに怪文書の筆者は正しかったのだ。木曜日の《オ・トロワ・クトー》の夕食のメニューからこの料理が消えて以来、〝風吹き魔〟は殺人を犯さなくなったのである。

そしてこの一か月あまりの間、狩人風ウサギ料理《ラパン・シャスール》という言葉は、木曜日のこのレストランの夕食メニューに一度もお目見えしなかった。そうすると、町が異常なほど静まり返っているのだ。

「何としても、この点を明らかにしなくっちゃ」とシャンフィエは呟いた。

彼は、ほとんど夜通し、このことについて考えをめぐらせていた。

一月二十三日、水曜日。

「もし、明日、カントワゾーが……」と考え込みながら彼はぶつぶつと言った。

シャンフィエはレインコートを着、帽子をかぶると、部屋を出て階段を下りた。下で家主に挨拶をし、外に出た。細かい雨が降っている。雪はいたるところで溶けていた。陰気な大鏡のような水溜りが車道と歩道を覆っている。午前十時。元警官は車に乗り、カントワゾーのレストランに向けて走りだした。

ホールは閑散としていた。アガトが食卓を整えていた。カントワゾーとシャンフィエは、バーで食前酒をちびちびやっている。警察をしくじった男は、太った娘が悲しそうで、ふだんは見られない赤味が、美しい青い目を縁取っていることに気づいていた。間違いなく、何かが彼女を苦しめているのだ。父親は気をもんでいた。ふたりの男は、小声で、そのことについて話している。

「あの子、ひょっとして、恋しているんじゃないかな?」

シャンフィエは訊ねた。

白っぽい服装をした太っちょは、丸くてがっしりとした肩をすくめた。

「愛は、人を陽気にするんじゃないですか?」

「うまく行ってない愛の場合は違うよ、ガストン……」

「そう言えば気になることが……」

「何だ?」

「その……十二月十三日以降、ユルバン・プティボスケが木曜日に夕食を食べに来ないんです」

「前は、木曜日に必ず来ていたのか?……」

「まあ、そういうことです……。問題の日に彼の姿をここで見ましたか……」

「つまり、十二月十三日以降の木曜日に見たかという意味か?」

「そうです。気づきませんでしたか、そのことに?」

「いや!……気づかなかったようだな……正直な話、あまり注意して見ていなかったんだ……。何しろ、客がいっぱい出入りしてるからね。あんたにとっちゃ結構なことだけれどな、ガストン!」

「《オ・ヴルール・デュ・パレ》のセールスマン、サン＝ヴァルベールも同じなんです。彼も木曜日、ここに来なくなったんですが、気がつきませんでしたか？　殺人が起こらなくなってからというもの、姿を見せなくなったんです」

「妙な話だが、確かに〝風吹き魔〟がおとなしくなったのは十二月十三日だったな……何か関係があるんだろうか？」

「関係って、どんな？」

「わからないけれど……例えば、プティボスケ氏だが……なぜ、彼が木曜日にここで夕食を食べなくなったか、あんたはわけを知っているのか？」

「いや、ぜんぜん……だいいち、そんなことわたしに関係ないことですよ、わかるでしょう？……あの男は大人ですよ。彼が来ればわたしたちは喜んで迎えるが……正直な話、来なければ……。来る時は必ず、その少し前にわたしたちに知らせてきたんですよ。十二月十三日以降、彼を見ていないのは神に誓っても本当ですよ」

「あんたの娘は何か言わなかったか？」

「何も言わなかったかですって、何のことについて？」

「たぶん、そのせいで彼女はあんなに悲しそうなんだよ、ふだんはとても明るい子なのに……」

「ああなったのは、ユルバンがもうここに現われないからだと言うんですか？」

カントワゾーはほんの数秒考え込んでから、また話し出した。

「確かに、あの子はユルバンが大好きですよ！　しかし、まさかね、アガトは十六でユルバンはもう少しで四十ですよ。彼らの間には何にもなかったに決まってます……深い友情、それだけですよ。それだけで十分なはずです。いいや、あの子にとって、ユルバンは兄貴みたいなものなんです。二年前、ブレアで、彼は溺れかけていたあの子を助けてくれたんだ。だから、あの子はユルバンを慕っているだけです……」

シャンフィエはしばらく、自分のグラスの底をじっくりと眺めていたが、やがて料理人を探るような顔つきになって、じっと見据えた。カントワゾーにはその視線が耐えられなかった。

「なあ、ガストン……馬鹿みたいなことなんだが、おれに考えがひとつあるんだ。妙な考えだが、しかし……」

肉料理とソースの専門家は、びくびくして、落ち着かない態度で、ずるそうな顔をした男を見つめた。

「妙な考えだって？　あなたって人は！　妙な考えっていうのがあなたは大好きなんだ、賭けてもいいね！」

「おれを非難してるわけか、ガストン？」

「いや、全然そうじゃない……でも……あなたが妙なことを考えつくと、この町が騒がしくなるんですよ！　殺人は起こらなくなったが、殺人者は今もどこかにいるんだ！　何かわかりそうだとでもいうんですか？」

「なあ、ガストン、おれたちの周りをちょっと注意してみれば、人生におけるほとんどすべては奇妙なものなんだぜ……人間……それに特に物事は……。おれたちのちっぽけな世界の——

これについてはおれたちはほとんど何も知らないと言えるがね——どこかに、合理的に解明出来ない部分があるんだよ。本当にゴミみたいな何かが……」

カントワゾーは唾を飲み込んだ。元警官の言葉に、彼は鳥肌が立った。

「あなたの妙な考えって何に関係があるんです。殺人事件に……関係あることですか?」

「このさえない町で、他に考えてみたいことなんてあるかい? 来年の七月にドブレ(有名な政治家)がやって来るなら別だがね?」

「もちろん……あのむごい殺人に関することなんでしょうが……」カントワゾーは、シャンフィエの鋭い視線に何とか立ち向かった。「何でも話してください」

「もし……」

「もし何ですか?」

シャンフィエはためらった。それは乗り越えなければならない大きな障害物だった。だが勇気を出して、飛び越えた。

「今度の木曜日、もし、あんたが狩人風ウサギ料理《ラパン・シャスール》を作ってみたら、どうだろうか?」

「明日の夜?」

料理人は身震いし、二、三歩退いた。そして唖然とし、恐怖におののきながら、町をうろつき回っているこの男をじっと見つめている。

「わ……わたしがまた狩人風ウサギ料理《ラパン・シャスール》を作るんですって?」

「そう。どうなるか見てみるために」

「いったい何だっていうんですか！　おっしゃってる意味がわかってるんですか、そんなの無理ですよ……」

「わかってるさ。おれの提案があまり真面目じゃないってことは。それに、何より常軌を逸していることもね。だが、おれはどうしてもやってみたいんだ。あんたがウサギ料理を作る。そして待ってみる」

「待ってみるって、何を？」

「町で何が起こるかを、だよ」

「あなたがわたしに頼んでることは恐ろしいことですよ、シャンフィエ……」

「いいから、そうしてみてくれ！　何はともあれ、たいして難しいことではないだろう、あんたにとっちゃ。ボイルド・チキン《プル・オ・ポ》やボンヌフォア・ソースの猪のヒレ肉《フィレ・ド・サングリエ》料理をやめて、狩人風《ラパン・》ウサギ料理《シャスール》をおれたちに出せば済むことじゃないか。それでいいんだ。後は仕上げをごろうじろってわけさ」

「それでいいって何のことです？」

「ウサギ料理をメニューに載せてくれ、ガストン。それで誰かが死ぬってことはないから」

「本当にそう断言できますか？」オーブンの手品師は震えている。「わたしが取らなければならない責任がどのぐらいのものなのか、考えてくれたんでしょうね？」

「おやおや、十二月十三日以前は、そんなに心配していなかったのにな！」

「その料理を作ることで何が起きるかわたしが前から知っていたというんですか？　今は心配

なんです。まず、そんなことをしようものなら、みんななぜだろうと訝るに決まってますよ」

「なぜって何が？」

「どうしてまた狩人風ウサギ料理《ラバン・シャスール》を作り始めたかってことですよ、まったく！」

「一九五一年の七月、おれの母親は突然、また毎週金曜日に、ギリシャ風鯛料理《ドラッド・ア・ラ・グレツク》を作るようになったんだ。その料理は一九三九年以来作っていなかったんだがね。でも、家族に変わったことなんて何も起こらなかったよ、これは絶対本当だぜ」

「料理に関して冗談を言うのはよしてください、シャンフィエ。食事、特においしい食事は、あなたが思っている以上にずっと大事なものなんだ」

カントワゾーは悲痛な調子でそう言った。顔の赤味が少し、溺死人の腹のような青さに変化した。

「ぐっと一杯やれよ、ガストン。あんたには同情してるんだ！」

シャンフィエは、有無を言わさず、キールを作ろうと、モンラッシェの瓶とクレーム・ド・カシスの瓶を取った。陽気にしてくれる飲み物がふたつのグラスの中に誕生した。カントワゾーは自分のグラスを取ったが、ぽっちゃりした手は震えていた。

「わたしに頼んでることが、いったいどういうことなのか、あなたはわかってるんですか？狩人風木曜日を作るってことが、ああ！　失礼！　そのウサギ料理を！」

カントワゾーは言葉を正しく並べ替えてから、こう言い添えた。

「世間が浴びせる質問が聞こえますか？『どうしたんだ、カントワゾー！　なぜ、木曜日のデイナーにまたあのいやらしい呪われた狩人風ウサギ料理《ラパン・シャスール》を出したんだ？　あのウサギが町に不幸をもたらしてるってことを知らないのかね？』これがだいたい、私が言われそうなことですよ、シャンフィエ」

「落ち着いて、ガストン！……考え過ぎだよ」

「ウサギをまた料理します。わかりました！　そうなったら、どうなるか考えてみようじゃありませんか！――どういうシステムでそうなるのかは、わたしにはまったく何とも答えようがないですけれど――殺人者はまた行動を開始するに決まってますよ。私がこれからかぶる帽子（責任）が少しは目に入りますかね？」

「お願いだ、ガストン。二番テーブルのかわいい客を喜ばせてくれ……一回だけ、本当にこれっきりだから……どうなるか確かめるために……」

料理人は気管支が根こそぎ抜けてしまうような大きな溜息、ぞっとするような溜息をついた。

「よよよし……わ、わかった！……またわたしは押し切られそうだな。作りますよ！　あなたを喜ばせるために……」

「さあ、乾杯だ！」喜びいさんでシャンフィエは言った。そして、グラスをキールでいっぱいにするために、ブルゴーニュの白ワインであるモンラッシェと、ラ・ルジェ＝ラグットを混ぜ合わせて注いだ。ふたつの酒は〝ブルゴーニュの陽気な女房たち（シェークスピアの〝ウィンザーの陽気な女房たち〟とかけている）〟のように仲良くしていた。

## 15　盗まれたトラック

一月二十四日、木曜日。

午後四時頃、自転車に乗った〝風吹き魔〟は、まったく偶然、カントワゾーの店の前を通りかかった。自転車から降り、無意識にちらっとメニューを眺めた。狩人風ウサギ料理《ラバン・シャスール》と読み取った彼は、飛び上がらんばかりに驚いた。

「これまたどうしたというんだ！　またあの料理を出すようになったわけか？　危うく通りすぎてしまうところだった……」

〝風吹き魔〟は、落ち着き払ってペダルを踏みながら、暮れゆく道を、また走りだす。水が淀んでいる運河にそって走っている時も、しばらく前から肌身はなさず持ち歩いていた扇を運河に捨てたりはしなかった。

秘密を見通せる者たちは――彼らは何でも見通してしまう才能を持っているが、その数は本当に少ない――町で準備されている異常な何かを二、三のささいな事柄で理解した。

幾人かは――特に観察力のある人間は――町が元に戻ると言いなおした。

午後六時三十分頃。

この町に住む土木技師、毛が白く少し腹の出かかった、六十歳になるピエール＝ジェルマン・ラ・フレシニエール氏は大通りに入った。そしてこの丸顔で赤銅色のさえない顔をし、目の周りが赤味を帯び、勲章をつけている男は《オ・ヌーヴォテ・ド・ラ・キャピタル》のほうへ向かっていた。

ショーウィンドーの新しい飾りつけはなされたばかりだった。目を見張っている物見高い人人が十人ばかり、新製品を前にしてうっとりとしていた。「あれ!」「それからあれ!」「それにあれ、見たか、おまえ?」夢中になりやすい人たちの感嘆の声が聞こえている。十二月初旬以来、初めての新商品なのだ。

〝インテリアの週〟

土木技術者は六千百二十フランもの商品を買い込んだ。モレッティの絵が柄になっている八メートル一巻きの壁紙を数本、中国製のモダンな屏風、豪華なシャンデリア、そしてスマトラの材木で作られた小さな組み立て式の本棚を買ったのだ。本棚は正真正銘、保証つきの品物だった。(〝ちょうど二か月前、ハーバード大学へ留学したハンガリーのカール王子が自分の部屋に置くために、同じものを作らせた〟というものだ)

一九三〇年の九月(前の経営者の時代)からこの店に勤めていて、もうしばらくで停年退職することになっている第七番目の店員ルイが、店の前に停めてあったラ・フレシニエール氏のプジョー505のトランクに、四つの大きな包みを積み込んだ。

〝木曜日の客〟は車に乗り、ゆっくりと娼館まで走った。そこで彼は、ふだんは絶対に見られない喜びを露骨に表わした牝豹《パンテール》とバルボプールに迎えられた。バルボプールは、ここしばらくの様子からはとても想像できないほどおおらかだ。そして、暖かく情はこもっているが、どことなく性悪そうな大きな微笑を取り戻していた。

午後七時五十分ぴったりに、《オ・トロワ・クトー》に現われ、自分の前の席に坐ったサン＝ヴァルベールを見ても、シャンフィエはまったく驚かなかった。

「〝三人のデブちゃん《オ・トロワ・オベーズ》〟のところへ……いや《オ・トロワ・クトー》へ戻ってきたわけですね？」

シャンフィエは、正面にいる相手に自分の煙草を差し出しながら微笑んだ。

相手は不愉快そうな顔をしていたが、何とか笑い返そうとした。

「古き良き習慣よもう一度……ってわけですよ。……どうせずっと続くわけじゃないんですからね！」

サン＝ヴァルベールは十五秒ほど黙りこくっていたが、元警官を見つめ、こう訊ねた。

「カントワゾーはどうかしたんですか？」

「何の話です？」

「また狩人風ウサギ料理《ラバン・シャスール》を作りだしたことですよ……絶対……そんなことはないと思っていたんですがね……」

食事が出てくるのを待っている間、サン＝ヴァルベールはアタッシェケースから厚い注文台帳を取り出し、金色の万年筆のキャップを外した。そして、今しがた立ち寄ったクレール・ヴシューの店《フリアンディーズ》で控えたノートを整理した。《フリアンディーズ》には一時間あまりも留まっていた。商品の納入が大幅に遅れていたので、売場の半分近くがほとんどからっぽの状態だったのだ。

「どうかなさったんですの、サン＝ヴァルベールさん？」

上品そうな微笑をうかべてクレール・ヴシューは訊いた。

サン＝ヴァルベールは注文台帳にたっぷりと商品名を書き込んでから（ペリゴールのトリュフ入り軟かいパテ、カンブレの薄荷入り砂糖菓子、アルマニャックの香りのする大麦アメ玉をはめ込んだプラリーヌ・グラッセ、ジャスミン・ヌガー等々）、店を出る際、彼女の手にキスをしてやった。

「生活を一変させたんですよ、クレールさん！……そして、ずっとそれは続くと思っていたんですが……」

文化の集いに参加しようとする連中が――今夜は〝性教育のアドバイザー〟が来るのだ――今は他のことに使っている病院のホールにわんさとつめかけ、押し合いへし合いになっていた。自分はそのことに関して、多大な責任を担っていると信じ込んでいる一家の主たちが、かなり来ていた。その頃『駅馬車』というポスターが貼ってあるシネ・クラブ『ハリウッド』の客席には空席がまったくなかった。

夕食を食べ終わったシャンフィエは、並木道をぶらぶらしに外に出た。ヨランド・ヴィゴを必死になって探し始めていたのだ。散歩道の茂みにそって歩きだすとすぐに、シックな毛皮のコートに身をくるんだ二、三の街娼のシルエットと、彼女たちの顔の前に立ち昇る煙草の煙の小さな暈《かさ》が目に入り、あの娘たちがまた通りで仕事を始めたことがわかった。

重量トラック、ベルリエが町のほうへ向かって走っていた。

このトラックは、ジャンとジムが――このふたりの若者は、昨夜、ブレシュイールの少年鑑別所から逃げ出した落ちこぼれである――夕方近く、ムイユロンのある駐車場から盗んだものだ。荷台にはウィスキーを詰め込んだケースが載っていて、二日前に英仏海峡を渡ってフランスに入ったのだ。

ジャンが運転していた。ジムのほうは、すでにウィスキーを二本空にし、隣で酔いつぶれ、口を大きく開けて眠っていた。

ふたりとも十七歳の少年である。粗野でずんぐりとした身体つきをし、馬鹿面をしたチンピラ。ベッドタウンに咲いたドクダミという感じなのだ。

確かにジャンが運転しているのだが、奴ももうじき、ジムと同じ状態になるだろう。もう少しで空になりそうな酒瓶が、クラッチペダルから三センチしか離れていない奴の左足のすぐそばに置かれていた。まだ開けてない酒瓶が、カーブを切ると時々、トラックの床を転がっていて、ずんぐりとした不良少年はそれが邪魔らしく、踵で激しく向こうに蹴りやっていた。

夜はとっぷりと暮れていた。

トラックは町を横切りナントに向かう街道に出た。

ジャンは急にスピードを落とした。国道ぞいに立っているふたりの娼婦がヘッドライトの光に映し出されたのだ。

「くそっ！　こんなところにまで女が立ってるぜ！」

ジャンは仲間の腹を力一杯肘で叩いて起こした。酔いつぶれていた若者はなんとか意識を回復した。

「何だよ？　くそったれが！」

「目を開けろ、この馬鹿！　この辺に女がいるんだぜ！」

トラックは林にそって脇の暗がりを走った。かなりスピードを落とし、街道脇にある駐車場に止まった。


午後九時少し前。

怪文書の筆者、ヨランドを見つけられないシャンフィエは、諦めて他の女に近寄った。女は客を待ちながら、小音楽堂の階段の手摺りに背中をもたせかけ、アメリカ煙草を吸っていた。

「可愛いオニイさん、ね、あたしと一発やんない？」

「いや……おれは、あんたの仲間を探してるんだ……おれ、その女に惚れててね」

「誰さ？」

「ヨランド」

「ああ！　でも、あんたこんなところ探したってあの娘《こ》見つかりゃしないわよ。今なら国道の脇に立ってるはず……こんなところにいたって……」

女はどう行けばそこに行き着けるか教えてくれた。その場所から三、四キロも離れたところだった。シャンフィエは礼を言い、車に戻ろうとした。

「イケ好かないオマワリが！」と遠ざかっていくシャンフィエを見ながら、女は呟いた。「ムッシュはアタイたちに自分が記者か何かだと信じ込ませようとしているけど、お生憎さまだね！」

トラックに乗せられたスキンヘッドのヨランドは――ふたりの逃走中のチンピラは彼女に声をかけたのだ――シートの上で、ジャンに一発やられた。ジムのほうは、酔いすぎていて、まともに勃起させることが出来なかったのだ。三人は少し飲んだ――ほとんどふたりの少年が飲んだのだが――。そのうちに、逃亡者たちが喧嘩をおっ始めたのだ。ヨランドは何とか引き離そうとしたが、このふたりの馬鹿者は引っかかいたり顔を撲ったり、恥も外聞もなくやりだしたのである。

ヨランドは運転台から降りようとした。このアホなチンピラたちは、支払いすら済ませていなかったが、こうなったらしかたがない！

女がしかとして逃げ出そうとするのを見たチンピラどもは、突然、仲直りし、彼女に飛びかかった。ヨランドは顔を激しく叩かれ、鶏姦されそうになった。ジムとヨランドがまだもみ合っている時、ジャンはトラックを出した。

「そっちのほうへ行っちゃ駄目！」

ジャンが思い切り右にハンドルを切り、林の中のガタガタ道を走ろうとした時、ヨランドはそう叫んだ。

彼女は、四百メートルばかり先で、その道が行き止まりだということを知っていたのだ。そこは砂採り場で谷底になっており、六十メートルの深さの穴が真っすぐに掘られている。馬鹿なふたりはへべれけなのだ。金髪の少年は蛇行運転をしている。トラックを引っかく枝のかさついた音が娼婦を震え上がらせた。

茶色い髪の少年は両膝でヨランドを押え込み、腕を後ろに捩じ上げている。この落ちこぼれたちは金を盗もうとしていたのだ。

ヨランドは、瓶の口をアソコに突っ込まれるのではないかということも心配でならなかった。憎悪をむき出しにした時、この類のろくでなしの間で流行っているジョークのひとつなのだ。

トラックは下生えを断崖絶壁に向かって跳ねるように走っていた。

シャンフィエは路上にいたオッパイを丸出しにしている街娼の前で車を止めた。——こんな寒空に、オッパイなんか出していると、後で気管支炎にかかり、社会保険のお世話になるに決まっていると、いつも意地の悪い見方しかしないシャンフィエは思った——。

彼はヨランドのことを訊ねた。

「あの娘《こ》、トラックに乗ったわよ……ほんの少し前、そのトラック、どこかに走り出したわ、向こうの林の中、急坂のちょうど手前のあたりに入ったわよ。ヨランドが砂採り場のほうに稼ぎに行くなんて、信じられない……」

シャンフィエの車は教えられた道に入った。トラックにはかなり遅れをとっている。彼はスピードを上げた。と、トラックの赤いライトが見えた。ライトは黒い空に舞い上がったかと思ったらすぐに下がった。間髪をおかずして凄い音がした。トラック、ベルリエは断崖から真っ逆さまに転げ落ちていったのだ。谷底にぶつかった衝撃音が三十秒ばかり林の中に響き渡っていた。

奇跡としか言いようのないことだが、峡谷の底に転落したトラックは燃えてはいなかった。しかし、運転台の三分の二が姿形をとどめないほどつぶれている。その中でチンピラのひとり、運転していた奴が死んでいた。ドアの金属枠が喉に突き刺さっていた。重量トラックが地面にぶつかった時、先の尖った太いサーベルのように彼は顔面から飛び出し地面に突っ込んでいた。身体を硬直させたまま滅茶苦茶に折り重なったスクラップの下に横たわっている。首がぱっくりと口を開け、顔の下の部分がぐしゃぐしゃになっていた。傷から血がどくどく流れ出し、元は座席だった三つ折りの大きなマットレスみたいなものを真っ赤に染めていた。

そいつの仲間は、転落の際、外に放り出され、岩に激しくぶつけた頭が割れていた。そして数秒後、あの世に去ってしまった。

しかし、ヨランドはまだ生きていた。彼女も運転台だったところに閉じ込められていた。そしてふたつの鋼鉄の塊に両脇を押えつけられ、真っすぐに立った鉄の棒が何本かその塊から飛び出していた。そして、よく切れるノコギリのようなその棒は、彼女の顔のすぐ近くにあり、彼女に狙いをつけていた。そのうちのいちばん短い棒は、彼女の顎の真下にあって、杭のようにそびえ立っている。もし、この若い女が少しでも身体をくずしたら、その先端が身体に食い込み、彼女を串刺しにするだろう。ヨランドはあぐらをかくような恰好をしていた。胸のあたりをずたずたにされそうなので、まったく身動きが取れない。何とかバランスを保っているように見える一枚の鉄板が首を圧迫し、今にも頸椎を折りそうになっていた。

ヨランドはもう長くはないという気がした。胸のあたりから血が流れているのだ。何とか一方の乳房の下に手を置いてみることが出来た。血まみれの裂傷があるらしい。赤っぽい点と紫色の点が目の前を通った。眩しすぎる太陽のようだ。吐き気がして内臓がむかむかする。力が抜け、気絶しかかっているのを感じた。

シャンフィエは断崖の縁まで車を進めた。木の根っこにつかまりながら、断崖にそって下に降りていった。左側に急な斜面が見えている。

とても急いで降りたので、ズボンの裾はボロボロになり、埃で真っ白になった靴はところどころに裂け目が出来て砂が入っていた。

彼の目は暗闇を——とは言っても、まったくの闇夜ではなかった。月が空の大半の部分を青白く照らしていたのだ——素早く見通した。そうこうしていたら、トラックから放り出されたチンピラの死体にぶつかった。そして、若い女のうめき声を耳にしたのである。女がぐしゃぐしゃになったたくさんの鉄の中に閉じ込められていて、バーナーを使わないと彼女をそこから引き出せないことがすぐにわかった。

「頑張って！」とシャンフィエは叫んだ。「助けを呼んでくるから！」

しかし、すぐに彼は、元気づける言葉など無駄だとわかった。だが、他に何と言えばいいのか？

「呼びに行かなくていいわ……」ヨランドは何とか口を利くことが出来た。「もう、わたし駄目！……」

シャンフィエは、引っくり返っているトラックの上に腹ばいになっていた。そうして、彼は、元運転台だったところがどうなっているか、何とか見当をつけた。閉じ込められている場所に長細い口が開いている。城壁の銃眼に似た穴で、何とか腕が通せるものだった。焼けたゴム、鉄塵、油、過熱した鋼鉄や何かが焦げている臭いがしていた。おまけに、こわれたケースの中で百本ばかりのウィスキーの瓶が割れていたので、アルコールの匂いも漂っている。ちょっとした火花で、ぱっとすべてが燃えてしまうだろう。シャンフィエはその開いた口にやっとの思いで手を通し、女の指に触れることが出来た。娼婦の手はとても冷たかった。

鋼鉄の囲いの中で、ヨランドは逆さになっていたが、ちょうど彼女の正面にあるシャンフィエの顔が何とかわかった。めまいがヨランドを襲った。また吐き気がして、すっぱい胆汁が口からもれた。

シャンフィエは彼女の手を握り続けていた。だが、彼女の手から力が抜け、すべりそうになった。彼は少しでも身体の接触を保っておくために、指をしっかり握っていなければならなかった。

「道路に戻らなければ……」

彼女の耳には、はるか彼方からの声に聞こえた。

「消防隊が……すぐに……ここから出してくれますよ……トラックが燃えなくて幸いだった……すぐに戻ってくるから！」

ヨランドは超人的としか思えない力をふりしぼって、男の手を指で握った。

「い……行かないで……もう駄目よ！……」

「馬鹿なことを言うな！　時間がないんだ」

「あなた……は……シャンフィエでしょう?」

「いかにも、セヴラン・シャンフィエだよ、おれは！」

彼はヨランドを元気づけようと思って叫んだ。

「あなた……オマワリ……でしょう?」

「いや、違う！」

「バルボプールはそう思ってたわよ……彼女、そう言ったもの……彼女にはわかるのよ……臭いでね」

「おれはもうサツの人間じゃない！」

彼女は蚊の鳴くような声で話していた。シャンフィエは彼女の言っていることを聞くために、出来る限り耳をそば立てた。

「聞いて……わ……わたしもうじき死ぬ……馬鹿みたいに……」

「道路に戻らせてくれ、わからないのか！」

「もう遅いわ！……胸に穴が開いてるんだもの……力が抜けていくのがわかるわ……無駄なこと……することない……聞いて……あなた、殺人犯を探してるんでしょう……わたしたち売春婦にはわかったわ、鼻が利くのよ……馬鹿じゃないのよ、わたしたち」

「いや、違う。わからんのか、あんたは……」

「ごまかしてる時間はないわよ、シャンフィエさん。聞いて。匿名の手紙……あれ、わたしよ……」

どうしたらいいのかわからなくなったシャンフィエは——計画を立てる時間はほとんどなかったのだ！——頭を下げ、仮面を取ることを承知した。女の冷たく生気を失った指から、彼女は力つきる寸前だということがわかった。

シャンフィエは認めることにした。

「その通り。おれは調査してるんだ。友達が新聞を出してるから」

「手紙は……わたしだったのよ……そして、あなたがそのことを突き止めたことも知ってたわ。気がつかないふりをしたの……あなたがポストに絵の具を塗りたくったことも……わたしは、いくらなんでも盲目じゃない……知ってたわよ……」

彼女は話すのをためらった。

「それで？」

「もうあんまり時間がないわ、シャンフィエさん。こんなところでぐずぐずしてないで、すぐに映画館に飛んでいって。殺人犯があそこにいるから……必ず……今夜……また誰かを殺すわ……間に合えば……すぐに映画館に行って！」

「何を言ってるんだ？」シャンフィエは叫んだ、「殺人犯が誰か知ってるのか？」

「え……何ですって！」

「言ってくれ！」

ヨランドは黙りこくってしまった。深い静寂がトラックを覆った。シャンフィエは彼女が死んだと思った。だが、女の指はまだ彼の手の中にあり、かすかに動いた。

「言ってくれ、くそ！」


ヨランドが乗り込んだトラックを見て変に思った娼婦のひとりが、砂採り場のほうへ行こうとして林の中に入り、そこに来ていた。そして少し前から断崖の縁に立っていたのだ。うろたえてしまったその女は、シャンフィエの車の横を通ったが、まったく目に入らなかった。谷底に転落したトラックの黒い塊が、ぼんやりとだが目に入った。だが、女は、恐怖の叫び声をあげるのだけは何とか思いとどまることが出来た。足をくじき、ぬかるみに足を取られながら一目散に来た道を駆けだした。女はやっと国道に出た。ヘッドライトが目に入る。女は車を止めようとして突き進んだ。だが車は、ぎりぎりのところで彼女をよけ、夜の中に消えていった。

「ホモ野郎のくそったれ！」

女は、百メートルほど先に立っていた仲間のほうへ走りだす。そして、その仲間に飛びつき、今見て来たことを話した。

ふたりの女はヒッチハイクを試みた。しかし、普通のヒッチハイクではない。必死のヒッチハイクだった。道路のほぼ真ん中につっ立っているのである。

闇の中にヘッドライトの光が現われた。彼女たちは両腕を高々と上げ、滅茶苦茶に振った。まるで狂人のようだった。シトロエン2CVが停まった。ふたりは、何があったのかを説明しながら車に飛び込んだのだ。2CVは脇道にいったん入り、そこでUターンすると猛スピードで町に向かって走りだした。


「ここにあなたを放っておくわけにはいかない」

シャンフィエは繰り返し言った。

「いいの……馬鹿な真似はしないで！《ハリウッド》にすぐに行って……口髭を生やした茶色い髪の色男……ラテン・アメリカのプレイボーイって感じの男……たぶんあなたも知ってるはずよ、その男を……」

「誰なんだ？」

シャンフィエは叫んだ。

「並木道にあるティー・サロンのバーテンよ……可哀想な奴！……わたし、彼に同情してたの……」

シャンフィエは耳をそばだてた。遠くに、消防車のサイレンの音が聞こえていた。

「消防隊だ」

「わたしのことはいいから……さあ、早く！……」

ヨランドは、背中のあたりに引っ掛かっていた、開いたままになっているハンドバッグに手を差し込んだが、そうするのに六、七分もかかった。彼女はその中から鍵を取り出した。

「これを持っていって……わたしの部屋の鍵よ……」

シャンフィエは、彼の手を握っていた女の指が力を失ってゆくのを感じた。流されてゆく溺れた人のようだと彼は思った。怪我をしている女に触れようとして、出来るだけ腕を伸ばした。だが、思うようにはならなかった。

「鍵を……」

ヨランドは繰り返し言った。

ヨランドの声は、今やはるか彼方へ遠のいたかのように弱々しかった。深い裂け目の底から上ってくる声のようだった。

「家に……カセットが二本……」

彼女は、何とか鍵をシャンフィエに渡すことが出来た。シャンフィエは、冷たくて小さな物体が掌に載せられたのを感じてどきっとした。彼はそれをしっかりと握りしめた。

「二本のカセットに……あなたのために……ろく……録音したの……万が一の場合……聞いて

みて……すぐに……あなたなら……わかるはず……早く……わたし……もう……これ以上……話せ……な……い……わたし……」

シャンフィエは信じられないほどの力で拳を握りしめていた。手の骨が真っ白になっていたに違いない。掌の中で握りしめられていた鍵が生温かくなっている。もう一度、シャンフィエは結んだその手で怪我人に触れようと、腕を伸ばしてみた。そして、その腕を斜めに動かしてみた。だが、腕は空を切るばかり。腋の下がスクラップに挟まっていて、ねじ曲がった鉄板が絡み合っているところから腕を抜くのに、ひどく苦労した。レインコートの裾はぼろぼろになってしまった。シャンフィエは拳を広げて見つめた。生命線にまたがった恰好で、掌に載っていた鍵は光っていた。

シャンフィエは呼んでみた。

「ヨランド!」

静寂。肩に何か冷たいものを感じ、シャンフィエは身震いをした。

大きなマシンである消防車は、ぎごちなくゆっくりと林に入ってきた。サイレンは今も鳴り続けている。シャンフィエは、車に戻るだけの時間があるだろうかと考えた。質問に答えるのはまっぴらだ。彼は大急ぎで、断崖の坂を登り出した。ほとんど四つん這いで、動物のように突き進んだのだ。

ボロ車に飛び乗った。消防車のヘッドライトのまばゆい光が木立や茂みを通して光っている。エンジンをかけ、道のない下生えの真ん中を、ギアをセカンドに入れたまま突っ走った。ボロ車は切株の上を跳ね、フェンダーがいばらの茂みに激しくぶつかり、小石が飛び跳ねてすごい音を立てている。ライトをつけずにこうして一分ほど走った。サイド・ミラーでオレンジ色の大きな光を見た。まるで怪物の口のようだ。三秒間、林の中のシャンフィエの周りは、太陽の光がふりそそぐ昼と化した。腐植土が広がっているところに降った雪が凍りつき、アイスバーンになっているのが見えた。重量トラックが爆発したのだ。シャンフィエは車を止め、ウィンドーを下げた。人々の叫び声が聞こえてくる。砂採り場の側で男たちが大声を出していたのだ。消防隊の連中だ。だが、到着が遅すぎたのである。

苦い思いが頭を覆っていた——ヨランドのことを考えていたのだ——シャンフィエはガタガタの車をまた走らせた。

国道に出てすぐに、ライトをつけて猛スピードで突っ走った。——車体はスクラップにしてもおかしくない状態だったが、エンジンのほうはまだまだ快調だ——時速百十キロで町中に入った。憲兵隊のマイクロバスとすれ違った。その際、マイクロバスはさかんにライトをちかちかさせていた。

時刻は午後九時五十分だった。

## 16　カセット・ナンバー1

シャンフィエはなんなく、ヨランド・ヴィゴのステュディオに入ることが出来た。建物は静まり返っていた。大きなワン・ルームで、明るい照明がなされ、洒落た現代風の感じの家具類が備えられていた。入ってすぐ目に入ったものは、バーの前にある、脚立《きゃたつ》によって支えられている大きな板だった。その上には、新聞や雑誌が雑然と積み上げられていた。そして、大きなハサミが二丁と、それより小さなのが一丁、糊壺が二つ、破れた包みから半分ほど顔をのぞかせている白いタイプ用紙の束、それに封筒の束などが載っていた。

二本のカセットは、目につく場所、調度品にもなっている本棚の中央の棚にあった。その二本のカセットと小さな置時計、それにトランジスターラジオと写真立てに入った赤ちゃんの笑っている写真だけがその棚には置いてあった。その家具の足元でカセット・デッキを見つけた。カセットにはそれぞれ1、2と番号がふってあった。

シャンフィエは1のほうのカセットをデッキに挿入すると、肘掛け椅子に倒れ込むようにして坐った。波瀾万丈の夜で、ほとほと疲れ切っていたシャンフィエは、何もしてやれないうちに死んでいった哀れな女を目のあたりにしたせいで、気が滅入ってはいたのだが、強いウィスキーを注いで飲んだ。苦い酒だった。ぺしゃんこになったトラックの周りに漂っていた、頭が痛くなるような臭いを思い出さないようにしようとしたが、無理だった。
シャンフィエはデッキのスイッチを入れ、カセットを聞くことにした。
流れ出した声が、スキンヘッドの女のものだということはすぐにわかった。

「このテープに収められた告白は、セヴラン・シャンフィエさん、あなたへのものです。もしわたしに何かあったら――わたしの心配通り、殺人者がわたしを殺そうとするかもしれませんからね――わたしによって吹き込まれた、このふたつのカセットが届くようになっています。あなたがこのテープを手に入れることが出来るように、何らかの方法を取るようにします。まず最初に1と書かれたテープのほうを聞くことをお勧めします。わたしの告白はサツのためではないということをお忘れなく。わたしは、反吐が出るほどあいつらが嫌いですから。売春宿で、バルボプールかあさんは、あなたが一種の警官みたいな人間だということをすぐに嗅ぎ分けました。そういうことを嗅ぎ分けることにかけては、彼女の右に出る者はいません。ともかく、サツの人間をびっくりするぐらいよく知っているんですよ。彼女は、あの館の女たち全員に、あなたのことを伝えました。と同時に、あなたには親切にしたほうがいいと言いました。というのは、あなたが彼女に対してどちらかというと感じの良い態度を取ったからです。それでわたし、気をつけるようになりました。そして、あなたがわたしを見張ってるとピーンと来たのです。匿名の手紙を出したのは、わたし、ヨランド・ヴィゴです。老伯爵夫人の城の仕事に応募したわけですか？　あれは口実。付添人の仕事に職替えしようなんてつもり、まったくありませんでした。

ある夜、あなたはわたしを尾行しましたね。あの時、わたしを罠にはめようとしてやったちょっとした企みを、わたしはちゃんと見ていたんですよ。わたし、怪文書の筆者が誰だか暴かれること、つまり、わたしだとバレることを心から望んでいたんです。

あの時、わたし、あなたが元の仲間と手を組んで行動していると思っていたんです。わたし、あの手紙によって捕まりたかったわけ。尋問され、白状するためにね。他に方法がなかったわ。殺人犯を捕まえてもらいたかったんです。警察に捕まっていれば、わたしはすべてを白状していたでしょう。でも、直接警察に行くことだけは、絶対にしたくなかったの。殺人犯は友達で、可哀想な男だけれど、いい人なんですもの。もちろん、その……ある意味で、ですけど。彼を警察に売るなんていう卑怯なことをしたら、一生、彼はわたしを許さなかったでしょうね。しかし、わたしはどうしても、あの馬鹿に殺戮をやめてもらいたかったの。そこで、あの策略を用いたんです。彼はあの手紙にはまったく無関係なの。彼に相談せずにやったことなのよ、信じて。町で殺人が起こるたびに、わたしは怪文書を用意したわ。その後どうなるかおわかり？わたしは怪文書を書いた罪で留置され、刑事にぎゅうぎゅうしぼり上げられる。その時になってやっと、わたしは口を割るの。そのほうが警察にあの可哀想なジェラールを、ジェラールってのが犯人なの、平然と密告するよりかいくらかましでしょう。犯人のジェラール・ピナルドンは二十七歳。並木道のところにあるティー・サロンにもなっている小さなバー、《ダリア・クラブ》のバーテンをしている男です。彼は変態なの。でも、ちょっと待って、そのことについてはもう少ししたらお話ししますから。

しかし、ともかく、怪文書をばらまくというわたしの策略はうまく行かなかったの。というのは、少し後になってからだけど、あなたが刑事たちと手を組んでないことに気づいたわけ。正直な話、その時から、あなたがいい人だと思えるようになったわ。

刑事たちは匿名の手紙を真剣に検討してくれなかった。残念なことにね！　手紙には何でも書いたわ。ただし、カントワゾーに出した手紙と、一度だけ《オ・ヌーヴォテ》の主人に出したものは別。

わたし、カントワゾーに、木曜日に狩人風ウサギ料理《ラパン・シャスール》を出さないように要求しました。というのは、わたし、この町の仕組みを完全に把握してるんですもの。この田舎町で毎日繰り返されている生活をね。それは規則正しく、正確な仕組みよ。まるで時計のような動きなの。そのことを教えてくれたのはバルボプールよ。この町の動きについてだったら、どんな小さなことでも彼女は知ってるわ。だってあそこのサロンには、どんな噂話でも入ってくるんですもの。わたし、もしカントワゾーが狩人風ウサギ料理《ラパン・シャスール》を作らなかったら、ジェラールは人殺しをやめるに違いないということを知ってました。馬鹿みたいで、しかも恐ろしく、また同時に滑稽なことだった。でも、それがうまく行ったことがわかったの。十二月十三日、ジェラールは人殺しをしなかったから。

あなたが聞いているテープは、今日、つまり十二月三十一日に吹き込んでいます。

この小休止はずっと続くのでしょうか？　わたしはそれを強く望んでいるんですが。話をジェラールに戻しましょう。彼のことをあなたに話しておかなければなりません。五年前、まだ売春婦ではなく、ロワイヤンで小学校の先生をしていた頃のことです。ある夜、映画館で若い男がわたしに言い寄ってきました。事は簡単に進みました。何週間も男なしの日が続いていましたから、わたし、彼の言いなりになったんです。六月の美しい夜でした。わたしたちは浜辺に行きました。そこで、茶色い髪の色男がインポだということがわかったんです、どうしても出来ないという事実に直面した彼は、怒りの発作を起こしました。頭がおかしかったんです、ジェラールは。わたしを絞め殺そうとしました。わたしは必死になってもがき、何とか彼を振り払うことが出来ました。そして、奇跡が起こったの！　彼を落ち着かせることが出来たのです。わたしたちは一杯飲みに行き、長い時間話をしました。彼はわたしを信用しました。わたし、絶対訴えたりはしないと彼に誓いました。

あの頃、ジェラールは、あの町のブラッスリーでウェイターとして働いていました。彼は二十歳の時、ラ・ロッシュの映画館で女の子を引っかけたが、寝ることが出来なかったとわたしに語り、それでその女を絞め殺したと告白しました。その殺人は迷宮入りになったそうです。すぐにはわたし、信じられませんでした。でも、しばらくしてから、その頃の新聞を閲覧した時、ジェラールが本当のことを言っていたのだと、実際にわかったんです。とにかく、その女は確かに絞め殺されていました。彼が本当にその殺しをやったのでしょうか？　それとも荒唐無稽な話をしただけなのでしょうか？　わたしにはわかりません。ジェラールは十八歳までは普通にセックスが出来たと説明しました。まず売春婦と、そして普通の女という具合に。ところがその後、何度試みてもうまく行かなかったそうです。暗いホール、もっと正確に言うなら、映画館でしか勃起しなくなってしまったのです。彼が若い女に勇気をもって話しかけられる唯一の場所が、映画館だったわけです。そして……こんな表現を使うのを許していただければ、やれる場所もそこだったんです。

精神科の医者に診てもらったらと勧めると、わたしをののしるような口を利きました。それで、わたしたち、別れました。

一年前、ジェラールはこの町に住み始めました。並木道のカフェ、さっき名前をあげたところでバーテンをしていました。ある日、わたしたちはすれ違ったのです。ジェラールはすぐにわたしだとわかり、大変恐がっていました。八月のある夜、わたしたちは会いました。林の中で寝ようとして。でも、彼の病は悪化していました。娼婦とでさえ、愛し合うことが出来なかったのです。彼は発作を起こし、またもや首を絞めようとしたんです！　わたしは、精神科の医者か精神分析学者に診てもらいたがらない彼を強く非難し、その病気は絶対良くなるんだと言ってやりました。それ以来、わたしたちは会っていません。いや、一度だけ……第一の殺人が起こり、そして第二の殺人が起こった時、彼の仕業だとすぐにピンときました。それである日の夜、バーに行って彼に会いました。彼は自分が絞殺魔だと告白しました。ジェラールは自分の着想、つまり扇のことを得意がっていました。彼は完全に頭がおかしくなっていたのです。シネ・クラブで女を誘い、ここぞという時に何も出来ず、相手を殺していたのです。窮地に立たされるのが恐くてそうしたのよ。……つまり、ラ・ロッシュで犯した昔の殺人がバレるのが恐かったわけ……もしみんなに、自分が不能だと知れ渡ると、共通点や何かを嗅ぎつけられ、昔の殺人のことがバレるのではないかと思っていたの。

それからというもの、彼は毎週木曜日、人を殺しました。毎週木曜日にだけ。映画の日ですからね。木曜日になると、ジェラールはこう自分に言っていたに違いないわ。『もう一度、これが最後だから、やってみよう。ホールの暗がりなら女を口説ける。そして、一発やれるはずさ。どうしてもそうする必要があるんだ』毎週木曜日は賭だったに違いないわ。人生の賭、そうだったのよ！　でも、いつも駄目だった。それで犯行に及んだのね。

警察に密告しないと約束していたし……それに、わたし変人なのかもしれないけれど、密告って大嫌いなの。たとえ大量殺人者であるランドリューやプショーを警察に引き渡すためでも、密告するのだけは絶対にいやよ。

わたしが望んでいたのは、警察がわたしに自白させる、つまり、わたしがいやがっているのに無理やり話をさせるってことなの。だからさっきも話したけれど、あちこちに匿名の手紙を送ったの。四人、五人と殺されていった時、わたし本当に恐くなりだしたの。殺人者が誰なのかを知ってるのはわたしだけだから。もちろん、バルボプールの館でも、誰にも何も言わなかった。親しい仲間にもね。恐くてしかたがなかった。本当に恐くて恐くて！　密告されるのではないかと心配しているジェラールが私を襲うのでは、殺すのでは、とおびえていたの……。

そこで考えついたのが、もしもの場合にと思って……吹き込んだこのテープです。何はともあれ、あんな狂人が自由の身でいてはならないと思い、結局……アンジェで自動車修理工場をやっている兄に短い手紙を出したの。兄のことは全面的に信頼してるので。何も説明しないで――兄は絶対、立ち入ったことを訊いたりしない人なの――わたしに何かあったら、中に入っている封印された手紙をあなたに、つまりあなたの下宿屋の女将に送ってほしいと頼んだんです。その封筒の中には、わたしのアパートのスペア・キイが入っていて、アパートにある二本のカセットを手に入れて聞いてくださいと書いてあったでしょう。事情が呑み込めたら、殺戮をやめさせるために、どんな方法を取ってもかまいませんから行動に出てください。この種のことをやっていただくのに、わたしは一も二もなくあなたを選びました。というのは、もし警察がジェラールの正体を暴くと、殺してしまうに違いないもの。でも、彼が本来行くべき場所は、墓場でもムショでもないの、精神病院よ。

一本目はこれで終わり。ここまで聞いて二本目のカセットを聞く気があるなら、そこでは、町の仕組みを教えて上げましょう。

それじゃ、アデュー、ありがとう」

シャンフィエは、打ちのめされたように、かなりの間物思いにふけっていた。そして二本目のカセットを取ろうとした。その時、どきりとした。置時計の示している時刻を見たのだ。

午後十一時七分前。

「なんてことだ！　映画の上映がもうじき終わるじゃないか！」

シャンフィエはカセット・ナンバー2をレインコートのポケットに押し込んで、出口に飛んでいった。電気を消し、部屋に鍵をかけた。そして、照明のない階段を駆け下りた。しかし、転ばないように。

シャンフィエの車は全速力で、暗く人気《ひとけ》のない小道を突っ走った。ヘッドライトの光が先行している。まるで、その光は二匹の大きな青白い蝶のように、カーブを切るたびに壁をさあっと駆け抜ける。狂人の手で追い払われるように。

〈この町の手だ〉とシャンフィエは思う。

彼は《ハリウッド》に向かってまっしぐらに突っ走った。

## 17 殺人鬼

太腿を行ったり来たりしている男の手が、本当に女を興奮させていた。映画館の席で右隣にいる男が『駅馬車』の有名な映像、襲撃シーンが流れ出すとすぐに、本格的なアプローチを始めたのだ。スクリーンには、尖峰の頂《いただき》にインディアンたちが突如現われ、乗合い馬車が突っ走る広大な砂漠に群がってゆくシーンが映し出されていた。

今、手は——許可など得ずに抜け目なく！——パンティの中にもぐり込もうとしていた。先行した二本の指が股のところに置かれている。女は傘のように濡れていた。すでに六週間あまり前に、それまでこの小さな町を覆っていた悪夢は消えてしまったような気がしていたので、女は、この映画を見に行こうとして、今夜思いきってひとりで外出したのである。女が〝未亡人〟になって、やがて四か月になろうとしている。彼女の夫は、ドアの音を鳴り響かせ、スーツケースを持って出ていったきり、もう戻ってはこなかったのだ。

男の暗くいやらしい、しかし大変効力のある闇の中での誘惑をきっぱりと拒否出来ず、最後には全面的に身をゆだねてしまったのはそのためである。

ホールの照明が消える前に、女はこの若い男をちらっと見ていた。――なかなかいい男だわ、本当に。腹も出ていないし、下ぶくれの垂れた顔でもない――。

彼女には、後でこの男がセックスをしようと持ちかけてくるのがわかっていた。そうなるのは決まり切っていることだろう。男はわたしを彼の家に連れていくのかしら？　それともわたしの家で？　そのどちらでもないとしても、一歩外に出れば、そういうことの出来る場所には事欠かないわ、この辺は……。

シャンフィエは何とか間に合った。路地の入口にガタガタのセダンを二重駐車させた。すでにたくさんの車が駐まっていて――たぶん、映画ファンの連中だろう――しかも、十台以上のミニ・バイクとオートバイが車道はおろか歩道にまで並んでいたのだ。

映画館が人を吐き出し始めた。人々が出てきて、路地にあふれている。シャンフィエは壁に背中をくっつけて、くぼみになった暗がりに立ち、人々の顔を細かく見た。彼は特にカップルをよく見ていた。

〈ああ、やっとおれの探していた顔が……〉

シャンフィエは〝田舎の伊達男〟、並木道に面したティー・サロンにもなっている酒場で見たことのある、口髭を生やしたハンサムなバーテンをほんの少し前に見つけたのだ。かなり背が高く、痩せたブロンド女が彼の隣にぴったりと寄りそうようにして歩いていた。三十歳ぐらいのその女は、シベリア貂《てん》に似せた毛皮のコートを着、黒く太いベルトでウエストを締めていた。なかなかスタイルの良い女である。女は少し頭を下げていた。ふたりは黙りこくったままだ。男は女のウエストのあたりに手を置いたが、気のない感じがしていた。

シャンフィエはふたりの後をつけた。

道を上がったところで、そのカップルは鮮紅色のトヨタに乗り込んだ。

車はショーレ街道を北側の郊外のほうへ向かっていた。人家がまばらになってきた。シャンフィエの古い車は、それほど距離をあけないようにして尾行していた。

トヨタはバス停の近くに停まった。カップルは競技場にそって、公園の中に入っていった。

今度はシャンフィエが、彼らの車より十五メートルばかり離れたところに停めた。歩道の暗がりに自分のルノーを置きっ放しにし、彼も公園に入った。足を忍ばせ、首を伸ばし、錐《きり》のような鋭いまなざしをしている。まさに覗きをやる人間の恰好だ。

男はまったく不能だった。そして今、男は女の上に自分の体重をかけ、押しつぶさんばかりの力でのしかかり、絞め殺そうとしていた。彼らは小道からさほど離れておらず、またすべり台やブランコがある遊び場からもほんの数十メートルのところにある、はげた芝生に倒れていた。

その若い女は叫び声を上げた……。

彼は猛り狂って女の喉頭を押しつぶそうとした。これまでの場合と同じように、彼は、割ろうとしているクルミを連想した。鋼鉄製のパンチのように固い二本の親指が、女の首に穴を開けそうになっていた。彼女はあえいだ。もう一度叫び声を出そうとしたが、ぜいぜいと喉が鳴っただけだった。

「あばずれ！……あばずれ！……」

気違いじみた力を出し、袋から出る猫のような敏捷さで、何とか女は彼から逃れた。呼吸をしようとする。彼は獣のように女に飛びかかった。その力は、女の手首を折ってしまうほど強かった。

男たちが小道を走っていた。

「こっちだ！……ブランコの後ろ！」

今度はシャンフィエが子供の遊び場のほうに駆けだした。

拳銃を握った三人の若者は、息を切らせてグラウンドのほうへ走っている。彼らは刑事たちなのだ。犯罪捜査班の責任者がこの町のほとんどすべての警戒すべき場所、公園、並木道の茂み、小公園《スクエア》、空地、ふたつの大きな鉄橋の下、その他に部下を配置しておいたのである。

女は死んでいた。舌がだらりと垂れ、大きく開いた目が夜空をじっと見つめていた。この輝きを失った小さなふたつの星は、手の届かない高みにちらばって、ずっと以前から光っている他のすべての星に笑われるに違いない。

灰色がかった扇がゆっくりと女の足の上に落ちた。

殺人者は急いで公園を横切ろうとした。まさに人間狩りが始まったのだ。人の呼び合う叫び声が響いている。

変質者はこの場所を知りつくしていたに違いない。壁をよじ登って、隣にある競技場にもぐり込むことに成功したのだから。

犯罪捜査班の刑事たちはハンド・トーキーを持ち歩いているだろうか？　しかし、いずれにせよ、競技場の正門の前に配置されていた別の刑事がふたり、変質者を毅然として待ち構えていた。

刑事たちの姿を見たシャンフィエは――あの男たちは冷気に当たりにやって来た不眠症の人だよ、なんて彼に言ってはいけません――来た道を引っ返したほうがよさそうだと思った。

再び車に乗り、競技場の大きな入場口まで人の歩く早さでゆっくりと走った。

そこで車から降りる。ちょうどその時、バンバンと銃の音がした。シャンフィエは鉄格子の門に鼻を押しつけた。再び沈黙を破って掃射音が鳴り響いた。

流れ弾がシャンフィエの胸に当たったった。彼はよろめき、鉄格子にしがみついた。顔がゆがむほどしかめっ面をした。激痛が走る。しかめっ面がさらにひどくなり、顔はゆがみっ放しだった。もうしばらくすると、その顔は折紙みたいにくしゃくしゃになるだろう。手は死にかけたカニみたいに開いた。ゆっくりと地面に向かってすべり、古着のひと塊のようになってアスファルトの上に崩れ落ちた。

競技場の芝生の真ん中では、ジェラール・ピナルドンの身体にふたりの刑事が身をかがめていた。殺人鬼は、頭、腹、一方の肩、両脚の八か所に弾をぶち込まれていた。まだ呼吸をしていた。おそらく痙攣しているのだろう。

その三分後、警官たちは格子門の下で、腹ばいになって喘いでいたシャンフィエを発見した。警官たちは、手荒にといってもおかしくないやり方で、彼を仰向《あおむ》けにした。ボタンの止まっていないレインコートの中で、セーターやシャツが血で染まっているのが目に入った。

彼らは、思わず乱暴な言葉を口にした。自分たちの犯した過ちが原因なのだ。また署内で人事異動があり、警察を嫌っている新聞がいっせいに馬鹿げたことを書き立てることになるだろう。

## 18 カセット・ナンバー2

競技場で起こった事件を締め切り時間ぎりぎりに知らされたフレッド・フォルジュクランは、

新聞名の上に以下のような大見出しをつけて、一月二十五日、金曜日付の「我が家の一週間」を発行することが出来た。

〝風吹きジャック、昨夜またも公園で若い女を絞め殺す〟

〝警官たちが容疑者に発砲、男は昏睡状態にある模様。通行人がひとり、流れ弾に当たって重症〟

「ロセアン＝エクレール」だけがトラック事故についてふれていた。死者は三名。そのうちの二体は、それぞれ一部が黒焦げになっていた。

ジェラール・ピナルドンは頭を撃たれており、町立病院の小さな個室に収容されていた。二十四時間前から昏睡状態が続いているのだ。危険な状態なので、刑事たちは彼を尋問することが出来なかった。

胸を撃たれたシャンフィエは――弾は心臓から一センチしか離れていない部分に入っていた――他の病室にいた。犯罪捜査班の刑事たちは間もなく、元同僚がこそこそとひとりで調査していたことをつきとめた。主任刑事は、シャンフィエの車にあったカセット・ナンバー2を押収していた。

一月二十四日に殺人が起こったので、次の木曜日、ド・シャンボワーズ嬢はホームレスに小額の金、つまり二百フランを渡してやった。彼女は正しく占い、偉大な占星術師のひとりであることがわかってうれしくもあり、得意な気持ちでもあったのだ。

ホームレスのメサンジュは《レストラン・ド・ラ・ガール》に夕食を食べに行くはずだ。午前十一時頃、彼はそのことをレストランの女将、リュシエンヌ・エショドゥアンに知らせた。自分を震え上がらせる男が店で夕食を取ることを知ったウェイトレスは、休みを取り、店を出ていってしまった。今夜、愛するウェイトレスがいないので、プティボスケは《レストラン・ド・ラ・ガール》で夕食を取らないはずだ。昼食を食べに来た際、彼はフィネットが休んでいることを知ったのだ。そうしたら食欲をなくし、何も食べず、あっという間に店を出ていってしまった。そして事務所に戻った時、こう思った。

〈今夜は昼の分まで食べるぞ〉

フィネットがいないと、あのレストランは信じがたいほど陰気なのだ。午後、プティボスケはせっせと歩いた――ほとんど歩き回らないのだから（そのせいで、腹が出、尻もたるんでいる。それに、静脈瘤、便秘、不眠などを抱え込んでいるのだ）、彼にとってはとても良いことだ――そしてカントワゾーの店に行き、ここで夕食を取ると彼に告げた。このちょっとした散歩は、何はともあれ、電話よりはためになるのである。

アガトは顔をほころばせた。それはもう何ともいえない微笑だった！　七月の太陽が、空高くさんさんと輝いているみたいだ！

午後一時二十分、太っちょの娘は夜のメニュー、仔牛のヒレ肉ポワティエ風《ルーエル・ド・ヴォー・ポワトヴィンヌ》を表に貼り出しておいた。その前、正午頃、ユルルジョームはいつものように、自分が狩りでしとめた獲物をカントワゾーの店に持ってきた。その獲物とは、二十匹ばかりの野ウサギなのだ。

プティボスケが自分の店で夕食を取ることを知ったカントワゾーは、午後三時頃、仔牛のヒ《ルーエル・》レ肉ポワティエ《ド・ヴォー・ポワトヴィンヌ》風と書かれたメニューを取りはずし、代わりに狩人風ウサギ料理《ラパン・シャスール》と貼り出した。ぞっとするような悲劇に変わりそうだったブレアでの思いもよらぬ出来事以来、家族の聖者となった愛すべきユルバン・プティボスケがこの上もなく好きな料理が狩人風ウサギ料理《ラパン・シャスール》なのだ。

今夜は狩人風ウサギ料理《ラパン・シャスール》に決まった。ユルルジョームはそのことを大変喜んだ。もし、彼――この県を代表する狩猟家――の意に反することが起こっていたら、ほとんど取り返しのつかない公衆の面前での侮辱だと彼は思ったことだろう。

楽しそうにユルルジョームはショーウィンドーの飾りつけをした。

今週は〝リンネル製品の週〟である。

彼は口笛を吹き、デルメやスコットの曲をハミングしながら仕事をしている。幸せいっぱいの男なのだ。

午後六時十五分頃、今週の〝木曜日の客〟であるこの地方の美術館エヴァリスト・ド・ティベルメニルの館長が《ヌーヴォテ・ド・ラ・キャピタル》に姿を現わし、刺繍入りのシーツを数枚と枕カバーを数枚、そして素晴らしいネグリジェを買った（〝カンタベリー公爵夫人が去年の秋から、サセックスの新しい城でお召しになっているものと同じ〟というふれ込みであった）。

彼はプレゼントを娼館に持っていき、牝豹《パンテール》に渡した。これでパンテールは「OK」といい、彼らは一緒に過ごすことになるはずだ。

美しい娼婦と自分のグラナダ・ステーションワゴンの中で戯れることが出来ないとわかったセールスマン、サン＝ヴァルベールは、夕方近くにクレール・ヴシューの店《フリアンディーズ》に注文を取りに寄った。

そのおかげで、美しい商店経営者は、早い時間から身体が空いた。そこで「我が家の一週間」の編集室に愛人を訪ねた。

心から喜んだフォルジュクランは酔っ払ったりはしなかった。この付近に住んでいる人間に情報を伝えるのを目的として、レイモン＝ルーセル文化センターに行き、そこで行なわれる文化集会の模様を取材した。

〝百合の心と素晴らしいフランス〟という王党派団体の活動家たちが、元の病院に集まっていた。グラン・コンデ（アンリ二世の息子、後にルイ二世となる）の従者だった騎士の直系にあたる、エドモン＝ルイ・ド・ラ・ショヴィスエール侯爵を中心に、大討論会が行なわれるはずだ。午前零時から一時頃になるまでは、絶対終わらないだろう。

映画館から戻る際、たくさんの人がいるホールを横切ることになると確信した管理人のマルシャイヤは、《ハリウッド》を開けに行くことにした。

だが、今夜は、暗いホールに殺人者はいなかった。

わかり切ったことだが。

次の木曜日、一月三十一日。

先週、殺人が起こらなかったので、悲嘆に暮れたド・シャンボワーズ嬢は（星の動きを読み違えたのだ。〝第六感〟が、憂慮すべきほど鈍っていた等々が原因である）ぼろ服を着た男に〝小額〟の金を与えなかった。金がないので、ホームレスは《レストラン・ド・ラ・ガール》に行かないはずだ。

こんな具合にして、いろいろと町の動きが変わった。

次の金曜日。今もなお入院しているのだが、危険な状態ではなくなったシャンフィエは、偶然、新聞が〝第一の容疑者〟とよんでいる男、ジェラール・ピナルドンが、受けた傷が原因で死亡したことを知った。

バーテンはおそらく何も話さなかったに違いない。ジェラールは絶対ひと言も白状しなかったのだろう――この点について警察は口をつぐんでいた――もし話していれば、マスコミがそれを取り上げていたはずだ。

「ル・マタン」の見出しはこうだ。

〝競技場で撃たれた容疑者は殺人鬼だったのだろうか？〟

〝警察自身が疑問を抱いている。十分な証拠はそろわず……この若者は何も話すことの出来ないまま死亡した〟

シャンフィエはジェラール・ピナルドンが〝風吹き魔〟だったということを十分すぎるほどよく知っていた。

警察に話すだろうか？

シャンフィエは、トラックの事故で死んだ娼婦のアパートに置いてあるカセット・ナンバー1（ヨランド・ヴィゴが告白した意外な事実）のことを考えた。そして、車の中に置きっ放しになっているまだ聞いていないカセット・ナンバー2のことを思い出した。

退院し、静養のために海辺に行く前、町役場のパーキングに置かれている車から、カセットを取り戻してこようとした。だが、カセットはなくなっていた（手がつけてあった葉巻の箱、コンドームの入っていた大きなボール箱、〝ナッツ〟というチョコレートが三つ、これらも消えていた）。

シャンフィエは警察に訊きに行った。だが、警官たちは、絶対に誰もきみの車の中を探ってみたりはしなかったと言い切って、シャンフィエを追い払った。

シャンフィエは下宿屋に帰った。そこで「モン・クリム＝コンプレ」誌をやっている友人の手紙を見つけた。彼からの手紙には、シャンフィエの報告が気が遠くなるほど遅れているので、クビだと書いてあった。

またもや失業者になったわけだ。彼は二進《にっち》も三進《さっち》も行かなくなってしまった。しかし、友人には五千フランの小切手（経費として）を手紙と一緒に同封するという、思いやりがあった。

シャンフィエは銀行に行ってそれを金に替えた。そして、ノワールムーティエ島（橋が出来てから前よりつまらないところになってしまったが、それでも静かなことだけ確かだ）の小さなホテルに行って、静養することにした。あの事件については新聞で追い続けている。カセット・ナンバー2のことをよく考えた。新聞は中面でしか事件のことを報道しなくなっていた。殺人は起こらなくなったが、ピナルドンが殺人鬼だったかどうかは今も謎のままだった。

犯罪捜査班の責任者はパリに戻ってしまったが、パリの刑事たちが何人か町に残り、《ダリア・クラブ》の死んだバーテンに不利になる証拠を集めようと一所懸命だった。

シャンフィエは青灰色の大西洋が見える場所に置かれた長椅子に坐り、ホテルの主人が喜んで貸してくれた毛布にくるまっていた。そうしていたら、少しずつ、どうにも変えようのない町の仕組みがわかり始めた。

シャンフィエは、手にしていた古い雑誌「ラダール」の隅にこう書いた。

殺人＝町の秩序

殺人が起こらない＝無秩序

よく考えたあげく、すべてが関連していることに気づいた。

〝風吹き魔〟が殺人を犯すためには、どうしても映画館が開いていなければならない。そして、彼の観察結果から判断すると、もし木曜日のディナー・メニューにカントワゾーが狩人風ウサギ料理《ラパン・シヤスール》を載せないと、映画は上映されないということになる。ということは、つまり……。

町役場の事務所の中で、犯罪捜査班の刑事のひとりが、シャンフィエの車の中から持ってきた〝2〟と書かれているカセットをまた聞いてみた。

ヨランド・ヴィゴの声が聞こえてくる。

「……どうおわかりになるかしら、殺人者は映画館の暗闇で女を誘う時しか、人を殺さないんです。だから、映画が上映されなければ事件は起こらないわけ。

映画が上映されるためには、文化センターの女管理人が《ハリウッド》の扉を開けに来なければならないんです。

でも、彼女が映画館を開けることを承知するためには、映画館を閉めた後、戻れることが確実でなければならないの。つまり、自分の住まいに戻ろうとして元病院のホールを横切る時、まだ人がいっぱいいることが確かでなければいけないわけ。

午後十一時頃、文化センターにまだ人がいっぱいいるためには、大討論会が行なわれていなければならないんです。つまり、メイン・ゲストがその時間までいてくれることを承知しなければいけないわけ。

メイン・ゲストがいることを承知してくれるためには、地方紙の社主フォルジュクランが、その会合の報告記事で四ページを埋めるために、現場に来なければならないんです。そうじゃないと、文化センターに来た人々は集会を早目に切り上げ、どんなに遅くとも午後十時には帰ってしまうのよ。

フォルジュクランが自分の仕事を引き受けるためには、彼の気分が穏やかでなければならないの。特に、酒を飲まずに明晰な状態でいてくれなければいけないんです。酔っ払っていたんでは駄目なの。

フォルジュクランがノーマルな状態でいるためには、彼の愛人、彼の人生そのものである女、クレール・ヴシューが遅くとも午後七時頃には、編集室にいる彼に会いに来なければならないんです。彼が新聞を仕上げ、集会のルポルタージュ原稿を印刷に回した後で、愛の一夜を過ごすためにね。もしクレールが来ないと、フォルジュクランはへべれけになり、つつがなく新聞を発行する能力をいとも簡単に失ってしまうわけ。

クレール・ヴシューが新聞社に来るためには、あまり遅くならない時刻に身体が空かなければならないの。つまり彼女は、高級品店の仕入れをまかなっているセールスマン、ラウール・サン＝ヴァルベールを、ペローの書いた『青髭』に出てくる聖アンナのように、今か今かと待ちながら店にいてはいけないわけ。

クレールが何時間もサン＝ヴァルベールを待たないためには、セールスマンがふだん通り、《レ・フリアンディーズ・ド・フランス》に、午後五時から六時の間に姿を現わさなければならないんです。それ以上遅くては駄目なの。

サン＝ヴァルベールがクレールの店に来るためには、牝豹《パンテール》が、夕方から夜中までずっと、彼とステーションワゴンで寝ていてはいけないんです。つまり、彼の身体が空かなければならないわけ。彼は午後の遅い時間に彼女と過ごせるかどうかを知るの。

セールスマンが、ピカルディー出身の美しい女の腕の中で一夜を過ごさないためには、牝豹《パンテール》がその同じ夜を、〝木曜日の客〟のために空けておかなければならないわけ。

〝木曜日の客〟が牝豹《パンテール》の魅力にあずかるためには、男は彼女に、《ヌーヴォテ・ド・ラ・キャピタル》で買ったプレゼント、しかも、ショーウィンドーに置かれたばかりの新しい品物を持って行かなければならないの。

〝木曜日の客〟がそのプレゼントを買えるためには、ユルルジョームがショーウィンドーの飾りつけをやらなければならないわけ。

ユルルジョームがショーウィンドーの飾りつけをやるためには、彼の気分が良くなければならないの。そのためには、ユルルジョームが狩りで射止めた獲物、つまり、たくさんの野ウサギを、カントワゾーが引き取らなければならないんです。密猟者の息子ユルルジョームは、信じられないほど傲慢な狩人で、町の名士たちが自分の獲物であるウサギを食べるのを見ると、とても誇らしく思うってわけなの。育ちの悪かった人間の復讐なのよ。おわかりになるわね。だから、どうしてもカントワゾーはウサギ料理を作り、レストラン《オ・トロワ・クトー》は、木曜日の夕食に狩人風ウサギ料理《ラバン・シャスール》を出さなければならないというわけ。

ウサギを料理に使わず、そのままユルルジョームに突っ返さないためには、カントワゾーが、大嫌いな狩人風ウサギ料理《ラバン・シャスール》を作ることを、結局しぶしぶ承知しなければならないんです。

カントワゾーがその犠牲的行為を承知するためには、保険屋のプティボスケがその日の夕食を《オ・トロワ・クトー》で取ることを伝えるのが絶対条件なわけ。プティボスケはあの家族の聖人なの。理由は、溺れかけていた娘のアガトを助けたから。プティボスケが凄く熱中しているものは、《レストラン・ド・ラ・ガール》のウェイトレスに対して密かに抱いている愛と、狩人風ウサギ料理《ラパン・シャスール》を食べることなの。人の趣味っていうのは永遠の問題ね……。ところで《レストラン・ド・ラ・ガール》では絶対ウサギ料理を作らないの。というのは、数年前、狩人たちがあそこの女将さん、リュシエンヌ・エショドゥアンがとても可愛いがっていた猫、彼女の両親のところから来た猫を、あやまって殺してしまったの。そうしたらあの単純な女の頭の中で、連想が働いたわけ……ウサギと……猫が……つまり、早い話、彼女は死んだウサギを見ると嫌悪感を催すようになったの。

カントワゾーに話を戻すけれど、彼はひとりの客のためにだけ狩人風ウサギ料理を作る気はないから、プティボスケが食べる時は、みんなもあの料理を食べるわけ。《オ・トロワ・クトー》はいつでもメニューに一品しか載せないんです。

プティボスケが《オ・トロワ・クトー》に狩人風ウサギ料理《ラパン・シャスール》を食べに行くためには、《ラ・ガール》に夕食を食べに行かないという選択をしなければならないの。彼は毎日あそこに通っているんですけれどね。

プティボスケがいつも行っているレストランを裏切るためには、彼が気違いみたいに惚れ込んでいるウェイトレスが、木曜日、仕事を休んでいなければならないわけ。

そのウェイトレスが木曜日に仕事場を離れるためには、ホームレスのメサンジュが、午前十一時頃、その日の夕食をそこで食べるとリュシエンヌ・エショドゥアンに言いに来なければならないんです。ウェイトレスは死ぬほどメサンジュが嫌いで、しかも恐がっているの。あのボロ衣を着た男が昔、彼女をレイプしようとしたことがあったからなのよ。あえて訴えはしなかったけれど、あの男をとても許す気にはなれず、いみ嫌っているわけ。だから、メサンジュが《ラ・ガール》に夕食を食べに来る時は、彼女は仕事を休むほうを選んでしまうの。

メサンジュが《ラ・ガール》で夕食を食べるためには、ド・シャンボワーズ嬢から百フラン札二枚を受け取らなければならないんです。

ド・シャンボワーズ嬢が二枚の札をホームレスに与えるためには、彼女が幸せな気分、つまり、天体の動きを正しく視て、次の殺人を正しく予知したという喜びを味わっていなければならないの。そうすると彼女は、自分に霊感を与えてくれる良き天使だと思い込んでいるメサンジュに、二百フランを与えて、感謝の気持ちを表わすというわけなの。彼を介して〝天〟にお礼をするわけ。

ド・シャンボワーズ嬢がちゃんと正しく視て取ったことを喜ぶためには、その前の木曜日に殺人が起こっていなければならないんです。

そのためには、映画が上映されていなければいけないわけ。そうじゃないと、サディストは殺人を犯せないんですもの。

映画が上映されるためには、文化センターの女管理人が《ハリウッド》の扉を開けに行かなければならないの。

こうやって続けてみてください。

もし何らかの理由で、カントワゾーが木曜日の夜に狩人風ウサギ料理《ラパン・シャスール》を作らないと、ユルルジョームは怒りだすの。午後にシェフの嘆かわしい決定を聞くと、彼はカントワゾーを非難しにやって来て、午前中の遅い時刻にレストランの主人に渡しておいた彼のウサギ、まだ皮がはがされていないもとのままのウサギを持って帰るんです。そういうわけで、ユルルジョームは、障害のある子供たちの世話をしている、元司祭だったふたりの男に、ウサギをやりに出かけるの。つまり、マシュクール街道にある城に行くわけ。そこの子供たちに会いに行く時、ユルルジョームはショーウィンドーの飾りつけをやりません。そして、ユルルジョームが慈善施設に姿を現わすと、誰かがこの商人の愛人、《ジュシエ＝ヴァントゥルイユ》の人事課長、マリー・モランディエにその旨を急いで知らせるわけ。

やっとまた愛人に会えるという思いに取り憑かれたその若い女は、何の説明もせずに、あわてて職場を離れてしまいます。そうすると、木曜日の午後三時または四時以降、工場の生産高は憂慮すべきほどひどく低下するの。そして従業員の労働力の低下は、金曜日の夕方まで続きます。その日、マリー・モランディエは気が狂わんばかりのエロチックな夜を過ごした後なので、まったく元気がなく、ぐったりしているわけ。下っ端の従業員たちは、どんな場合でも容赦せずに、これ幸いと仕事をサボるの。

ユルルジョームがショーウィンドーの飾りつけをしないと、〝木曜日の客〟は《オ・ヌーヴォテ》で何も買うことができません。自分が与える魅力と引き替えに、要求したプレゼントを貰えないとなると、多大な権力を持っている街娼組合員の牝豹《パンテール》は、バルボプールのところにいる女の子たちに、ストライキに入るよう命ずるんです。だから、その夜、通りに売春婦がいなくなるわけなの！〝木曜日の客〟のために自分の夜を使わない牝豹《パンテール》は、結局サン＝ヴァルベールと寝ることを承知するわけ。普通は、セールスマンのステーションワゴンでそうするのよ。

サン＝ヴァルベールは《レ・フリアンディーズ・ド・フランス》に注文を取りに行かず、夕方前から牝豹《パンテール》と一緒にいるんです。ラウール・サン＝ヴァルベールが高級品店になかなか姿を現わさないと、女主人のクレール・ヴシューはとんでもなく遅くまで、そのセールスマンを、むなしく店で待ってるの。

クレール・ヴシューはセールスマンを待っているので――彼女は密かに彼に恋してるんです――フォルジュクランが待ち受けている「我が家の一週間」の編集室には行かないわけ。クレール・ヴシューが来ないと、フォルジュクランはふられたと思い込み、死ぬほど酒を飲み、まさに震顫譫妄に陥りそうになるまで酔っ払うんです。その結果、夜の文化集会を報道することも、新聞の発行をつつがなく進めることも出来なくなるらしいわ。新聞記者が文化センターに自分は行かないと知らせる、あるいは午後八時を過ぎても彼が会場に現われないと、その夜、あそこに集まっている連中は大討論会を取りやめてしまうんです。夜の集会は火が消えたようになり、ふだんよりずっと早い時刻、午後九時半頃にはお開《ひら》きになってしまうわけ。

フォルジュクランがセンターに来ないことを知った管理人には、午後十時をすぎたら、ホールが空っぽになってしまうことがわかるのよ。映画館を閉めてから——それは彼女の職務になっているんだけれど——誰もいないホールを横切りたくないし、どうしても避けることの出来ない発作が起こってしまうのがいやで、彼女は自分の家から出かけるのをやめてしまうんです。つまり、《ハリウッド》を開けに行かないわけ。映写技師は、何があっても、彼女のところに鍵をくれと言いに行きはしないのよ。あのふたりはすごくいがみ合っていて、今はもう絶対口を利かないんです。映写技師は自分の機材を持ってどこかに行ってしまうの。そうすると映画ファンは列を作るのをやめて、あちこちに散っていくわけ。その大半の人間は、この町のビストロに押しかけるんだけれど。

暗いホールを失ってしまった殺人者は、その夜は人殺しをしないわけ。

殺人が起こらないとド・シャンボワーズ嬢は、自分の予言が間違っていたと思い、深く傷つき悲しみに暮れ、絶望感に苛まれて一種のヒステリーを起こすんです。そして、幸運をもたらすのをやめ、自分を愚弄しているのではないかとホームレスのメサンジュを疑い、彼に不快感を抱くの。だから、妹の家に行こうとして外に出ても、彼に二枚の札を渡さないわけ。

金を貰えなかったメサンジュは《ラ・ガール》に夕食を食べに行かないの。強姦者が《ラ・ガール》に夕食を食べに来ないと、その日、ウェイトレスは自分の持ち場を離れる理由がまったくなくなるわけ。他の日と同じようにあのウェイトレスが働いていることを、彼女に恋しているプティボスケが知ると、いつも通りに《ラ・ガール》で夕食を取るのね。

保険屋のプティボスケが《オ・トロワ・クトー》に夕食を食べに来ないと、カントワゾーはほっと溜息をつき、ユルルジョームのウサギを料理せず、午後三時から午後四時頃になっても、扉のところに貼ってあるメニューを変えないわけ。

とても気分を悪くしたユルルジョームは、自分のウサギを引き取り、それを町から四、五十キロメートル離れたところにある子供たちの施設に持ってゆくんです。施設に行く時は、ショーウィンドーの飾りつけはやらないの。

そうすると、〝木曜日の客〟は《ヌーヴォテ》で何も買物が出来ず、牝豹《パンテール》はセールスマンと寝る時間が出来る。クレール・ヴシューは現われるはずのない出張セールスマンを待ち、フォルジュクランも現われるはずのない愛する女を待つわけ。そして彼は飲み始め、夜の文化集会のレポートをやれなくなる。〝文化人たち〟は早い時間にセンターを出、ペリーヌ・マルシャイヤは《ハリウッド》を開けに行かなくなってしまうわけ。

そうすると、殺人者は人殺しをしないの。

次の木曜日、ド・シャンボワーズ嬢は、また一銭もほどこしなどせずに、メサンジュの前を通る。金のないメサンジュは《ラ・ガール》でのご馳走にありつけなくなる。このように町の動きは連関しているわけ。

さて、ジェラール・ピナルドンだけれど――わたし、このことを彼に話したの――彼は町のこの〝仕組み〟を完璧に知っていたわ。木曜日、《オ・トロワ・クトー》の夕食のメニューに狩人風ウサギ料理《ラパン・シャスール》が載らない場合は、自分が人を殺さないことをよく心得ていたわ。なぜって、映画館が開かないから」

他の刑事たちが近寄ってきて、犯罪捜査班の同僚と一緒にそのテープを聞いていた。皆、眉をひそめている。

刑事がテープを止めた。

彼は首を振りながらこう呟いた。

「まあ、しかし、町全体を精神病院にぶち込むわけにはいかんしなあ……」

ということは、カセットの表面に書かれた〝2〟という数字がひどく気にかかっていた。

彼はカセット・ナンバー1があるってことか？　絶対とは言い切れないが、おそらくそうなのだろう。いったい、このカセットはどこから来たのか？

話していた女は、初めのほうで自分の名前を言っていたに違いない。だが、録音の最初のほうは、ほんの少しだがうまく録《と》れていなかったのだ。少し言葉が消えてしまっているようだ。

「シャンフィエを尋問しなければ」

とひとりの刑事が言った。

「必要ないさ。奴は何もしゃべらんだろう。頑固な奴だからな」

〝卑怯者〟〝変態〟〝悪徳警官〟〝仲間を殺《や》っちまった薄汚い奴〟についての悪意に満ちた言葉が飛びかった。

「シャンフィエについては後回しだ」とある警視が言った。「今からやらなくちゃならんことは、このテープをバルボプールおっかさんに聞かせることだ。あの女は、この腐った町のことだったら、ほとんどすべてに通じているから……」

警察と昵懇《じっこん》の仲のバルボプールは、カセットを聞くことを喜んで承知した。最初のひと言ふた言を聞いて、すぐにあの〝哀れなヨランド〟の声だということがわかった。

砂採り場で殺された女の家の家宅捜索が行なわれた。警察はカセット・ナンバー1を手に入れ、それを聞いた。

二月二十二日。

まだ島に滞在し、海辺で静養していたシャンフィエは、あわてふためきながら「ウエスト・フランス」紙に書いてあることを読んだ。

〝競技場であやまって殺された容疑者は殺人鬼ではなかった〟

〝新たな殺人が……〟

〝扇を持ったサディストが再び行動を開始した〟

〝恐怖のエスカレーション〟

〝初めて、殺人鬼は男を殺した。被害者は八十三歳になる老人で、病院の駐車場で絞殺死体となって発見された。犯罪捜査班の責任者S管区警視正が最初から捜査をやり直す目的で町に来ることが待ちのぞまれている〟

しばらく茫然としていたシャンフィエは、新聞をくしゃくしゃにし、長椅子から飛び上がった。毛布を腕にかかえてホテルに飛んで帰った。勘定を済ませるためにだ。ここを出ていく準備が出来た。目的地はあの町。

いったいどういうことなんだ、あの騒ぎは？

女が八人も殺されたというのに、まだあの町は満足しないのか？

## 19　名士たちの会合

フラッシュ・バック。

（病院の駐車場で老人殺しがあった、その数日前の出来事である）

二月十一日、月曜日。

ガストン・カントワゾーはグザビエ・ジュシエ＝ヴァントゥルイユ社長さんの女性個人秘書から電話を受けた。企業家は、二月十四日木曜日の夕食のために、静かなテーブルを予約したかったのだ。ＣＮＰＩＦ（フランス工業経営者全国委員会）の第三副会長氏――一九七八年九月二十二日からジュシエ＝ヴァントゥルイユ氏の肩書きはこうなのだ――には連れがあるらしい。彼のテーブルにはカビヨー町長殿、ラヴェシエール＝ジャンラニャック議員殿、それに内務省の高官がひとり同席することになるだろう。

カントワゾーは最善を尽くすことを約束し、あの〝とても大切でとても尊敬されているジュシエ＝ヴァントゥルイユ社長〟によろしくと、あらゆる献身的な意味の言葉を費やして言った。すべてがうまく運ぶかどうかということは、彼の名シェフとしての評判にかかわることなのである。

カントワゾーは派手に接待することになるだろう。彼はこの厳粛な機会を利用して、このレストランにある唯一の特別室をまた開けることになるはずだ。

その特別室は、廊下の端、ビリヤード室の後ろにあり、庭に面してふたつの背の高い窓がある。

その部屋には、ワイン樽、油つぼ、酒瓶、じゃがいもがいっぱい詰まった袋が所狭しと置かれているが、これらも片づけられるだろう。いくら何でも他の客と一緒のところで、あの紳士たちに食事をさせるわけにはいかないのだ。壁を洗い、しっかり掃除機をかけ、飾りを少し置き、花を並べれば、その小部屋はおごそかな会食者を迎える準備が調うことになるはずだ。

問題の小サロンは、首相ご夫妻、県会議員オヴァヴァサールご夫妻、県商工会議所会頭、それに……その……秘書の方がこの町に来て、贅を尽くした夕食を取った時以来——十七年も前の話なのだ！——使われていなかったのである。

「万事、問題なくいきますよ、ボンソワール、マドモワゼル、くれぐれもよろしく」

最高でかつ控え目なオフィシャル・ディナーが行なわれる数時間前、秘密に取りつけられた電子磁気装置を探り出すことを専門にしている情報局の刑事が、万が一に備え、隠しマイクを探しにやって来て、特別室を一センチずつ調べた。ホールで、苺の強いポルトを前にし、彼は異状なしという報告書を書き、書留で受領通知をつけ、パリ、ボーヴォ広場にある内務省に送った。

　問題の木曜日の午後八時十五分。

　制服姿のお抱え運転手が運転するジュシエ＝ヴァントゥルイユ社長殿のロールスロイスが、《オ・トロワ・クトー》の前に停まった。

　いかめしい物腰の四人の紳士は——いかにも責任を負っている人物、また決定権を持っている感じの男たちだ——大変心配そうな様子で車から降りた。

　ガストンは、この機会にと思い、父のフロック・コートを着、ハードカラーの染みひとつなく抜けるように白い清潔なシャツを身につけ、おろしたばかりのネクタイを締めた（このネクタイは《ヌーヴォテ》で買ったものである）。

　彼は店の中から彼らの到着を盗み見ていた。そして、挨拶しに外へ出た。得意と興奮のせいで真っ赤になっている。彼は、店の横についている小さな扉から紳士たちを中に通した。

　花が添えられている特別室の大きな丸テーブルの前に坐った途端、攻撃的な感じのする、皺だらけで左右のバランスの狂った顔の議員が——上衣のボタン穴には、レジヨン・ドヌールを貰うのに値しない一千万人あまりの人々のボタン穴のように何もはめられていなかったわけではない——シェフにこう訊ねた。

「きみ、わたしは、きみが我々のために心をこめて用意してくれたカントワゾー風羊の脚肉《ラ・フリカッセ・ド・ピエ・ド・ムートン・ア・ラ・》のフリカッセ《カントワゾー》が美味なものだということを疑っちゃおらんよ。だが、いったいどうして、きみが大いに得意としている狩人風ウサギ料理《ラパン・シャスール》を木曜日にもう作らなくなったのかね？　ごく最近も、サン＝ブレヴァンのフェランディエ・ド・ペレメニル副会長宅のディナーの席で、みんなわたしにその話をしておったよ……」

あっという間に太っちょの顔全体が真っ青になった。まるで雪のつぶてをぶつけられたようだった。

「も……もし、会長様があの料理をお好きだと存じ上げておりましたら、わ……わたくし……」

もちろん、カントワゾーが〝会長〟と呼んだのは、議員が何かの会長だったからである。みんなと同じように、あなたも、わたしも、隣の人も、わたしの洋服屋も、わたしのクリーニング屋も、わたしの義理の母親の妹も、すべて何かの会長なのだ。


その二日後、名士たち——、、、、、、この町そのもの——が集まって、大がかりな会議が町役場の二階、元記録保管室になっていた部屋で開かれた。

それも真夜中にだ。

特別会議は午前一時五十分に始まった。

カビヨー町長は電灯をつけるのを嫌った。最高レベルの特別会合は蠟燭《ろうそく》の光のもとで繰り広げられた。

出席者は以下のようだった（公式の報告書による）。

カビヨー町長
シュープ助役（この町の建築家）
ジュシエ＝ヴァントゥルイユ社長
男子小学校校長、マクシム・アルマンゴー氏
女子小学校校長、マリー＝フランス・アルマンゴー夫人、ルポワテル生まれ
病院長、フロラン・ルジュイ教授
ジュリア・ラグジーヌ神父
公証人、クレモン・クサンディエ先生
銀行頭取、アンリ・オキュソル氏
駅長、シャルル・ヴァレスクリューズ氏
土木技師、ピエール＝ジェルマン・ラ・フレシニエール氏
〝家族と自立〟組合の代表、ジャン＝フラション・ダモアシュー氏
控訴院長、ラゴミエール・ド・ボワ＝サン＝マルソー氏
ラヴェシエール＝ジャンラニャック会長、地主、この地区の中道自由主義派の議員

十四人の名士。十三人の男たちは堅苦しい様子をしながらもおごそかに振舞っていた。縞の

ズボンをはき、あちこちに勲章をつけ、言葉のはしばしや身振りの中に責任感、良識、節度が現われている。そしてひとりいる灰色のシニョン髪の婦人は、素敵な微笑を浮かべていた。胸元に十字架がX字形にひもを交差させてぶら下がっている。

何人かはカントワゾーの店で夕食を取る常連客で、全員が——決まり切ったことだが小学校校長夫人は別である——バルボプール邸に通う〝木曜日の客〟だった。

この町そのものである人々ばかりである。

ポール＝ベール・シュープ助役が、役場が作った報告書を読み上げる役目だった。

かなり気がかりな内容の報告書。

「わたしの理解したところによると」駅長がにやにやしながら言った。「町がどこかに逃げちまったってことですな！」

しばし、非難の声が上がった。ここにいるお偉方の大部分は常に、SNCF（フランス国有鉄道）の幹部がこの特別会合に出席することに反対だった。ヴァレスクリューズは上品な〝並木道〟に住んでいる連中の話し方をしないのだ。

「〝事件〟が起きなくなってしまってから、確かにそんな感じなんですよ」

助役が心配そうな顔をして言った。

シュープは自分の前に小さな用紙を置いた。その用紙には細かい文字で何やら書き込まれてあった。だが、その量はごくわずかで、単語と数字が少し書かれているだけだった。

「これが、町の危機の総合的結果です、皆さん。殺人がもう起こらないので、――イカレ女……占星術師は、彼女の家の窓辺でアコーディオンを弾くアナーキーな人物に金をやらなくなるんです。そうなると、その人物は《レストラン・ド・ラ・ガール》にご馳走を食べに行かない。その結果、保険屋プティボスケがそこで、つまりエショドゥアンの店で夕食を取る。ウェイトレスが持ち場を離れませんからね」

助役はすべてをくどくどと並べ立てた。そこにいた全員はよく承知しているのだ。何人かの名士は欠伸《あくび》をしていた。まぶたが重いのだ。

「……カラール嬢の腕の中にいるセールスマンは《レ・フリアンディーズ・ド・フランス》に注文を取りに行かない。そこでは、ヴシュー嬢がむなしく彼を待っていて、愛人のフォルジュクランに会いには行かない。すると彼は酒をがぶ飲みし、酔っ払ってしまい、新聞の発行をつがなくやることが出来ず、レイモン＝ルーセル文化センターに取材に行かないのです。と、あそこに来ていた人々が午後九時半頃から帰りだすのが見られるようになり、その結果……」

「もっと手短にやってくれたまえ、きみ」と名士のひとりが欠伸をしながら言った。「みんなよくわかったよ。アコーディオン弾きに一銭もやらないと、映画がない。映画がないと殺人は起こらない。はっきりしてることじゃないか」

「この町にもたらされた結果は恐るべきものです」助役は話を進めた。「我々の町の重要な商業は危機に瀕しております。もうほとんど限界に達している状態です。ユルルジョーム氏がショーウィンドーの飾りつけをもうやらないんです。理由は、カントワゾー氏が彼のウサギを突っ返すからです。ではなぜカントワゾー氏は、一流の狩人、鉄砲の名手ユルルジョーム氏に、彼の獲ってきたウサギを返すのでしょうか？　それはですね、理由はとても簡単なことなんです。保険屋のプティボスケが木曜日、彼の店に夕食を食べに来ないからです。なぜカントワゾーの店に彼が夕食を食べに行かないかというと……」

「もう結構です！」小学校校長夫人が叫んだ。「あなたが話を占星術師から始めようが、《オ・ヌーヴォテ》から始めようが、バルボプールのところの女の子から始めようが、何から始めようが、結局いつでも、この町の不幸に話は落ち着くんですわ。もうよくわかりました。シュープさん」

「手短にやってくれたまえ、ポール＝ベール」と町長は頼んだ。「ラヴェシエール会長殿は、今日、ペリグーで開かれる、先生の政党の全国会議に出席せねばならんのだよ」

「いくらチャーター機で行くからと言っても」議員は言った。「その前に少し休んでおきたいからね……」

助役は、活気のない疲れ切った大きな顔に、白い前髪を垂らしている。ぶよぶよとして、縮んだようになった身体。赤味がかった小さな手が、短くてダブダブの上衣の裾から顔を出していた。

彼は張りのない口調でまた話し出した。

「わたしは、この町の重要な商業が大きな危機に瀕していることをお話ししました。ここ数週間、ショーウィンドーに新製品が並ばないので、ユルルジョーム氏の店はほとんどもう商売をしていない有り様なのです。もう日用品を少しと、小物しか売らないわけです。こんなことを発表するのはまことに遺憾なのですが、我々の尊敬にたるべき同胞の新製品商売は、先週から赤字になっております。同じことが《フリアンディーズ・ド・フランス》にも言えます。セールスマンが注文を取りに来ないものですから。しかし、とにかく、経済破綻を招いております。国家レベルから見れば、一笑に付されることかもしれません。しかし地方というコンテクストから見れば、こんな不安定な状態を抱え込んでいる時には、とても笑ってはおられません。誰でもご存じのことですが、頭《テツト》が病気の時は、身体全体が腐ってしまうものです。そしてそれは、しばしばとてつもない早さでそうなるのです。

とにかく、《オ・ヌーヴォテ》と《レ・フリアンディーズ》はこの町の商業の要《テツト》であります。この名誉ある店の常連客たちの大半は、こういう状態になってから、大きな買物をする際はショーレやナントなど……つまり、他の町に出かけています。そしてこのことが原因で、カラール嬢は、上客である〝木曜日の客〟を受けつけなくなりました……」

震えている白っぽい十三の顔、ふくれ上がっているか皺だらけの顔、平ったくてゴワゴワの髪、うつろな目がお互いを見合っていた。ちょっとバツが悪いのだ。小学校校長夫人の口から思わず短くいやらしい笑いが吹き出した。

「〝木曜日の客〟を取らなくなってしまったカラール嬢は、たぶんくやしまぎれなのでしょうが、セックス狂のセールスマン、サン＝ヴァルベールの腕に抱かれに行くのです。そして彼女の命令で、あの売春宿の女たちはストライキに入るという結果になるわけです。ここにお集まりの各々の方がご存じのように、カラール嬢は街娼組合員で、三年前、パリのミュチュアリテ・ホールで行なわれた、売春婦の精神及び物理的利益を守るための集会では、スター的存在でした。あの夜の集会は、今も節度ある人々の記憶に残っています。そして、いつでも新聞や雑誌は、こういうことに対してひどく迎合するのです。

そんな彼女ですから、その力を誇示することに躍起になったのです。とにかくショーウィンドーの飾りつけが行なわれないと、〝木曜日の客〟もキャンセルになり、木曜日の夜は、通りに女たちが立つこともなくなるわけです。そういう夜に起こった女性に対する暴行事件、強姦未遂、その他の破廉恥行為の統計をわたしはここに持っておりますが……」

「手短に話してくれたまえ、ポール＝ベール」といらいらしながら町長が頼んだ。「この会合が終わった後、その統計を見るぐらいのお暇は皆様におありになるんだよ」

「いくつかの公共の場に書かれている卑猥な落書を忘れてますよ」とブラン氏（マルセル・パニョルの作品に登場する典型的なパリジャン）風の裏声で司祭が言った。「以前、我々の町がまだ活気に満ちていた頃――それはまだほんの少し前のことだと思うのに！――この町の壁にあんないやらしいものは決して見られなかった」

「続けます」と助役が言った。「この町の商業の破綻。ポルノグラフィー、破廉恥行為、地方新聞の発行休止などが起こっているわけです。実際、セールスマンがヴシューの店に行かないと、ヴシューは夜遅くまで彼を待っているのです。そして起こるべきことが起こるわけです。

彼女は愛人のところへ行かないのであります。そうすると、その愛人はふられたと思い込み、酔っ払って、そして……」

「もういい！」医者が叫んだ。「よくわかった！　ホームレスに金をやらないと、新聞は出ない」

「新聞が出ないのです、確かに」とシュープは、ますます張りのない口調で言った。「しかしいちばん困ることは、あの尊敬に価する新聞が廃刊になることではありません。困るのは、『我が家の一週間』がないと、住民はバスや汽車の時刻表が手に入れられなくなってしまうことです。皆さんご存じのように、よく変更されますからね！……それに、潮の満ち干の時刻も、市場、競売、大市の開かれる日ももうわからなくなり、公報、商取引き通知、宣伝広告も知らされなくなるのです。おまけに、死亡広告も――あのおかげで、誰がまだ生きていて、誰が他界したかがわかるようになっていたのですよ！――結婚、誕生通知などもなくなってしまったわけです。つまり、それは完全なる社会混乱なのであります。だから、憂慮すべき商業活動の低下、ポルノグラフィー、セックスの乱れ、地方の公的生活のほとんどすべてが不安定な状態なのは、『我が家の一週間』が発行されずにいるせいなのです。話を続けます。レイモン＝ルーセル文化センターの文化集会はとてつもなく早く切り上げられています。だから、我々の町の知的及び教育に関する生活をおびやかしている脅迫を前にして、警鐘を鳴らすべきであります。ここにお集まりのどなたもがご存じのように、もしセンターを訪ねる人がもうほとんどいなくなったら――このままで行くと、近いうちにそういう状態を招く形で閉鎖されてしまうでしょう――地域開発を担当している政府委員会は、アンリ・ドゥアニエ＝ルソー文化会館建設のための資金貸付けを拒否してくるでしょう、すでに計画のほうは……」

「それは絶対困る！」

町長が素気ない口調で言った。

「そうなれば、最初に被害を受けるのはわたしでしょうよ」と助役が言った。「皆さん、お忘れにならないように。わたしはこの町の建築家なのですから。話を続けます。夜の文化集会がない、あるいは早く切り上げられるとシネ・クラブが開かないのです。そうすると、若者たちは通りに放り出された状態になります。《ハリウッド》の扉が開かないと、映画ファンたちが町のビストロに押しかけることは衆知の事実です。町中の物事が嘆かわしい状態にある中で、ビストロだけが何らかの利益を得ているのであります。

では、ここで、いちばん気がかりな件について話を移します」

ジュシエ＝ヴァントゥルイユ氏が自分の肘掛け椅子から身体を乗り出した。青白い顔をし、顎がひきつっている。目に生気のない血管が浮いていた。

「ユルルジョーム氏が自分の領地で、前の日からその日の朝にかけて才能を発揮して射止めたウサギ、そしてレストランの主人に、親切にもただであげたウサギを、カントワゾー氏がユルルジョーム氏に返し、狩人風ウサギ料理《ラパン・シャスール》を作らないと、ユルルジョーム氏は心を深く傷つけられ、自分の獲物を不幸な子供たちが寝起きしている城に持っていくのであります。その結果、彼のこの町での一日がめちゃくちゃになり、ショーウィンドーの模様替えをやめてしまうのであります」

「そんなこと、我々は皆、知ってますよ」医者が辛辣な目をして溜息をついた。「手短に願いますよ、後生だから。わたしは明け方前に、前立腺の手術が三件あるんです」

「続けます。申し訳ないのですが、すべてを明らかにしなければならないのです。

ユルルジョーム氏は、そういうわけで、可哀想な子供たちのところへ行き、慈善行為に専念しているふたりの立派な男にウサギをプレゼントするのであります。ユルルジョーム氏にはその日の午後、夜の大半、そして時には深夜にも暇が出来るので、愛人が城の一室にいる彼に会いに来るのです。皆さん全員、ユルルジョーム氏の恋人がジュシエ＝ヴァントゥルイユ工場の人事課長、マリー・モランディエ嬢であることはご存じのはずです。このご婦人が、午後四時頃、自分の職場を離れるので、ヒラの従業員は、午後七時のサイレンが鳴るまで、好き勝手が出来るようになるのです」

「生産高の低下を示す曲線はひどいものです」と企業家は弱々しい声で発言した。「先週は一四・〇四一〇〇九パーセントもダウンした。おまけに国防大臣と産業大臣が来週の水曜日、パリで私を待っているのだ、そのことで……」

「翌日、愛の一夜を送ったマリー・モランディエ嬢はとても疲れています」

「金曜日の朝、彼女は午前十一時に出社するのです！」打ちひしがれているジュシエ社長はうめいた。「いつの日か、金曜日に彼女が職場を放棄してしまうことをわたしは問題にしているのです」

「金曜日は一日中、言わば台無しになってしまうのです。というのは、モランディエ嬢がいつものようではないからです……ぼんやりし、欠伸をし……まったく権威を失くしてしまうのであります。工員は容赦なくそれを利用するわけです」

「先ほどの数字は、わたしが国立統計経済研究所の県支部に頼んで出してもらい、ルボワフルイユ＝メクサンクール所長がわたしに直接教えてくれたもので、疑う余地のない数字であります」と工場主は言った。「もしこの速度でこのまま続いてゆくならば、秋の初め頃には人員整理をやらなければならなくなります。従業員の八分の一をです」

「しかし、他の人事課長を使うわけにはいかないのですか?」とルジュイ教授が興奮した声で言った。「馬鹿げたことではありませんか、それにしても!」

「それは絶対に出来ません!」ジュシエが言った。「モランディエ嬢はシャポノ会長のお気に入りなのです。つまり……その……隠し子なのであります」

「ああ、そういうことですか!」

助役は話を結んだ。

「ですからカビヨー町長は、緊急会合を開いて検討しようと言いだされたわけですね」

「数日前の夕食会の時」町長は口を挟んだ。「会長と——彼は議員を見ていた——ジュシエ＝ヴァントゥルイユ社長、内務大臣官房であるパトリック・ティンメルマン氏、それにわたしがご一緒した夕食会の席上で、大変重要な決断が——下すのが大変困難だったことを信じていただきたい——下されたのです」

「だが、我々にいったい何ができるのかね？」医者が声を上げて言った。前立腺患者を診に行こうと急いでいる医者は、終始腕時計を見ていた。「だがとにかく、フランスらしい小さな町を、いかれた女が通りをうろついているごろつきに金をやらなくなったという理由で、駄目にしてしまうわけにはいかない！」

「事はそれ以上に複雑なのですよ」町長が言った。「よく考えてみてください……事の連鎖を丹念に調べてみてください……」

「すべては、あのぞっとするウサギから始まっているのだ！」

両腕を天井にかかげて司祭が叫んだ。

「一週間に一度、カントワゾーに狩人風《ラパン・》ウサギ料理《シャスール》を無理やり作らせてみては？」

と女子小学校校長夫人が示唆した。

「どうもよくおわかりになっていないようですな、マダム」と町長は言った。「カントワゾーは頑固者ですぞ。プティボスケが彼の店に夕食を食べに来ない限り、狩人風《ラパン・》ウサギ料理《シャスール》は作らんでしょうね。彼が本当に譲歩するのはその時だけなのです。それに、レストランの主人にそんなことを強制は出来ないでしょう……そんなこと見たことないでしょう。我々は共和国の住人ですぞ」

「それじゃ、木曜日の夜、保険屋がカントワゾーの店で食事をすれば！」医者がわめいた。

「駄目か。しかし、いったい何だね、この滅茶苦茶は？　こんなこと、これまで見たことがない！」

「プティボスケ氏は」と町長は言った。「彼の愛する女――《レストラン・ド・ラ・ガール》のウェイトレス――がその日、給仕をしないなら、《オ・トロワ・クトー》で夕食を食べることを承知するだろうがね。彼女が給仕をしないためには、彼女を強姦しようとしたホームレスがエショドゥアン夫人の店に夕食を食べに来なければならないのです。つまり、ド・シャンボワーズ嬢が彼に百フラン札を二枚渡さなければならないわけであります。この連関から我々は抜けられません」

「ちょっと待ってください」公証人が口を挟んだ。「この鎖を反対の端からたぐってみましょうよ。皆さんよろしいでしょうか……狩人風ウサギ料理《ラパン・シャスール》が出ないと仮定しましょう。よろしいですね！」

「ユルルジョームは自分の獲物を取り戻し、町を出て行きます」助役が溜息まじりに言った。

「それは確かなことですよ」

「そうですな」

「牝豹《パンテール》へのプレゼントがなく、〝木曜日の客〟もキャンセル、通りに売春婦の姿が消えるんですよ」

小学校校長が話を結んだ。

「ちょっと待ってください」と公証人が力をこめて言った。粘り強い性格のこの男は、とても深く物事を考えているせいで、目に皺を寄せている。「違う角度から検討してみましょう……」

少し青味がかった白っぽい――死人のこめかみの色――日が背の高い窓の向こうに昇った。

医者は、三人の前立腺患者のせいで帰りたがっていた。しかし、議員が医者に留まるように命じた。医者は新米の外科医に〝事態〟を引き受けさせようとして、病院に電話をかけなければならなかった（そのせいでこの夜、まったく過失によるものだが、また新たな二件の殺人がこの町で起こったのだ）。ルジュイは大きな卵形のテーブルに戻り腰をおろした。彼は溜息をついている。疲れと不機嫌が名士たちの顔にはっきりと現われていた。

「しかし、この話は、正確にはどういう具合にして始まったのですか？」

土木技師ラ・フレシニエールが茫然とした顔をして訊ねた。

「そんなの、至極単純なことですよ」

町長が言った。

技師は殺してやると言わんばかりの目つきで町長を見た。

「いや……失礼。言葉のアヤでして。それだけです。始まりは、プティボスケ氏が《ラ・ガール》ではなく《オ・トロワ・クトー》で夕食を食べていたことなのです。おわかりになるでしょうが、その頃、あの若いウェイトレスはまだリュシエンヌ・エショドゥアンの店で働いていなかったのです」

「保険屋は、毎日カントワゾーの店で夕食を食べていたのかね？」

「そうです。それに昼食もです。町を徒歩で横断してもね。だから、プティボスケは事務所の目と鼻の先にある《ラ・ガール》で食べるようになってから、十一キロも体重を増やしたわけですよ」

「わかった、まあいいさ、話を先に進めよう！」

ルジュイがかんしゃく玉が破裂しそうな顔をして言い放った。

「だがカントワゾーは、いくら何でも、毎日狩人風ウサギ料理《ラパン・シャスール》を彼のために作ったわけではないのでしょう？」

ラ・フレシニエールが訊ねた。

「それはそうです」と町長が言った。「週に一度だけです。プティボスケ氏は思慮分別のある男ですからね。それで毎週木曜日、カントワゾーはユルルジョームのくれたウサギを焼くことを承知したのです。で、何の問題もなかったわけであります。ただ初めのうちは——これはとても大事なディテールなのですが——殺人者がまだいなかったのであります。それからしばらくして、あの若い娘、フィネット・クテュローが《レストラン・ド・ラ・ガール》のエショドゥアン夫人によって雇われたのです。偶然、一杯飲みに立ち寄った時、保険屋はその娘を見て、ひと目惚れしたわけであります。それからというもの、プティボスケ氏は《ラ・ガール》ですべての食事を済ませるようになったのです。そして、そのすぐ後に、事件が起こったわけであります」

「つまり、このすべての薄汚い混乱は、その娘が原因なわけですね！」

「一部はそうです、しかし、それだけが原因ではありません……こうイメージするのを許していただければ、彼女は機械のひとつの部品にしかすぎません。ともかくそういうわけで、プティボスケは《ラ・ガール》で夕食を取っていました。したがって、家族の恩人、溺れかけていたアガト・カントワゾーを助けた男を食堂で見かけなくなったカントワゾーは、ほっとして、木曜日にウサギ料理を作るのをやめたのです」

「そうすると、ユルルジョームが怒って……」

「我々の偉大な狩人は、その件をとてもひどいことだと思っていたのは確かです。だが、彼は脅し……警告しただけでした……『あなたがわたしのウサギを拒むならただでは済まさんぞ、どうなるか見てろよ』とかなんとか言ったのですね。カントワゾーは肩をすくめただけでした。ところが、ある木曜日、ユルルジョームはその脅しを実際の形で表わしたのです。彼はウサギを取り戻すと、施設の子供たちのところへ持っていったのです。その後どうなったかだいたい察しがおつきになるでしょう」

「だから、その夜は映画がなかったわけですね？」

話があまりよくわかっていなかった組合代表が訊ねた。

「いや、まったくそうじゃありません、ジャン＝フラションさん。全然違います。その後の話をお聞きになってください。わたしが話しているのは、九月に起こったことなのです。というわけで、先ほども申し上げましたように、《オ・トロワ・クトー》では狩人風ウサギ料理《ラパン・シャスール》を出さなかったのです。すぐに話をフォルジュクランに移しましょう。彼は酔っ払って文化センターには行きませんでした。午後九時十分から、館内には閑古鳥がないていました。この偶発的に起こった小事件を知らなかった管理人のマルシャイヤ夫人は、午後十一時頃に映画館を閉めた後、自分の住まいに戻るためにがらんとした館内を横切る羽目になったのです。その結果、錯乱の発作を起こし、大変な病気に陥り倒れてしまったのであります。我々は、その事実をバルボプールの電話によってやっと知ったのです。

その後、二、三週間後の話ですが、ユルルジョームは、またカントワゾーが自分のウサギに鼻も引っかけてくれないのを見て、もう一度、ただでは済まさんぞと脅かしました。それはただの脅しでしかなかったのですが。彼は、そうは言ったが、ショーウィンドーの飾りつけをやったのです。

その夜、殺人者はあのやり切れないスキャンダラスな行動を開始したわけです。その後は皆さんご存じですよね。仕組みが動き出したのです。

殺人を予知したド・シャンボワーズ嬢はホームレスのメサンジュに金を与え、彼は《ラ・ガール》に行った。すると、そのせいでウェイトレスが逃げてしまい、プティボスケはカントワゾーの店に顔を出す。シェフはユルルジョームのウサギを料理する、ってな具合なのであります。つまり、元通りになり、そこから今度のことが始まったわけです。すべての始まりはこのような具合だったのですよ、ラ・フレシニエールさん」

「つまり」と技師が話を結んだ。「別に計算してそうしていたわけではないのでしょうが、殺人者は、人を殺しながら、カントワゾーに、毎週木曜日、狩人風ウサギ料理《ラパン・シャスール》を作ることを強いていたわけだ」

「我々は共通の理解に達しましたですな、ラ・フレシニエールさん」

誰かが気後れしながら訊ねた。

「わたしは、サマーシーズンについて考えました……猟期が終わった後は……」

「それが何か？」

二、三の名士が厳しい口調で訊ねた。

「ユルルジョームはもうレストランにウサギを持ってこないでしょう。だから……正常な状態が戻って来るのでは……」

「いや、そうじゃありませんよ！」と町長がほとんど失礼といってもおかしくない口調で言った。「夏には、香草入りあんこうのミュスカデ《ボードロア・オ・ゼルブ・ソース・ミュスカデ》・ソースという違った料理があるのですよ。ウサギをあんこうに変えるだけで事は済んでしまうのです。ユルルジョーム氏は、猟同様、釣りにおいてもこの地方でナンバーワンなのであります。それにカントワゾー氏は、あんこうを料理するのも大嫌いなのです。なぜかって？　それは！　彼に訊いてみるしかありませんな。そして、プティボスケ氏はあんこうにも目がないのです。まあ、つまり、夏の季節をあまり当てにしないことですな、問題解決のためには……」

また新たに長談義した後、彼らはこの結論に達した。

ド・シャンボワーズ嬢が——この連鎖の原動力が——正しく視て取ったと喜んでいるなら、ホームレスに金を与えるだろう。つまり、前の木曜日に殺人が起こった時にのみ、アコーディオン弾きに札を二枚渡すはずだ。

その結論から抜け出せなかった。

彼らは、長い間見つめ合っていた。少し恥じている様子だ……。

「しかし、何はともあれ、若者はまずいんじゃないですか」銀行頭取が示唆《しさ》した。「それは、いくら何でもひどすぎるじゃありませんか……病人……それも大病をわずらっている人間を見つけなければ……かなりどうしようもない人間を……」

「そうでなければ老人はどうです」と住民から選ばれた人物は提案した。「将来にもう何の希望もない哀れな老人を……」


有能で影のように行動するプロの殺し屋が採用された。――〝ずる賢さ〟が支配している政財界のある勢力に雇われている殺し屋――。

二月二十一日、木曜日の夜。

午後十時頃、殺し屋は薄暗い通りで、アメデ・ランダン＝デュヴェスク氏に目をつけた。彼は郵便局を退職した八十三歳の男で、救急車を呼びに行こうとして病院に向かって走っていた。この不幸な男の家には、電話がなかった――そのほんの少し前、妻が気絶したのだ。

殺し屋は通りの角で、何のためらいもなく彼に襲いかかり、素早く絞め殺した。彼は死体をそこから三十メートル離れた病院の駐車場まで引っ張っていき、そこで死人の足元に扇を置いた。

その木曜日、町はとても寂しく、沈んで陰鬱だった。

ド・シャンボワーズ嬢は妹の家に行った。ここ数週間同様、今回もまたホームレスに〝小銭〟を与えなかった。

メサンジュは《ラ・ガール》にご馳走を食べに行けなかった（失せし昔の夢）。彼は、一日の残りの時間を、オイル・サーディンの缶詰を前にし、下層階級の唯一の仲間である鼠を数匹足元に置いて、うんざりしながら時を過ごしていた。

《ラ・ガール》のウェイトレスは自分の持ち場を離れなかった。プティボスケは娘を食い入るように見つめながら——今も勇気がなくてラブ・レターを彼女に渡せないでいるのだ——そこで夕食を取った。

カントワゾーは、そういうわけだから、狩人風ウサギ料理《ラパン・シャスール》を作らなかった。彼は二月二十一日、木曜日の夕食のメニューを牛の舌肉シチュー風煮込み《ラング・ド・ブッフ・ア・ラ・カスロール》と貼り出した。

午後三時頃、怒り狂ったユルルジョームは自分のウサギを取り戻した。そして今回もまた、ショーウィンドーの飾りつけをやらずに、子供たちの施設のある城へ続く道に車を走らせた。城で、マリー・モランディエは彼と落ち合った。

ラグジーヌ神父は牝豹《パンテール》の悩殺するような魅力を愉しむことができなかった。

etc、etc、

二月二十二日、金曜日の朝の新聞の見出しはこうだった。

〝新たな殺人が……〟

〝扇を持ったサディストが再び行動を開始した〟

この殺人が行なわれた後、町はまた活気を取り戻した。

正常な状態が再び定着したのだ。

次の木曜日、ド・シャンボワーズ嬢は我々の太陽系の天体運行を調べた際、間違いを犯さなかったので——二月二十一日木曜日という日付けのところで、町で殺人が起こると読んでいたのだった——古き良き習慣を再び守るようになり、彼女の〝天使〟にお礼をしたくなった。

メサンジュは百フラン札二枚を貰い、厚く礼を言った。そして、《ラ・ガール》で夕食を食べた。ウェイトレスは逃げ出している。プティボスケはカントワゾーに、彼の店で夕食を取ると告げる。午後三時頃メニューが引っ込められる。カントワゾーは狩人風ウサギ《ラパン・シャスール》料理を貼り出す。ユルルジョームは大喜びして、ショーウィンドーの飾りつけをやる。銀行頭取オキュソル氏は豚革製本されたバルザックの全集を買い、それを牝豹《パンテール》にプレゼントしようと道を急いでいる。

牝豹《パンテール》はセールスマンに、今日は会えないとあらかじめ伝えている。サン＝ヴァルベールは《フリアンディーズ》に赴き、注文台帳を開いて注文を取る。クレール・ヴシューは彼女を愛している男に予定の時刻に会う。新聞記者は酒を飲まないだろう。彼はアーチェリー・クラブのメンバーが到着し始めているレイモン＝ルーセル文化センターに急ぐ。ペリーヌ・マルシャイヤは、今夜は恐怖を感じずに済むだろう。彼女は映画館を開ける。《ハリウッド》は三〇年代のフランス・ハードボイルド映画の非常に秀れた一作、ロジェ・ルグリとモーリス・ラグルネ（ボギーの声）の出演していた『グレエ対X』を上映する。

「しかしいくら何でも、毎度毎度、木曜日の夜に誰かを殺させるわけにはいくまい」

カビヨー町長は、町役場で途方に暮れている三人の名士を前にしてうめいた（町長は二週間で十三キロも痩せた）。

それゆえ実際に、その日の夜は誰も殺されなかった。

それゆえ（もう一度）次の木曜日、ホームレスのメサンジュは何も食べなかった。彼のための《レストラン・ド・ラ・ガール》でのご馳走はなし。

それゆえ、狼は、赤ずきんちゃんならぬこの町を食べた。

町のメカニズムが再び狂い出した。

とてつもなく町を害する無秩序が、再び腰を据えたのだ。

秘密の大会議で誰かがこういう表現を使った。

「ご清潔な無秩序」

## 20　無秩序を阻止するぞ！

その少し後。

三月十九日火曜日、午前十一時四十五分に書記長とアンドレ・カビヨー町長との間で交わされた電話での会話。

(情報局によってなされた交換台での録音。調書ALX－八三－B九〇六七)

(遠くから聞こえる呼び出し音)

「郡役場のファヴルリエ書記長です、町長」

(遠くから聞こえる呼び出し音)

「つないでくれ」

(普通の呼び出し音)

「もしもし!　どうぞ、こちらカビヨーです」

「ジャン＝クリストフ・ファヴルリエです。こんにちは、町長さん!」

「これは光栄の至りです、書記長殿!」

「大変重要な話があるんだよ、きみ。我々の地方で、このまま放っておくと大変な出来事がまさに起ころうとしているのを、きみは知っているだろうね。フランス全土の政界にすぐに跳ね返ってくるような出来事なのだが……」

「諷刺新聞が書きたてている悪口のことを暗におっしゃっているのでしょうか?」

「第一級の噂話のことを言ってるんだよ、きみ。この意味は、きみにもわかっているだろう。〝オランダ池〟事件のあとで、〝ヴァンデ沼沢地〟事件、あるいは〝グランリュー湖〟事件なん

ての は願い下げだからな。要するにだ！　県会議員が狙われているのだ。この共和国のお偉方は、現在大臣の地位にある人物と考えられないほど深いつき合いをしているのだ」

「県会議員殿を面倒に巻き込もうとしているわけですか？」

「面倒だって……県会議員を失脚させようとしているのだ、そうなんだ！」

「しかし……」

「四分の一世紀前に議員の愛人だった、オーギュスティーヌ・バルボプールという女が、手紙と何枚かの写真を握っているんだ。恐るべき結果をもたらす手紙をだ、きみ」

「そのことは……わたしも何となくですが、知っていました……」

「何であれ、現在の政治体制を駄目にするわけにはいかないのだ。というのは、売春宿の女将は共和国の県会議員をゆすりたがっているんだよ」

「そんな馬鹿な……わたしは……」

「いいから、わたしの話を聞きたまえ……」

「かしこまりました、書記長殿！」

「その女将の売春宿は破産寸前の状態にある。あそこの女たちがもう彼女のために働かないからなのだ」

「確かに……デ・ゼタ＝ジェネロー通りの館は六週間前から閉まっています……」

「彼女の商売がもたらしていた法外な収入を失ってしまったバルボプールという女は、破産一歩手前にいる。はまり込み始めた底なしの穴から抜け出ようとして、彼女は持っている手紙と写真のことを考えたのだ。この人物についての我々が持っている情報は、彼女が何のためらいもなくそういうことをやる人物だと、はっきり教えてくれているのだ……」

「彼女は……その……新聞に？」

「彼女は、きみのところの地方紙の社主と二度昼食を取った」

「フォルジュクランとですか？　しかし、彼は曲がったことが嫌いな男ですよ！」

「確かにその通り。彼は丁重に断わった。それで、バルボプールという女はパリに出かけた。そのほうが事はもっと重大なのだ」

「それで？」

「それでだ、事は単純なのだが、デ・ゼタ＝ジェネロー通りの館がどうしてももとの繁栄を回復しなければならない、つまり商売を再開しなければならないのだ。前のように機能する。まさに以前のようにだ。降りかかってきているスキャンダルを未然に防ぐ方法はこれしかないわけだ」

「しかし、女たちがもういやがって……」

「いったいなぜ、彼女たちはいやがっているのだ？　そのわけをきみが知っているのなら言ってみたまえ」

「それが、その……」

「わたしは知っているよ。言ってやろうか、わたしが。バルボプールという女のところにいる売春婦たちがもう商売をやりたがらないのは、彼女たちは組合員で、活動家の娼婦コレット・

カラールの、商売を禁じる命令に従っているからなのだ。その女はあの若い女たちに多大な影響力を持っているのさ」

「コレット・カラールが商売をやめてしまっているのは、金持ちの〝木曜日の客〟がもういなくなってしまったからなのです」

「まったくその通り。〝木曜日の客〟がもう来なくなったのは、ユルルジョームの最新流行品《ヌーヴォテ》の店でプレゼントを手に入れられないからなのだ」

「カラール嬢は、このやり方でしか支払いを受けつけないのです。あの店のショーウィンドーに置かれた新商品しか……」

「我々は、そのことすべてを知っている。したがって、〝木曜日の客〟がカラール嬢に会えるようにならなければならないのだ。聞いてくれ。きみの町の無秩序の源泉から出発してみようじゃないか。木曜日に誰も殺されない。その結果、町の占星術師ド・シャンボワーズ嬢は怒りだす。自分の予言が現実にならないからだ。こういう表現を使うことを許していただければ、彼女はふてくされる。次の木曜日、彼女は自分の家の前にじっと立っているホームレスに、慣例として渡していた百フラン札を与えない」

「そうなんです——すると、木曜日の夜のメニューが狩人風ウサギ料理《ラバン・シャスール》ではなくなる」

「ウサギを持って来るユルルジョームは気分を害して……」

「その後はわたしにもわかります、書記長殿」

「おめでとう！ この物語のすべて、すべての過程は、社会というコンテクストの中で、人間のほんのちょっとした欠点が途方もなく重大だということを見事に見せつけてくれている……わたしはこのような言い方さえするだろう。悪魔のように重大だと。今まで認められてきたこととは逆に、大きな出来事でもなく、力のある大きな組織でもない……愚かで……かすみたいな小事が……集積して……まあそういうことなのだ！」

「まったくその通りで、書記長殿。秩序が戻るためには、ド・シャンボワーズ嬢がホームレスに金をやらなければならない。そうするとホームレスは、《レストラン・ド・ラ・ガール》に夕食を食べに行く。出来ましたら書記長殿に思い出していただきたいのですが、秩序回復のために……その……町は……町は率先して行動に出たのでございます。それはもう並々ならぬ決断力がいることだったのです。それだけは信じていただきたい」

「あの老人のことかね……知っているよ、だが……」

「しかし、何であろうが、毎週木曜日の夜にああいうことをやるわけには……その……。それに、包み隠さずにお話しすれば、ラグジーヌ神父は、結局あの万能薬を使うことに反対の立場を取ったのです。文化国家にとってあれは……ちょっと……というわけで、ついに……」

「わかりますよ。だが安心してくれたまえ、知事殿自身がきみの町の問題を真剣に考えておられるのだから」

「それに、いいですか……あの……男……つまり、我々が頼んだ人物は巨額の金を要求しているのです。このままだと、しまいには町の予算ではまかなえなくなってしまうでしょう」

「我々はきみの町で何が起こっているか知っていますよ。きみが今話をしている人物は、きみときみの心配事、きみの家族と心から一体となっていてくれる人間、特に、きみの周りの孫を持っている人々と一緒にやっている人間なのですぞ。だから、わたしはきみのやることには何でも賛成しているんだ。しかし、町の秩序はもう保たれてはいないのだ。これは大変困ったことで……その……バルボプール夫人の施設は、その被害を多大に被《こうむ》っているわけだ。――大衆の言い方を使わせていただくと、意地悪なしうちを受けているということだ。〝木曜日の客〟がいなくなると……その日は、通りに女たちが立たなくなる……売春宿の女将とあそこに住み込んでいる女たちの関係は極めて険悪なものになっている」

「ほとんど二進も三進も行かない状態なのであります、書記長殿」

「わたしは、そのことをきみに言わせようとしたのではないのだよ。現在、状況が強く求めていることをきみも理解しているのだろう？　わたしは知っているよ。きみが責任感の強い男だということを、カビヨー。きみは立派な国民の僕《しもべ》なのだ。わたしは思うことをそのまま口にするんだよ。きみは、一生町長で終わる人間じゃない。次の議員選挙の時には、本当に……」

「つまり、言い方を替えれば、町の秩序を回復するためには、また、あの事を……」

「この町の秩序と国の秩序のためだぞ！　それに、あのアイデアはきみときみの友人連中のものじゃないか。それを忘れないようにしたまえ。というのは、な、いいかね、もしバルボプールという女があの手紙を暴露したら、フランスの政界のすべてが……ああ、きみが何を考えているかわかっている。だが、バルボプールという女は馬鹿じゃない。細心の注意を払っている。とても用心深く、大変用意周到な人物なのだ。彼女はガードマンを雇った。警戒しているわけだ。彼女は政界の秘密をいくつか知っている。ああなんという……」

「それではあの売春宿《ボルデル》が再び活動しなければならないわけで?」

(「まるで、この町にはたいして無秩序《ボルデル》がないみたいじゃないか」という町長の独り言は交換台で聞き取れた)

「わかり切ったことではないか。したがって、ド・シャンボワーズ嬢が、毎週木曜日、ホームレスに大きな札を二枚やらなければならないのだ」

「しかし……そのためには、彼女の予言が前の木曜日に現実にならなければならないわけで?」

「わたしは、そういうことをきみに言わせようとしているのではないよ」

「しかし……それは恐ろしいことです!　わたしにお話しになっていることは殺人ですよ、書記長殿!」

「それは!　きみ、きみの町の問題だよ!　わたしは知らんよ。よろしく、町長」

(彼は電話を切る)

## 21　高くつく殺人

三月二十九日金曜日。

「我が家の一週間」は発行されなかった。しかし、他の新聞は一面で次の事件を告げていた。

〝扇を持った殺人鬼が二人目の老人を絞殺〟

〝八人の女性殺しという恐ろしい連続殺人事件の後、小さな町のサディストは再び姿を現わし、今度は年寄りを襲っている〟


当然のことながら、次の木曜日に町はふだんの顔を取り戻した。星の動きを正確に視て取ったド・シャンボワーズ嬢は——ここしばらく、なかば気の狂った女は常に殺人を視て取っていた（強迫観念なのだろうか？）——超心理学者の窓辺からいつになっても動こうとしないクロード・メサンジュに百フラン札を二枚与えた。確かに無意味な振舞いだが、この仕組みを動かす振舞いなのである。

この結果、映画館が開いた。

ノエル＝ノエル主演
『飛行士アデマイ』

しかし、いつになってもホールに殺人者は現われなかった。

町役場で開かれた秘密の大会議で、名士のひとりがまた言った。

「しかし何であれ、毎週木曜日に、あの殺し屋に金を好きなだけ与えるわけにはいかないではないか。他の解決方法を見つけなければ」

「それに」と小学校校長アルマンゴーが言った。「フランスのすべての新聞・雑誌が我々に注目している。女が八人も殺されたというのに、警察はピナルドンが〝風吹きジャック〟だったのかどうか答えられないでいる……しかも現在、老人が続けて殺された。しかし、警官たちは今度も何の手掛かりも見つけられないのだから」
五、六人の面白そうに嘲笑する声が彼に答えた。
シャンフィエは町に戻っていた。一週間前から滞在しているのだ。今度もまたアドリエンヌ・パルパンブレのところにいる。

十一人目の殺人が――三番目の老人殺し――準備されていた時、シャンフィエもまたお手上げの状態だった。

ええ、シャンフィエは哀れにも堂々巡りをしているだけなのだ。スプートニクと同じくらい馬鹿みたいに。死んだピナルドンがサディストだったと確信していたが――彼は、ともかくあのカセットを聞いたではないか！――暇そうな顔をして町をぶらつきながら、いろいろと自問していた。だが、警官たちからは大変うさん臭い目で見られ、調査を続行しているようにみなされていた。

〈もしかして、ヨランド・ヴィゴがおれをかついでいたとしたら？〉最後にはこう訝るのだった。もしかして、ピナルドンではなかったら？〈しかし、確かに女と一緒に映画館を出てくる奴を見たぜ……それに、何はともあれ、公園で奴はその女をぶち殺したじゃないか、くそ！　いったい何をおれたちに信じさせようとしてるんだ？　奴に決まっている、はっきりしているじゃないか。奴が殺すところを見たわけじゃないのは認めるが、現場には他の奴なんかいなかった。もし仮に、ある男がすでにあの場所のどこか隅のほうにいて殺《や》ったとしたら、話は別だが……〉

シャンフィエは肩をすくめ、元気を取り戻すためにカントワゾー――この地方一番の情報源――の店に一杯やりに行った。なぜヨランドはあんな筋書きを組み立てたのだろうか？　いや、彼の疑いはまったく根拠のないものだった。あの女は嘘をついていなかった。ピナルドンが八人の女を殺したのである。しかし悪夢は再び姿を現わしているのだ。

いったい、どういうことなのか？

「変な顔してますね、シャンフィエ」とカントワゾーが言った。「具合でも悪いんですか？」

彼らは閑散としているホールの中で、ペロケを前にしてテーブルについていた。

「だけど、もうすっかり良くなったのでしょう……あの馬鹿どもがあなたの胸に弾を撃ち込んだと聞いた時、モリセットや娘とともに恐れたことは、その……レストランを閉めそうになったって話せばおわかりになるかな……」

「おれはなかなか陽気に振舞えないんだ、ガストン。警察をクビになり、私立探偵事務所を追い出され、パリにいる友人の新聞からも暇を出されたんだからな」

「これからどうするんですか？」

太っちょは、気兼ねしながら訊ねた。

「本でも書こうかと思ってるんだ」

「作家ですか？」

「どうして駄目なんだ？　この町の謎について書くんだよ。編集者にだってもう連絡してあるんだ……パルパンブレ夫人の家は、おれにとって、いごこちがいいし、落ち着けるんだ。おれはあそこで書くつもりさ」

「気をつけて、そう事を急《せ》かないで！　どこにあなたが足を踏み入れているのか注意してください」

「ということは、あんたはおれが足で書くと考えているわけか？　それに、何も隣の人の足で書くわけじゃないんだから」

「そうじゃないんですよ、セヴラン。ここの人間は皆、あなたに好意を持っている。わたしの言いたかったことはそれなんですよ」


町役場での秘密会議（四月三日水曜日の夜か四月四日木曜日）。

「もう絶対、こんなことは続けられません」と組合員ジャン＝フラション・ダモアシューが言った。「明日、木曜日の夜、映画は上映されるでしょう。だから、昼間の町はずっと〝平常通り〟の動きをみせることになるでしょう。しかし今日は、我々はプロの殺し屋に連絡しなかった」

「ということは、また混乱が起こるわけだ！」

医者がうめいた。

「あの殺人は信じられないほど高くつきすぎる」と町長が言った。「我々は、何であれ、アメリカの多国籍企業じゃありませんからね」

「それに一週間にひとりってのは！」と公証人が言い放った。「気をつけなくっては、大食はしばしば罰を受けますからな」

「いちばん困ったことは」小学校校長夫人が言った。「警察が何も発見しないことです……」

大きな卵形のテーブルの周りで、皮肉っぽい嘲笑がちらほらと湧き起こった。

「新聞・雑誌は次第に、疑問に思い始めている。それは我々にとってまさしく耐え難い状況ですぞ」

公証人が嘆いた。

助役は、〝地位のある〟人々の集会に流れている緊張を解こうとしてこう言った。

「ヨークシャーの〝切り裂き魔〟は、正体がばれるまで六年もの間猛威をふるったのですよ……」

彼らはイギリスのサディスティックな殺人者、新〝切り裂きジャック〟の事件について話した。殺人現場となった三つの小さな町、〝死の三角地帯〟という異名をつけられたブラッドフォード、リーズ、ウェークフィールドに言及した。

「それらの静かな町も、我々と同じ〝問題〟を抱えていたのでしょうか？」

ラグジーヌ神父が、困惑した顔で呟いた。

重い沈黙が流れた。一分半の間、誰もひと言も口を利かなかった。

「スコットランド＝ヤードの腕利きたちが、五年もの間手をこまねいていたとしたら、それには何かの理由があるのだ」

土木技師が言った。

「おそらくな」と医者が言う。「だが彼らの殺人者は時々しか殺さなかった。奴は分別のある人間だったのだ。それにくらべて我々のほうときたら狂気の沙汰だ。毎週木曜日に、いやほとんど毎週なのだから！」

「町がこのように組織されているのは、我々のせいではないじゃないですか」

小学校の校長が嘆いた。

はてしない議論が続いた。と突然、誰かが肘掛け椅子から天啓を受けたように立ち上がった。

「今、わたくしはある事を考えました、皆さん！」

沈鬱な十二人の顔、非常に憂鬱そうな目が〝天啓を受けた人〟のほうを向いた。

「すべてを秩序正しくするために、我々自身がホームレスに〝小銭〟を渡したらどうなのでしょうか？」

熱狂的な感嘆の声がどっとわき起こった。

なかばうとうとしていて、よく理解できなかった人々のために、助役が説明した。

「とにかく、何ら問題なく、あの完全に頭のおかしい占星術師なしで済ませられるのです。あのボロをまとった男は、《ラ・ガール》に夕食を食べに行きます。そうすると若いウェイトレスは逃げ出す。プティボスケは《オ・トロワ・クトー》に行く。そこでは狩人風ウサギ料理《ラパン・シャスール》を作っている。このようにして再び元に戻るのであります！」

「ブラボー！」

「神よ、なぜ、我々はもっと前にこのことを考えなかったのか、不思議であります」

小学校校長夫人が言った。

「今後、人殺しというやなことをやらずに済むのは確かですな。半分頭のおかしくなった女は、ほとんど毎週木曜日、ホームレスに端金《はしたがね》の二百フランを与えているのですから」

彼女の夫が言い添えた。

「結局」と助役が話を結んだ。「映画館はその扉を開けるわけですよ。そして、我々はその……ある事……殺人をやらずに済むのであります。次の木曜日、我々がホームレスに金をまた与えれば……」


町に必要不可欠で有益な生命を再びよみがえらせようとして、二百フラン作戦が町役場によって開始された。

先週の木曜日が〝何も起こらない〟日だったので、ド・シャンボワーズ嬢は妹の家に出かける際、メサンジュに何もやらなかった。もっと正確に言うなら、何もやらないでおこうと決めていたのだ。

まさに、出かけようとしていた時、彼女は窓からそれを見た。着古しててかてかに光っているグレイのダブルのスーツを着て黒いベレー帽をかぶった男、小柄で腹が出ている禿げの町役場職員、ピエール・マルタンが、メサンジュの前で立ち止まり、財布を開け、唾液でびしょびしょの中指で新品のきれいな百フラン札二枚を濡らしてから、それを彼に渡すのを。その時の彼女の驚きといったらなかった。

「町役場からです、きみ。おいしい夕食を取ってください。たっぷり召し上がれ！」

ホームレスは、惜しみなく礼を言ったが、当惑していた。

今日が木曜日だということを知っていたメサンジュは、〝前の家の婦人〟も、十中八、九、二枚の多額の札をくれるだろう、そしてそのおかげで、明日の金曜日にもまたご馳走にありつけるはずだ、と考えながら待っていた。

当然のことだが、ここしばらく、その女はもう彼に何も与えないでいた。しかし、あの小柄な男が気前良く振舞ったという事は、むしろ良い事の前兆ではなかろうか。風向きが変わったに違いない。チャンスが戻ってきたのだ。楽天主義というのは絶対必要なことなのである。

やがてメサンジュは、占星術師が彼の前を通りすぎるのを見た。ほとんど走っているという感じだった。厳しい表情をし、顔から目玉が飛び出ていた。

メサンジュは、かつて一度も、そんな顔をした彼女を見たことがなかった。

彼女は何も与えなかった。わかりきったことである。

町役場の職員がホームレスに二百フランをやるところを見たド・シャンボワーズ嬢は、危うく脳溢血になるところだった。彼女はひとりでこう呟いていたのだ。「霊感を与えてくれる私の天使を奪いたいのね！　あの男は間違いなく競争相手……ホームレスに礼をしたかったのよ……あいつは、あのボロをまとった男が自分に霊感を与えたと信じてるんだわ……ベレー帽の男も殺人を視て取っているのだろうか？」

錯乱の発作の真っただ中にいた彼女は、大きなハサミを取り、ハンドバッグの中にそれを投げ込んだ。

運河の端で町役場の職員に追いついた彼女は、輝いている開いたハサミを手に持ち、腕を振り上げた。長く尖った二本の刃が……。

ド・シャンボワーズ嬢は、ピエール・マルタンの背中にその二本の刃を突き刺した。彼は驚きと痛みでうなり声を上げた。そしてゆっくりと倒れた。すでに上衣は血で赤く染まっている。オールド・ミスは道に誰もいないことに気づいていた。彼女は犠牲者のズボンでハサミを拭き、ハンドバッグに戻した。そして、何食わぬ顔をしてバス停への道をたどった。

こんな具合に、殺人ってとても簡単なことなのかも……？　と彼女は思った。

面白いことに、ド・シャンボワーズ嬢は、今後数日間に関しては、町での殺人を予知していなかったのだ。

〝……でまた殺人〟

〝運河の端で町役場の職員が殺された。凶器は発見されていない。おそらく、大きなハサミだろう〟

〝初めて、死体のそばに扇がなかった〟
〝警察は〝風吹き魔〟の犯行であるとは断定していない〟
〝別の殺人者が町にいるということか?〟

町役場がメサンジュに金をやる作戦を続けることは可能だったが、しかし、町役場の職員は危険だと判断し、ひとりとしてその任務を果たしたがらなかった。みんな恐がっていた。ホームレスが不幸をもたらすのだと信じ切っているのだ。

町中の人間は占星術師をかなり強く疑った。しかし、多すぎるほど秘密を握っているその女を——町中のほとんどすべての人間が彼女の診察室を相次いで訪ねていた——誰も、困らせるようなことはしなかった。

秘密の町会は討議をした。町はまさにメサンジュと直接交渉しようとしていた——毎週木曜日、《レストラン・ド・ラ・ガール》に簡単に入れるよう便宜をはかってやるらしい。一種の年間〝食事救援手当〟について彼らは話していた。——と、その時、町役場にまた新たな、非常に困ったニュースが届いた。

町長は、印刷屋から手に入れた厚紙を見せた。それは空色の通知状だった。厚紙はみんなの手から手へと回された。

娘フィネットと、ユルバン・プティボスケ氏の結婚を、ここにご通知申し上げます。

寡婦エーメ・クテュロー夫人

孫の、そして息子のユルバンと、フィネット・クテュロー嬢の結婚を、ここにご通知申し上げます。

結婚式は四月八日月曜日、ティフォージュの教会にて、家族でごく内輪に行なわれる予定になっております。

プレジダン＝ベドゥース通り15－85ティフォージュ

寡婦オクターヴ・ラウシエ夫人

リュシアン・デジレ・プティボスケ夫妻

プティボスケは、やっと勇気を出してウェイトレスに手紙を渡したのだ。激しく動揺した雰囲気が集会を覆った。

「これはこの上ない不幸、予期せぬ災難だ」

町長が言った。かなり落ち込んでいる。

恋人たちは町を離れ、ジョンザックに居を構えるに違いない。そこで保険屋は新しい事務所を開くのだ。今夜こそカントワゾーが、もはや狩人風ウサギ料理《ラパン・シャスール》を作らないということがはっきりした。これでもうおしまいだ。

ぞっとするような沈黙の後、公証人がおどおどこう提案した。

「カントワゾーと交渉してみるわけにはいかないいかな？」

「もううんざりだ！」医者は立ち上がって叫んだ。「カントワゾーはテコでも動かない頑固者だ、このことはみんな知ってるはずだ！　馬鹿者なんだ！　奴は断わるに決まってる！　ただ我々のためにだけ、そんな……」

彼らは皆いっせいに話し出した。彼らの何人かは肘掛け椅子から離れ、身振り手振り激しく話していた。大混乱だったのだ。

パリ、内務省のオフィス。

高級官僚が言う。

「あのくそったれの町にはうんざりだよ！」

下っ端役人が言う。

「損害を考えてみてくださいませ、局長。憂慮すべき状態で悪化の一途をたどっているあの工場は、〝マニュフランス（大赤字を抱えたフランスの有名会社）化〟しているのです。ジュシエ＝ヴァントゥルイユの生産高低下は三一・〇八パーセントあたりにまで達しております。ジュシエ＝ヴァントゥルイユでの首切りは急を告げており、一昨日、CNPF（フランス経営者全国評議会）で、あの町の失業者群の予測が話題になりました。町役場を〝アカ〟が握ることはほぼ確実なことであります。十月に選挙がありますからね」

「あの田舎町の話はもう聞きたくない!!!」

高級官僚は叫んだ。

「まあ、何であれ、もちろん局長のおっしゃる通りでございます。あの町の管理状態はまったくひどく……彼らが見つけた万能薬は……大臣はそのことを信じようとなさらないのでありま す。ちょうど事務局にいたチリの大使はそれを聞いて笑っていました……」

「威厳を失い、自分を見失って、活気のなくなった小さな、または中ぐらいの町は、これまでにいくらでもあったのだ。そんなもののせいでフランスが駄目になったことなどない。新しい町を作るとしたら、それは相当大変なことなのだ。もういい。放っておこう。何の問題もないことだ。くそっ、ちくしょう！　次の書類を」

シャンフィエは町に残っていた。町には陰気な雰囲気が漂っている。他の町では、商業、工業、レジャーなどが健在な証しを見せ、かなりの賑いを見せている時刻でも、この町の中心街にはほとんど人気《ひとけ》がなかった。

古いアンダーウッドのタイプライターを二本の指で叩きながら、シャンフィエは本を書いていた。なかなか思うように書けない。とても絶好調とは言えなかった。彼は用紙を書いては破り、書いては破りしていた。

ある朝、「ロセアン＝エクレール」紙を読みながら、シャンフィエは、オーギュスティーヌ・バルボプールがナント－パリ間を走る特急列車から落ち、死体となって発見されたことを知った。――彼女のガードマンは仕事をやめてしまっていた――おそらく、酔っ払ってトイレに行った際、ドアを間違えて線路に落ちたのだろう。バラバラになった彼女の死体は、線路で働いていた工夫たちによって間もなく発見された。

パリに赴く娼館の女将が持っていた、中味のいっぱい詰まった書類カバンが消えたこと、この六十歳の女を押した謎の人物がそれを盗んだことについては、はっきりと書かれてはいなかった。

女将の昔の愛人ふたり――もちろん、彼女の山ほどいる重要な愛人の中のふたりである――県会議員と彼の友人である大臣は、このニュースを聞いてほっとし、緊張を解いた。

もうひとりの厄介者、シャンフィエは、並木道にそった大通りを静かに渡っていた時、トラックに引っかけられた――このトラックは六秒間、左車線を走ったのだ――。

トラックはこんなささいなことでは止まらなかった。無謀な運転手は見つからなかった。頭を血まみれにしたシャンフィエは、急いで病院へ運ばれた。警察は、〝セズネック事件（ドレフュス事件に並ぶ冤罪事件と言われている）〟のように、でっちあげてでも犯人を捕える気はないのだろうと、彼は、救急車の中で、考える余裕があった。シャンフィエの部屋は押込みに入られ、彼の原稿は盗まれた。コピーも、すべてのメモも盗まれたのだ。

しかし、シャンフィエはまた元気になった。滝のように襲ってくる不幸の中で、幸運の小川が流れていたのだ。

元警官は、病院のベッドで寝ていた。彼のいる部屋は個室である（彼はこういう斟酌《しんしゃく》があまり好きではなかった）。彼はまだ少しふらふらしていた。そして彼の頭には、今も包帯が巻かれていた。しかし、今はあの悪夢から抜け出せるという確信を持っていた。アドリエンヌ・パルパンブレが花と――こんなものもらってもどうしようもない！――本とキャラメルを持ってやって来た。律気な女は、その際、下宿人の部屋に無断で客が訪れて、彼の書類、すべての書きつけ、原稿などが消えてしまったことを教えた。それを聞いたシャンフィエは、また本を書き出す根性が自分にないことを自覚し、司法警察、私立探偵事務所、「モン・クリム＝コンプレ」誌とクビになった後、彼が連絡を取り、一万フランを前渡ししてくれた編集者は、何も受け取れないことになるだろうと思った。

「くそ！　ここから出て、おれはいったい、何が出来るんだ？」

新聞、雑誌をのせたワゴンを押しながら、新聞係の婦人が部屋に入ってきた。

「新聞はいかが、シャンフィエさん」

彼女は微笑みながら訊ねた。

彼女はそれほど悪くなかった。シャンフィエは、突然、この女と一発やりたくなった。彼が元気になった証しである。セックス妄想が再びちらっと顔を見せていた。

「『フランス・ソワール』をください」

彼は頼んだ。

新聞を取る。その若い女は出ていった。彼は一面を読んだ。


〝風吹きジャックの殺人〟

〝これまで多数の点が明らかにされていなかった事件現場に、ドミニシ事件でリューズに送られたシュヌヴィエ警視のように、法務大臣命により特別派遣されたS管区警視正、犯罪捜査班の責任者の三回目の特別捜査の結果、新事実が明らかになった。

バーテンのジェラール・ピナルドンが、確かに扇を持ったサディスティックな殺人者であることが、今は動かない事実となったようである。その後、殺人鬼の死後に起こった三件の老人殺しについては、ピナルドンの共犯者の犯行だったもようである。この記事を印刷している時点では、まだ共犯者の正体は暴かれていない〟

## 22 最新情報

五月六日付の新聞による情報（中ページの下の八行を使用）。

……で悲しむべき事故。

地元では有名な占星術師エミリエンヌ・ド・シャンボワーズ嬢が運河の中で死体となって発見された。

その通行人は車のエンジンからもれた油の跡に足をすべらせ、欄干をつかむことが出来なかったのではないかと見られている。助けを求める声はまったく聞かれなかった。しかしながら、不審な人物、二週間前にこの女性を強姦しようとしたクロヴィス・メサンジュという名の浮浪者が憲兵隊の取り調べを受けた。

五月十一日付の新聞の情報（最後のページの下段）。

警察によると、最近、X運河で溺死した占星術師を強姦したという嫌疑をかけられているホームレス、メサンジュは、〝風吹きジャック〟という異名を持つセックス狂、ピナルドンの共犯者で、三人の老人を殺害した犯人ではないかということだ。そして同時に警察は、前科のあるこの住所不定の人物が、同じくこの四月に殺された町役場の職員、ピエール・マルタン殺しの犯人であるかどうかを明らかにしようとしている。

五月二十四日付の情報。「ル・モンド」の五行。

**囚人の自殺**
クロヴィス・メサンジュ、三十六歳、無職が、町役場の職員ピエール・マルタン氏殺害の嫌疑で仮拘留されていたニオレ刑務所の独房内で、首をつっているのが発見された。今年に入って、フランスの刑務所内での囚人の自殺はこれで六十三件目である。

六月六日、セヴラン・シャンフィエは、パリのヴィクトール大通りにある国立職業紹介所に姿を現わした。彼がまったく知らなかったのは――元警官のくせに！　だが、数週間前から彼を襲っていた無気力が、シャンフィエの頭を少々ぼんやりとさせていたのだ――バルベス大通りの彼のホテルから職業紹介所まで、情報局の二人の男が彼を尾行していたということだ。通り、ビストロ、地下鉄、彼の行くところにはどこへでも、つきまとっていたのだ。

九月の中旬。

死にたえた町のデパート《オ・ヌーヴォテ・ド・ラ・キャピタル》の扉にこんな通知が貼り出された。

**男性用ズボン、バーゲンの週**

いつもご愛顧をいただいておりますお客様へ。今後、男性の試着は再び主任販売員、マルト・アボルドデュー夫人の担当になります。


この町の商業は、血なまぐさいゴタゴタの後、もう以前のようではなかったので、レイモン・ユルルジョームは、いくつかの譲歩をすることに決めたのだ。

「そうだとも！　新聞で宣伝するぐらいの価値はあるさ」

顎鬚の至るところに白髪のふわふわした束が出来、かなり体重が落ちたこの商人は、陰気な顔をしてショーウィンドーの前に立ちつくしたまま、そう呟いた。

# 訳者あとがき

私がまだ三十五歳の頃に訳したフレンチ・ミステリが再び日の目を見ることになった。二十五年ぶりの再刊である。

東京創元社の編集部から、本書を再刊したいと言われた時には、びっくり仰天した。しかし、冷静に考えてみると、本書は、もう一度、読者の手許に届いていい面白い本だと思った。話題をさらった本ではないが、根強いファンがいることを耳にしていたからである。さすがにミステリの老舗は目の付け所が違うものだ。

この間、近藤史恵さん、綾辻行人さんと会食する機会があった。話の流れで、本書のことを思い出し、彼らに知っているかと訊いてみた。ふたりとも読んでいて、とても面白かったと言ってくれた。

訳者の正体を明かすと、思いもよらない展開に驚いたミステリの登場人物みたいな顔をした。こっちは、種明かしをした名探偵気分。すこぶる得意げであった。

ミステリ界を引っ張っている後輩が、即座に面白いと言ってくれたことで、本書が店頭に並ぶことが、一層愉しみになった。

彼らが本書を読んだのは、作家になる前、綾辻さんは学生の頃、近藤さんになると、それよりもずっとずっと前のことだという。当たり前の話だが、おふたりとも、お若いのだと、今更ながらに思い知らされ、時の流れをひしひしと感じた。

訳者は確実に老いた。されど作品は今も魅力を保っている。

是非、愉しんでいただきたい。

なお、原書との付き合わせは編集部にお願いし、ミスや不適切な表現をチェックしていただいた。この場を借りて心からお礼を申しあげます。

二〇〇九年十二月吉日

# 木曜日はダメよ――ウサギはGo!を掛ける

川出正樹

「ああ、木曜日になるのは何ていう喜びだろう!」
G・K・チェスタトン『木曜日だった男　一つの悪夢』(南條竹則訳)

「これはいつになったら終わるんだ?」
ジェフ・ニコルソン『食物連鎖』(宮脇孝雄訳)

## 一

とびっきり不可思議な謎に飢えている貴方、奇妙奇天烈な話を読んでみたい貴女。こんなミステリはいかがですか。

木曜日の晩に、とある片田舎のレストランで〝狩人風ウサギ料理《ラパン・シャスール》〟がメニューに載ると、町のどこかで必ず若い女が殺される。そして現場には、扇が一つ残される。

どうです、パンチが利いているでしょう。〝ウサギ料理〟と〝若い女性殺し〟の間には、一体どんな因果関係があるのか? およそ謎解きミステリに興味のある方で、この不条理な状況に食指が動かない人はいないのでは。

断言します。この〝原因〟と〝結果〟の相関関係を見抜ける読者は絶対にいない、と。そもそも、なんだってこんなことを思いついたのか? 〈美食〉と〈性愛〉と〈狩猟〉の神に連れ去られた作者が、オリュンポス山の高みから人間界を見下ろしているうちに天啓に打たれたとしか思えません。

本書『ウサギ料理は殺しの味』は、そんな珍無類の逸品です。〈食〉と〈性〉に飽くなき執念を燃やす懲《こ》りない人々を俎上に載せて、切れ味鋭い包丁で大胆にさばき、黒い笑い《ブラック・ユーモア》というスパイスを利かせて、刺激たっぷりに、けれども軽やかに仕上げ、素材の持ち味を最大限に引き出した新しい犯罪小説《ヌーベル・キュイジーヌ》。と同時に、精緻な設計図に沿って手掛かりが埋め込まれ、周到に伏線が張り巡らされた、蜘蛛の巣のように美しくも怪しい謎解きミステリ。

これは、他ではまず味わうことのできない、クセの強い風刺が効いた特別料理《スペシャリテ》です。元版は、今から二十四年前の一九八五年に中公文庫から刊行されました。その後入手困難となり、長らく〝伝説的な珍味〟として好事家の間で語り継がれてきた本書が、日本のミステリ文庫界で最も伝統のある老舗ブランド、創元推理文庫で復活したのは、実にめでたいことです。

二

さて、それでは一体どんなお話なのかというと――、

舞台は、フランス西部の大西洋岸に位置するヴァンデ県にある、とあるうらぶれた片田舎の町。物語は、雨の降る十一月七日水曜日に、さえない四十男が車の故障により立ち往生し、やむなくこの町に滞在する羽目になるシーンで幕を開けます。男の名前はセヴラン・シャンフィ

エ。失踪人の生存を確認する為に出張中の、私立探偵事務所勤務の調査員です。元々は刑事でしたが、強盗との銃撃戦の最中に暴力団担当《アンチ・ギャング》の同僚を誤って射殺。以前から勤務態度に問題があった彼は、退職を余儀なくされてしまったのです。なにしろ自他共に認める〝セックス・マニア〟で、「ぴちぴちギャルがそばを通るとこの刑事さんは、張り込みなんか二の次になってしまった」のですから、まぁ時間の問題だったと言えましょう。

それにしても、こんな何もない町で車が直るまでの五日間、何をして過ごせばいいんだ、と落ち込むシャンフィエの目に飛び込んできた地方紙の見出し。そこには、〝憎むべき殺人〟という二語が。

興味を惹かれた彼は、下宿先の大家さんから、毎週金曜日に発行される地元の週刊紙「我が家の一週間」を見せて貰い、最近この辺鄙《へんぴ》な土地で若い女性が二人殺されたことを知ります。犠牲者は、二週連続して木曜日の夜に絞殺され、しかも死体の脇には扇が残されていました。

ポンコツ車に乗っていたせいで、いつまでも調査を中断しているようではクビになるに違いないと予感したシャンフィエは、足止めされたのをいいことに、この連続殺人事件を解決して名声を得て独立しようと皮算用し、捜査に乗り出します。そのために彼が最初にしたのは、〝ある場所〟を探すこと。夕食を求めて立ち寄った、レストラン《三本のナイフ》《オ・トロワ・クトー》のオーナー・シェフ、ガストン・カントワゾーに、こっそり問いかけます。「この町にはありますかね……その……少し愉しめる場所が？」と。

えっと……、やっぱりそっちですか。懲りないなぁ。答える方も心得てます。「もちろんですよ……ここでは、みんな息抜きの時間を持っています。この町は、まったく有名じゃないし、誰からも注目されない田舎町ですが、ご心配なく……。わたしどもは粋を解さないほど野暮じゃありませんよ」。

かくて、「あのことをしたいという気持ちより、この町のネタが拾えそうな重要な場所のひとつに、鼻を突っ込んでみよう」と、娼館を訪れたシャンフィエは、そこで一人の妖艶な娼婦に目を奪われます。彼女の名前はコレット・カラール。〝女豹《パンテール》〟の異名を持つこのナンバー・ワンが客を取るのは木曜日のみ。しかも彼女には、一つ奇妙なこだわりがありました。お金での支払いは断固拒否、町の高級百貨店〝オー・ヌーヴォテ・ド・ラ・キャピタル〟に、新しく入荷した高級品をプレゼントしてくれる上客しか相手にしないのです。しかたなく諦めるシャンフィエが、その晩どうしたかはさておき……。

明けて木曜日の夕方。再び《オ・トロワ・クトー》を訪れたシャンフィエは、扉に貼られたメニューを見て驚きます。メインディッシュは、〝狩人風ウサギ料理《ラパン・シャスール》〟。昼すぎに通りかかったときには、〝仔牛の胸腺《リ・ド・ヴォー》フィナンシエール・ソース〟と書いてあったのに、いったい何が起きたのか？

不審に思いつつも、出てきた料理を一口食べて陶然とするシャンフィエ。こんな美味いウサギ料理は初めてだと絶賛する彼に対して、カントワゾー夫人は当惑げに答えます。実は夫は、〝狩人風ウサギ料理《ラパン・シャスール》〟を作るのがいやでいやでしょうがないのだと。だったら作らなければよいのに、わざわざ献立を変えてまで大嫌いな特別料理《スペシャリテ》を出すとは、これ如何に。料理に夢中のシャンフィエの頭に、そんな疑問が浮かんだかどうかはともかくとして——、その晩遅く、三人目の犠牲者が発見されます。

翌朝、困惑する住民の中でただ一人、死体発見のニュースに小躍りして喜んだ人物がいました。町はずれに住む老占星術師エミリエンヌ・ド・シャンボワーズ嬢です。自分を偉大な能力の持ち主だと信じる彼女は、星の運行から過去二回の殺人事件を、すべて事前に読みとっていたと確信しており、今回また〝予め知っていた通り〟に、木曜日の夜に若い女性が殺されたので大変機嫌がよいのです。

ちなみに彼女に他意はありません。それどころかとても心根の優しい善良な人物で、その証拠に〝予言〟が当たると、ウキウキした気分で妹の住む街まで外出。途中で気前よく、ホームレスにお金を恵んだりなんかもします。

さて、その後も事態は変わらず、木曜日が来るたびにレストランのメニューは、〝狩人風ウ《ラパン・シ》サギ料理《ャスール》〟に掛け替えられ、町のいずこかで必ず若い女性が殺されていきます。なんとも規則正しき連続殺人鬼ですが、一体全体何が目的で殺すのか？　なぜ木曜日に限るのか？

その間、実は一通の奇妙な脅迫状が、《オ・トロワ・クトー》に届いていました。そこには、次のように記されていたのです。即ち、「木曜日の夕食のメニューに狩人風ウサギ料理《ラパン・シャスール》を載せるな。そうすれば、この町で殺人は起こらない」と。

三

ここまでで、物語全体の約三割。今までに紹介した住人たちも十分変わっていますが、実は氷山の一角にすぎません。全編を通じて、彼らに勝るとも劣らない奇妙な人々——その多くは、登場人物の一人が、「この小さな町には何とセックス狂が多いことか！」と感嘆するように、主に〈性欲〉により思考と行動が決定される〝善男善女〟——が好き勝手にふるまい、〝平穏〟な日常生活——毎週木曜日に若い女性が殺されはしますけど——が繰り返されていきます。

その間シャンフィエは、着々と捜査を進めていき、ついに、ある重要な事実に気づきます。けれどもそれは、シャンフィエも含めて誰一人として予想だにしなかった〝破局〟へと繋がるものだったのです。

これがもう、なんといっていいのやら。思わず絶句してしまうほどトンデモナイ代物でして、物語の全貌が見えた瞬間に、しばし唖然とした後、思わず黒い笑いを漏らしてしまうこと必定。しかも、それで話が終わるわけではありません。それどころかブレーキとハンドルの壊れた自動車の如く、加速度をつけて迷走していくのです。

そして最後の最後に待ち受ける、人を食ったオチ。ここに至って黒いニヤニヤ笑いは、呵々大笑へと変わることでしょう。やがて我に返り、再び冒頭から読み始めた時、さりげなく書かれたかに見えた町の人々の行為が、いかに周到な計算の上に組み上げられたものであったかを実感し、思わず呟いてしまうに違いありません。「一体、どんな頭の構造をしていたんだ、この作者は」と。

## 四

最後に、この類希《たぐいまれ》なるミステリの生みの親であるピエール・シニアックについて述べたいと思います。

一九二八年、フランスで靴職人の父親と劇場の衣裳係をしていた母親の間に生まれたピエールが、初めて物語を創作したのは十歳の頃。学校のノートに小説を書いては、友人を愉しませていたといいます。ちなみに、最初の二作のタイトルは、〝*Ci-gît le Diable*〟（悪魔ここに眠る）と、〝*Le Centaure*〟（ケンタウロス）。

十七歳の時、配管工になるために技術専門学校に入学しますが、勉強そっちのけで映画館に入り浸り、エドガー・アラン・ポオ、バルベー・ドールヴィリー（『真紅のカーテン』奢覇都館刊）、ヴィリエ・ド・リラダン（『未來のイヴ』創元ライブラリ刊）、モーパッサン、ピエール・ヴェリー（『サンタクロース殺人事件』晶文社刊）などを読み耽っていました。

その後、ヒッチハイクをしてフランス中を回り、いきあたりばったりに農場で働くという放浪生活を一年ほど続けます。徴兵された時には、極貧の老人たちのコミュニティで活動をしていたとか。除隊後、様々な仕事を転々としながらも書くことを続け、いくつかの作品――*L'Homme a l'oreille cassée*（耳が聞こえない男）, 1954、*Ouvrez-nous la porte*（我らに扉を開けよ）, Comédie de Paris, 1955、*Meurtre provisoire*（暫定殺人）, Théâtre du Tertre, 1960――は、小劇場で上演されました。

一九五八年、*Illégitime défense*（不法防御）で小説家としてデビュー。翌年の第二作*Bonjour cauchemar*（悪夢よ、こんにちは）と、その次の年に発表した、三つの異なった結末を提示して読者に選ばせるという変わった構成の*Monsieur Cauchemar*（ムッシュ悪夢）の三作は、Pierre Signac 名義で書かれました。

八年間の沈黙の後、一九六八年に*Les Morfalous*（大食らいたち）で、ガリマール社の伝統ある犯罪小説叢書〈セリ・ノワール（暗黒叢書）〉に参入。チュニジアの村で銀行に押し入ったフランス軍兵士たちが、ドイツ軍の手から金庫の中の金塊を守ったとして英雄視されるこの作品は、舞台を第二次世界大戦下のアフリカにおくという、伝統的なロマン・ノワールの形式にとらわれないものでした。一九八四年に、監督アンリ・ヴェルヌイユ、主演ジャン＝ポール・ベルモンドで、原作と同タイトルにて映画化（日本未公開）されています。

一九七一年には、〈セリ・ノワール〉の編集長ロベール・スーラの依頼で、リュジュ・アンフェルマンとラ・クロデュックという、奇妙という言葉では控えめすぎるくらい異様な放浪者《バガボンド》のコンビを主人公にしたシリーズをスタートさせます。襤褸《ぼろ》をまとった貧相なハンフリー・ボガートとでも言うべきリュジュ・アンフェルマンはまだまともな方で、ラ・クロデュックに至っては、年齢はおろか性別すら不詳の逞《たくま》しい身体と破壊的な性格の持ち主というのですから、なんと言ってよいのやら。

全七作となる、この異様な犯罪小説のシリーズを書く一方で、一九八一年、本書『ウサギ料理は殺しの味』を発表。翌年には、探偵役のセヴラン・シャンフィエが再登場する*Bazar bizarre*（奇妙な百貨店）を上梓します。

その後、自ら《ファンポル fanpol（ポラール・ファンタスティック polar fantastique）》と呼ぶ、リアリズムなどくそ食らえと言わんばかりの、幻視者の見る悪夢のような犯罪小説を次々と世に送り出していきます。一九八三年の*Charenton non-stop*（シャラントン・ノンストップ）は、出所したてのキャンピングカー運転手が、なぜか三一七キロ走るたびごとに、犯罪にぶち当たる話。一九八五年発表の*Carton blême*（ブルーカード）は、ブルーカードを持っている人間だけが警察に守られることになった、一九九二年のフランスを描いた近未来小説。そして一九八九年刊行の*Des amis dans la police*（警察の友人）は、退職した男が、自分が犯した女殺しの罪を告発するカードを、サガンの小説の中から見つけるという、これまた不条理なお話です。

こうして、アクの強いユーモアと、奔放な想像力に裏打ちされた奇想犯罪小説を書き続けたシニアックは、デビューからほぼ四半世が経った一九八一年に、長編*Aime le maudit*（悪魔を愛せ）と、二冊の短編集、*L'Unijambiste de la cote 284*（ナンバー二八四の片足の人）と*Reflets changeants sur mare de sang*（血の海にきらめく反映）で、フランス推理小説大賞Grand Prix de Litterature Policière を受賞しました。

七十歳近くになっても創作意欲は衰えず、一九九七年に発表した*Ferdinaud Céline*（フェルディノー・セリーヌ——小説家ルイ＝フェルディナン・セリーヌの Ferdinand の最後の n

をuに換えている）は、シニアック復活といわれた作品です（この作品に関しては、「ミステリマガジンNo.626、二〇〇八年四月号」で千野帽子氏が紹介されていますので、興味のある方はそちらもお読み下さい）。他にも一九九九年には、ガストン・ルルーの *Le Mystère de la chambre jaune*『黄色い部屋の謎』（創元推理文庫）へのオマージュといわれる、*Le Mystère de la sombre zone*（暗い領域の謎）という作品を発表しています。

　そして二〇〇二年三月、パリ北西の街オーベルジャンヴィルの公団住宅の一室で死亡。その亡骸は、ひと月後に異臭を訴える隣人からの通報でようやく発見されました。

　一九六八年の五月革命以降、フランスでは旧態依然とした謎解きやギャングを主人公にした古いタイプのミステリに飽きたらず、政治的色彩の濃い歪んで狂った現実社会を切り取った〝新しい推理小説《ネオ・ポラール》〟と呼ばれるミステリが生まれました。ピエール・シニアックは、その中にあって、ひときわ異彩を放ち、誰一人として似たもののない独立不羈の存在です。

　かつて、このジャンルで「法王」の異名をとったジャン＝パトリック・マンシェット（1942-95）から、「シニアックの手法はセリーヌやベケットのそれに通じるところがあるが、それは知的活動の産物というよりは、動物的欲求から生まれたものである」と評された異能の人ピエール・シニアック。その最期は、まるで自身の小説を地でいくような、不条理でセンセーショナルなものでした。

さて最後の最後に、嬉しいニュースを一つ。これまでに本書を除くとわずか二作の短編が翻訳されたにすぎないシニアックですが、近々、〈論創海外ミステリ〉の一冊として『リュジュ・アンフェルマンとラ・クロデュック』が刊行されるとのこと。今回の『ウサギ料理は殺しの味』の復活と相まって、一作でも多くのシニアック作品が訳されることを祈りつつ、筆を措きたいと思います。

ピエール・シニアック作品リスト

*印〈リュジュ・アンフェルマン&ラ・クロデュック〉シリーズ

◎Signiac 名義

【長編小説】

1 Illégitime défense (1958)
2 Bonjour cauchemar (1959)
3 Monsieur Cauchemar (1960)

◎Siniac 名義

【長編小説】

1 Les Morfalous (1968)
2 Le Casse-route (1969)

3 La Nuit des Auverpins (1969) /La Nuit des flingueurs (1986)
4 Les Monte-en-l'air sont là ! (1970)
5 L'Increvable (1970)
6 Deux pourris dans l'île (1971)
7 Les Sauveurs suprêmes (1971)
*8 Luj Inferman' et la Cloducque (1971)『リュジュ・アンフェルマンとラ・クロデュック』【論創海外ミステリ】近刊
*9 Les 401 coups de Luj Inferman' (1972)
*10 Les 5 milliards de Luj Inferman' (1972)
11 Si jamais tu m'entubes... (1974)
12 Les Congelés (1974)
13 L'Or des fous (1975) /Sous l'aile noire des rapaces (1995)
14 Le Tourbillon (1976)
15 L'Orchestre d'acier (1977)
16 Des perles aux cochonnes (1977)
*17 Luj Inferman' dans la jungle des villes (1979)
*18 Pas d'ortolans pour la Cloducque (1979)
19 L'Épinglage (1980)

＊20 Luj Inferman' chez les poulets (1980)
21 Aime le maudit (1980) /Vampir's Club (1988)
22 Femmes blafardes (1981)『ウサギ料理は殺しの味』（中公文庫／一九八五→創元推理文庫／二〇〇九）※本書
23 La Câline inspirée (1981)
24 Un assassin, ça va, ça vient (1981)
25 Comment tuer son meilleur copain : rétropolar époque 1960 (1981)
26 Bazar bizarre (1982)
＊27 Luj Inferman' ou Macadam Clodo (1982)
28 La Tenue léopard (1983)
29 Charenton non-stop (1983)
30 Ras le casque (1984)
31 Les Enfants du père Eddy (1984)
32 Carton blême (1985)/Coupes sombres (1995)
33 L'Affreux Joujou (1985)
34 La Femme au cigare (1986)
35 Des amis dans la police (1989)
36 Sombres soirées chez Madame Glauque (1989)

37 Mystère en coup de vent (1990)
38 Les Mal lunés (1995)
39 Démago story; L'Utilisation des restes〔併録〕(1996)
40 Ferdinaud Céline (1997)
41 Le Mystère de la sombre zone (1999)
42 De l'horrifique chez les tarés (2000)
43 Bon cauchemar, les petits... (2001)
44 Le Crime du dernier métro (2001)
45 La Course du hanneton dans une ville détruite ou La Corvée de soupe (2006)

【短編集】

1 L'Unijambiste de la cote 284 (1980)
2 Reflets changeants sur mare de sang (1980)
3 Folies d'infâmes (1993)
4 Viande froide : nouvelles saignantes (1985)
5 Les Âmes sensibles (1991)

【邦訳短編】

Adieu, ma beauté!「さらば美しき顔よ」(HMM1985-9,No.353)
Homicide by Night「夜の殺人ツアー」(HMM2004-7,No.581)

訳者紹介　1950年福井市生まれ。73年渡仏。帰国後，仏ミステリの紹介，翻訳につとめる。86年に『野望のラビリンス』でミステリ作家としてデビュー。94年，『鋼鉄の騎士』で日本推理作家協会賞，2001年，『愛の領分』で直木賞を受賞。20年没。

検印
廃止

# ウサギ料理は殺しの味

2009年12月25日　初版
2022年 7 月15日　4 版

著　者　ピエール・シニアック
訳　者　藤《ふじ》田《た》宜《よし》永《なが》

発行所　㈱　東京創元社
代表者　渋谷健太郎

162-0814/東京都新宿区新小川町1-5
電　話　03・3268・8231-営業部
　　　　03・3268・8204-編集部
URL　http://www.tsogen.co.jp
萩原印刷・本間製本

乱丁・落丁本は，ご面倒ですが小社までご送付ください。送料小社負担にてお取替えいたします。

©小池真理子　1985, 2009　Printed in Japan

ISBN978-4-488-28402-2　C0197

東京創元社が贈る総合文芸誌!

# 紙魚の手帖 SHIMINO TECHO

国内外のミステリ、SF、ファンタジイ、ホラー、一般文芸と、
オールジャンルの注目作を随時掲載!
その他、書評やコラムなど充実した内容でお届けいたします。
詳細は東京創元社ホームページ
(http://www.tsogen.co.jp/) をご覧ください。

**隔月刊/偶数月12日頃刊行**

A5判並製(書籍扱い)